NICHT MEIN ROMEO

KYLIE GILMORE

Übersetzt von
ANNA DRAGO

Übersetzt von
KATRIN DOLLE

Nicht mein Romeo: © 2015 von Kylie Gilmore

Covergestaltung The Killion Group

Veröffentlicht von: Extra Fancy Books

Übersetzt von: Anna Drago und Katrin Dolle

ISBN-13: 978-1-947379-48-0

1

———

Vince Marino war nur noch wenige Stunden davon entfernt, das Zwölf-Millionen-Dollar-Clover-Park-Bibliotheksprojekt für *Marino & Sons Construction* an Land zu ziehen, und Kritik seines Vaters konnte er gerade gar nicht gebrauchen.

„Dad, was tust du denn hier?" Vince rieb seine Nasenwurzel und musste sich sehr um Geduld bemühen. Sein Dad hatte vor vier Tagen erst seine letzte Chemo gehabt und sollte eigentlich zu Hause sein, um sich auszuruhen, und nicht bei der Arbeit, um seinen Sohn zu kontrollieren. Unter den dunkelbraunen Augen seines Dads waren tiefe Ringe. Er sah erschöpft aus, und Vince war mehr als bereit, die Zügel bei *Marino & Sons* zu übernehmen, wie er es ihm von Anfang an versprochen hatte. Von seinen fünf Brüdern, zwei biologischen und drei Stiefbrüdern, war Vince der einzige, der bereit gewesen war, im Familienunternehmen zu arbeiten. Sein Dad hatte ihn, seit er achtzehn war, ganz unten in der Crew anfangen und sich hocharbeiten lassen. Doch selbst mit vierunddreißig, sechzehn lange Jahre später, musste Vince sich immer noch beweisen.

Sein Dad brummte. „Ich möchte vor deiner Präsentation nur noch ein paar Dinge mit dir durchsprechen."

„Ich hab alles im Griff", sagte Vince und rollte die Baupläne für das Projekt zusammen. Er hatte auch Computeranimationen, aber er zeigte es dem Kunden immer gern auf dem Papier.

„Du weißt, wie dringend wir den Auftrag brauchen", sagte sein Dad. „Und wir haben ihn nicht in der Tasche, solange ich nicht auf der gestrichelten Linie unterzeichnet habe."

Vince stemmte seine Hände in die Hüften. „Wenn du mich schon zu deinem Partner gemacht hättest, könnte ich heute Abend auf der gestrichelten Linie unterzeichnen."

„Morgen ist noch früh genug." Sein Dad fuhr mit einer Hand durch sein dünner werdendes graubraunes Haar und ließ sich schwerfällig in einen Sessel fallen. Vince war seinem Vater wie aus dem Gesicht geschnitten, von seiner großen einsneunzig Statur bis hin zu seinem dunkelbraunen Haar (bis jetzt jedoch ohne graue Strähnen bei Vince), den dunkelbraunen Augen und einer markanten Nase und einem kantigen Kinn. Zuzusehen, wie sein Dad sich veränderte, während er älter wurde, war für Vince wie ein Blick in seine eigene Zukunft. Natürlich hatte sein Dad vor der Chemo viel besser ausgesehen. Er war auch nicht mehr so lebhaft und fröhlich wie sonst.

„Zeig mir noch mal den Finanzplan", sagte sein Dad und wedelte mit der Hand. „Ich will den Cashflow sehen."

Vince verkniff sich nur aus Rücksicht auf den Zustand seines Dads sein Fluchen. Er öffnete den Laptop und brachte die Information auf den Bildschirm.

„Das mit der Kommunalanleihe ist also definitiv?", fragte sein Dad.

„Ja. Ist bei der Abstimmung durchgekommen."

Sein Dad starrte auf den Bildschirm. „Sag mir doch bitte nochmal wie viel." Er brauchte eine Lesebrille, doch er weigerte sich, sie aufzusetzen.

„Wenn wir bei den privaten Spendern auf zehn Millionen kommen, steuert die Gemeinde selbst auch zwei Millionen bei."

„Und wer ist für die private Spendenaktion zuständig?", fragte sein Dad.

„Das Komitee Freunde der Bibliothek", sagte Vince geduldig. Das hatten sie alles schon besprochen.

„Meinst du, sie erreichen ihr Ziel?"

„Sie haben schon die Hälfte zusammen", sagte Vince. „Diese Stadt ist gut vernetzt. Gabe war beim Eintreiben von Spenden großer Unternehmen sehr hilfreich."

Als Vince seinen älteren Stiefbruder erwähnte, lächelte sein Dad. „Seine Verbindungen zu den Anwälten in der Stadt zahlen sich eben aus. Gut, gut."

Vince verdrängte seine alte Eifersucht Gabe gegenüber, die allzu gerne unbedachte Reaktionen bei ihm hervorrief. Bis vor Kurzem waren er und Gabe Rivalen gewesen. Das war Vinces Schuld, das wusste er. Sie waren als Kinder zusammengezwungen worden, als Gabes Mutter Vinces Vater geheiratet hatte. Vince war zwölf gewesen, Gabe vierzehn, beide die ältesten in ihrer jeweiligen Familie, beide gewohnt, ihre kleinen Brüder herumzukommandieren – und dann waren sie gezwungen worden, sich ein Zimmer zu teilen. Was für Vince jedoch das Schlimmste gewesen war, war, dass er seinen Dad teilen musste. Er hatte seine Mom verloren, als er neun gewesen war, und hatte seinem Dad sehr nahegestanden. Sein Dad hatte seine drei neuen Stiefsöhne aufgenommen, als wären sie seine eigenen. Wenn er so zurückblickte, musste er seinem Dad dafür schon seinen Respekt zollen, besonders, da der biologische Vater seiner Stiefbrüder ein vollkommenes Arschloch war. Doch im Alter von zwölf Jahren und noch viel länger als er gerne zugab, war Vince einfach nur angepisst gewesen.

Vince klappte den Laptop zu und stand auf. „Ich rufe dich morgen an, um dir von den guten Neuigkeiten zu berichten."

Sein Dad erhob sich ebenfalls und richtete Vinces Krawatte für ihn. Hätte das jemand anders versuch, hätte Vince seine Hand weggeschlagen, doch es war sein Dad. Er akzeptierte die nervtötende Geste und kratzte erneut seine nachlassende Geduld zusammen.

„Möchtest du, dass ich mitkomme?", fragte sein Dad. „Nur, um zuzuhören und mich zu Wort zu melden, wenn es Fragen gibt?"

Vince knirschte mit den Zähnen. „Ich dachte, ich leite die Verhandlungen."

„Das tust du auch. Unter Aufsicht."

Vince sah seinem Dad fest in die Augen. „Entweder vertraust du mir oder nicht. Warum heißt es *Marino & Sons*, wenn du gar nicht vorhast, die Zügel an deinen Sohn abzugeben? Ich kann nämlich keinen anderen Sohn sehen, der sich um diesen Job reißt."

Sein Dad spannte seinen Kiefer an. „Gewinn das Bibliotheksprojekt, dann können wir uns darüber unterhalten. Du musst mir zeigen, dass du ein Geschäft an Land ziehen kannst."

„Ich habe dir doch gesagt, dass ich das im Griff habe!", blaffte Vince.

Sein Dad straffte die Schultern, er war immer noch eine beeindruckende Gestalt, selbst nach allem, was er durchgemacht hatte. Sie waren auf Augenhöhe. „Das werde ich glauben, wenn ich dich bei der Grundsteinlegung sehe."

Und war es das nicht in Kurzfassung aller ihrer Probleme? Er musste es sehen, um es zu glauben. Er konnte nicht einfach so an seinen Erstgeborenen glauben.

„Na, dann schönen Dank für dein Vertrauen", sagte Vince, bevor er sich umdrehte und zur Tür ging.

„Pass auf, was du sagst, mein Sohn", sagte sein Dad.

Vince erwiderte nichts darauf. Es gab keine respektvolle Art, seinem Ärger Luft zu machen. Stattdessen ging er nach draußen, atmete einmal tief die warme Septemberluft ein, stieg in seinen 69er Chevy Camaro und fuhr vom Parkplatz.

Sophia Capello marschierte mit hoch erhobenem Kopf durch die Bibliothek von Clover Park, als hätte ihr Vater nicht gerade eine Million Dollar von den Konten des Unternehmens abgezogen und in einer Alpakafarm versenkt.

Als wäre ihre Mutter nicht mit dem Poolboy durchgebrannt.

Als hätte ihr jüngerer Bruder nicht gerade das College

abgebrochen, um seiner Lieblings-Punk-Rockband durchs Land zu folgen.

Und, was das Wichtigste war – als stünde ihr Familienunternehmen, *Capello Construction* nicht kurz vor der Pleite.

Sie blieb an der Tür des Konferenzraumes stehen und atmete einmal tief durch. Ein langer Eichentisch, umgeben von schwarzen Stühlen, dominierte den kleinen Raum, und auf diesen Stühlen saßen fast nur Männer mittleren Alters – sie vermutete, dass das der Stadtrat und der Bürgermeister waren –, die sich leise miteinander unterhielten. Am Kopf des Tisches stand ein Whiteboard, und dort sollte sie das Angebot von *Capello Construction* für die neue Bibliothek vorstellen.

Ihr Vater, der Boss von *Capello Construction*, hatte sich gerade im Apartment seines Bruders verbarrikadiert und pflegte sein gebrochenes Herz (wegen ihrer Mutter) mit Scotch und Käsecrackern. In letzter Minute hatte er sie angefleht, die Präsentation für ihn zu übernehmen. Das Auftragsvolumen dieses Projekts war buchstäblich ihre letzte Hoffnung vor dem Bankrott.

Sie ging hinein und setzte ein Lächeln auf. „Guten Abend, alle zusammen. Ich danke Ihnen, dass ich Ihnen heute Abend mein Angebot präsentieren darf."

Sie kam gleich zur Sache, zog die Baupläne aus ihrer Präsentationsmappe und heftete sie an das Whiteboard. Sie vibrierte geradezu vor Nervosität. Sie kannte sich in der Baubranche nicht sonderlich gut aus, obwohl sie als Fachkundige für Baugeschichte natürlich ein paar Dinge wusste. Ihr Dad hatte sie informiert, oder besser gesagt, sie hatte Antworten aus ihm herausgekitzelt, während er sich in Endlosschleife *Scarface* angesehen hatte. Ihr Angebot bestand darin, den ältesten Teil der Bibliothek zu bewahren und einen stilistisch passenden Anbau hinzuzufügen. Sie setzte sich an den Tisch und spürte, dass jemand sie intensiv musterte.

Sie blickte auf und hätte beinahe nach Luft geschnappt, als sie den unglaublich attraktiven Mann entdeckte, der sie von der anderen Seite des Tisches aus anstarrte. Er war atemberaubend – dickes, dunkelbraunes Haar, tief schokoladenbraune Augen, wie aus Stein gemeißelte Wangenknochen, markantes Kinn, volle, sinnliche Lippen. Er war außerdem groß und hatte breite, muskulöse Schultern, die seinen Blazer mehr als gut ausfüllten und sie, weil ihr kein besserer Vergleich einfiel, an einen Holzfäller erinnerten, nur eben im schicken Anzug. Ihr Herz schlug schneller, doch sie hielt seinem Blick stand. Das musste wohl Vince sein, der Hitzkopf von *Marino & Sons*. Sie war ihm nie begegnet, doch sie hatte im Lauf der Jahre von ihm gehört, wenn ihr Dad seine übliche Tirade über *Marino & Sons* vom Stapel gelassen hatte. Die Feindschaft und Rivalität zwischen ihrem und Vinces Vater hatte wegen einer Frau begonnen und war im Laufe der Jahre zu einem richtiggehenden Krieg eskaliert. Sie gaben immer Angebote für dieselben Projekte ab, unterboten stets das Angebot des anderen, nur, um das Geschäft an Land zu ziehen, doch am Ende schadeten sie sich mit den lächerlich niedrigen Preisen nur selbst. Sie verstand es nicht wirklich. Sie hatte den Verdacht, dass der Jähzorn ihres Dads da eine große Rolle spielte, und darum machte sie sich über Vinces Charakter keine Sorgen. Sophia war die Tochter ihres Vaters, nur mit viel mehr Selbstbeherrschung.

„Wer zum Teufel ist die denn?", knurrte Vince, worauf sich ihr die Nackenhaare sträubten. „Und warum sehe ich da Baupläne?"

„Vince, bitte", sagte ein Mann.

Sophia sah auf das ordentlich beschriftete Namensschild in der Halterung vor dem Mann – Bürgermeister Riggs. Das passte. Er saß ja auch am Kopf des Tisches.

Sie sprach Vince direkt an. „Ich bin Sophia Capello von *Capello Construction*. Ich bin kurzfristig zur Tagesordnung hinzugefügt worden."

Vinces Kopf zuckte hoch, und sie erwiderte seinen lodernden Blick.

Sie fuhr fort. „Ich habe ein Angebot für die Bibliothek, bei der wir auch die historische Bedeutung des Gebäudes berücksichtigen. Ich bin mir sicher, dass jeder in Clover Park sie bewahren will."

Vinces Kiefer verkrampfte sich. Sie erwiderte seinen Blick ruhig.

Vince sah am Tisch hinauf und hinab. „Gentlemen, seit Monaten hetze ich mit Ihnen von einem Meeting und einer Präsentation zur nächsten. Ich bin davon ausgegangen, dass der Deal schon fix ist. Warum steht das jetzt plötzlich zur Diskussion?"

„Wir haben noch keinen Vertrag unterzeichnet", erwiderte Bürgermeister Riggs. „Heute Abend würden wir darum gern etwas von Ms Capello hören."

„Danke, Bürgermeister Riggs", sagte Sophia höflich.

Vinces Kiefermuskeln zuckten. Sophia hob eine Braue, worauf Vince sie finster ansah. Ihr Puls hämmerte. Ein bisschen Adrenalin vor einem wichtigen Meeting konnte nur helfen.

Sie lächelte. „Wollen wir anfangen?"

2

Vince saß in seinem unbequemen Anzug da und kochte innerlich, als Sophia die notgeilen alten Säcke im Raum mit ihrem Charme einwickelte. Keiner konnte seinen Blick von ihr in ihrem eng sitzenden, leuchtend rosafarbenen Hosenanzug wenden. Es war auch nicht gerade hilfreich, dass der Blazer offen war und ein schwarzes Top mit reichlich Ausschnitt ihr Dekolleté zur Schau stellte, wenn sie sich bewegte. Er lockerte seine Krawatte ein Stuck von seinem Hals. Ihre langen Beine steckten in Riemchen-High-Heels, die geradezu nach Sex schrien. Ihre Zehennägel waren rosa lackiert. Er riss seinen Blick von ihren Zehen hinauf zu ihrem Gesicht, als sie lächelte und ihnen die Vorzüge ihres Bauangebots für die Bibliothek präsentierte, die doch sein erstes Projekt als Partner bei *Marino & Sons* werden sollte. Seit seiner Geburt war er auf diese Rolle vorbereitet worden, und er wollte verdammt sein, wenn ausgerechnet Sophia Capello ihm das nehmen würde. Sein Dad würde aus den Latschen kippen, wenn er hörte, dass Vince gegen seinen langjährigen Konkurrenten und Erzfeind Joe Capello verloren hatte. Oder dessen Vertreterin.

Sophias Gerede über den alten Teil der Bibliothek zog sich hin. Dass der Originallüster auf dem Dachboden des Rathauses gefunden worden war, von der runden Eisentreppe, dem verglasten Dach und dem Mosaikfußboden, der den Eingangsbereich sehr einladend machte. Dann sprach sie auch noch über Clover Park und seine lange abwechslungsreiche Geschichte. *Gähn.* Clover Park war nicht mehr als ein kleines Nest in Connecticut, das einmal für die wohlhabende Elite von New York City ein Zufluchtsort auf dem Land gewesen war, doch jetzt war es einfach nur ein verschlafener Vorort. Seine Idee für ein schlankes, modernes Glasgebäude, von dem aus man einen Ausblick auf den Park gegenüber der Straße hatte, sollte das Highlight des Ortes werden. Wem lag schon etwas an der originalen Ziegelfassade, die im übrigen in sich zusammenfiel, oder an den Marmorsäulen am Haupteingang, die mehr zu einem größeren Gebäude in griechischem Stil gepasst hätten als zu einer schäbigen Bücherei, die nie wirklich renoviert worden war, seit sie 1896 errichtet worden war? Der Erweiterungsbau, errichtet in den Sechzigerjahren, war unmodern und viel zu klein, um weiter genutzt zu werden.

Vince unterdrückte ein Gähnen, als Sophia immer weiter über den offenen Kamin redete – ein ernstzunehmendes Brandrisiko in einem Raum voller Bücher. Als sie endlich schwieg, stand er gleich auf, um das Meeting zu übernehmen, und ging hinüber zu ihr zum Kopfende des Tisches.

„Gentlemen", begann er. „Wie wir bereits besprochen haben–"

„Entschuldigen Sie", sagte Sophia lächelnd zu den noch sitzenden Männern. „Ich war noch nicht ganz fertig."

Er verschränkte die Arme. „Dann werden Sie fertig."

Sie lächelte ihn süßlich an, doch ihre glänzenden, dunkelbraunen Augen blitzten ihn herausfordernd an. Er sah ihr in die Augen, selbst für einen Kampf bereit. Sie warf ihm ein Lächeln zu, das eher ein nonverbales *Fick-dich* als ein Lächeln war, und drehte sich zum Raum um. „Anstatt sich für ein kaltes, modernes Gebäude zu entscheiden, schlage ich vor, dass wir mehr Ziegel verwenden, die zur Farbe des Originals passen, ein maximal zweistöckiger Anbau, in dem dann der Hauptanteil des Bestandes untergebracht wird." Sie blätterte zur nächsten Zeichnung um, die nach verdammt viel Ziegeln aussah. Nicht billig und definitiv nicht gerade ein Hingucker. „Da das Gelände ansteigt, ist ein neues Gebäude mit zwei Stockwerken eine angemessene Alternative."

Er knirschte mit den Zähnen. Er hatte auch ein zweistöckiges Gebäude vorgeschlagen, dabei aber das alte abgerissen.

Endlich kam sie zum Ende. „Ich danke Ihnen für Ihre Zeit, meine Herren. Ich hoffe, ich konnte Sie davon überzeugen, wie wichtig es ist, die historische Architektur auf eine Art und Weise zu erhalten, die immer noch modern und funktional ist. Diese Stadt hat solch eine stolze Geschichte, und es ist unsere Aufgabe, sie für unsere Kinder zu bewahren." Sie sah die älteren Männer an. „Und für unsere Enkelkinder."

Vince musste sich beherrschen, nicht die Augen zu verdrehen. Soweit er wusste, wohnte sie nicht einmal hier. Dummerweise kauften die Männer ihr es jedoch ab.

„Das ist gut", sagte Bürgermeister Riggs und nickte begeistert.

„Hat mir auch gefallen", sagte ein andere Mann. Viele Köpfe nickten und murmelten um den Tisch herum.

„Meine Herren", rief Vince und riss das Wort an sich, „das Hauptaugenmerk an der Lage der Bibliothek ist nach wie vor der Blick auf den Park. Darum funktioniert mein Entwurf am besten. Wir bieten Glas vom Boden bis zur Decke im zweiten Stock. Ein lichtdurchfluteter, luftiger Raum mitten in einer natürlichen Umgebung, der sich nahtlos einpasst. Ein Ziegelbau kann nicht einmal ansatzweise diesem Raumgefühl nahekommen. Und wir haben ein umweltgerechtes Design integriert, Solararchitektur auf der von der Straße abgewandten Seite und Konstruktionsstandards von höchster Energieeffizienz." Er unterbrach sich. „Sie kennen meinen Entwurf, lassen Sie mich nur die Hauptpunkte hervorheben. Erstens: natürliche Schönheit. Zweitens: Energieeinsparung. Drittens: weniger Kosten als bei dem, was von *Capello Construction* vorgeschlagen wurde. Ich danke Ihnen." Er sah sich gereizt im Raum um und forderte damit jeden heraus, das, was er gesagt hatte, in Zweifel zu ziehen. Darüber musste man erst gar nicht nachdenken. Sie bauten ja schließlich kein verdammtes Museum für die Vergangenheit. Jetzt war die Zeit für etwas Neues und Modernes gekommen.

Sophia schüttelte den Kopf. „Ich bin mir zwar sicher, dass das ein paar Cents sparen würde, aber niemand versteht die Bedeutung davon, Clover Parks illustre Geschichte zu bewahren, wie ich. Ich bin Bauhistorikerin und arbeite unermüdlich daran, beim National Registry of Historic Places Gebäude unter Denkmalschutz stellen zu lassen. Wäre es nicht schön, eine solche Plakette neben dem Eingang der Bibliothek zu haben und es als historisch bedeutsamen Ort zu deklarieren?" Sie lächelte auf eine Art und Weise, die viele Männer zurücklächeln und nicken ließ.

„Und wie lange würde das dauern?", fragte Vince.

Sophia warf ihr langes, gelocktes, braunes Haar über eine Schulter. „Anträge dauern ihre Zeit, aber ich kann dafür sorgen, dass die Formulare effizient durchkommen."

„M-hmm."

Sophia sah ihn wütend an, und ihr feuriges Temperament stellte etwas Merkwürdiges mit seinem Inneren an, verdrehte es und erhitzte ihn irgendwie gleichzeitig. Verdammt. Er lüstete dieser schönen Frau genauso hinterher wie die notgeilen alten Säcke im Raum. Sie versuchte, ihm zu nehmen, was rechtmäßig ihm gehörte, und er würde das nicht zulassen.

Er sprach den Bürgermeister direkt an. „*Marino & Sons* ist bereit, nächste Woche schon den Grundstein zu legen. Unser Zeitplan für das Projekt steht, da wir nach all den Treffen und Zusicherungen davon ausgegangen sind, dass der Auftrag bereits klar und im Grunde nur noch eine Frage der Formalität ist. Wenn Sie möchten, dass Ihre neue Bibliothek bis zum Frühling eröffnet wird und sich im Rahmen der finanziellen Möglichkeiten der Gemeinde bewegt, dann lassen Sie uns loslegen."

Bürgermeister Riggs verzog seinen Mund zu einer flachen Linie und nickte langsam. „Ja, Vince, da sprechen Sie etwas Wichtiges an, und uns allen hat Ihr Vorschlag sehr gefallen." Die anderen Männer beeilten sich zuzustimmen. Diese Arschkriecher. „Aber ich denke, ich spreche für alle, wenn ich sage, dass uns auch Sophias Idee sehr gut gefällt. Die Geschichte von Clover Park ist schon wichtig. Wir waren eine der ersten Städte in Connecticut, die überhaupt eine Bibliothek besaßen."

„Ein denkmalgeschütztes Gebäude würde auch Touristen anlocken", sagte Sophia. „Und Leute, die einkaufen wollen, da sich die Bibliothek ja auf der Main Street befindet."

„Ich glaube kaum, dass Touristen in Scharen herbeieilen werden, um sich Denkmalschutzplaketten anzusehen", sagte Vince.

Sophia runzelte die Stirn. „Mit meinem Entwurf wird die neue Bibliothek ein Treffpunkt für die Gemeinde." Sie deutete auf die entsprechenden Stellen in ihrem Plan. „Ein Café, Computerarbeitsplätze und eine kleine Galerie, um lokale Künstler zu fördern. Das alles wird sogar noch mehr Besucher anlocken."

„Wir haben bereits ein Café in der Stadt", knurrte Vince. Offensichtlich hatte sie ihre Hausaufgaben nicht gemacht. Verdammte Auswärtige.

Bürgermeister Riggs tippte sich mit dem Finger ans Kinn. Vince wäre am liebsten über den Tisch geschossen und hätte ihn am Kragen gepackt. *Entscheide dich, Mann. Hab wenigstens so viel Mumm, zu deiner Meinung zu stehen.*

Einer der Stadträte flüsterte dem Bürgermeister etwas ins Ohr, und der Bürgermeister nickte.

„Wir werden uns beide Pläne ansehen, darüber nachdenken und Ihnen nächste Woche unsere Entscheidung mitteilen." Bürgermeister Riggs reichte Vince über den Tisch seine Hand. „Wir sind Ihnen für Ihre Flexibilität in dieser Sache sehr dankbar."

Vince schüttelte ihm energisch die Hand. „Dann sehe ich Sie nächsten Dienstag", sagte er in einem Tonfall, der dafür, dass er ihnen am liebsten die Schädel eingeschlagen hätte, einigermaßen kontrolliert war.

Auch Sophia erhob sich und schüttelte dem Bürgermeister die Hand. „Ich lasse Ihnen meine Entwürfe hier. Herzlichen Dank für Ihre Zeit." Sie marschierte aus dem Raum, und die

Männer starrten mit lüsternen Blicken auf ihr kurviges Hinterteil.

Vince stand da und biss die Zähne aufeinander, um nicht den Schrei auszustoßen, nach dem ihm zumute war. Er hatte den Deal doch in der Tasche gehabt! Das Projekt gehörte ihm. Das erste Bauprojekt, das er leitete. Verdammte *Capello Construction*. Sie unterboten regelmäßig die Projekte von *Marino & Sons*, doch das hier war noch schlimmer, Capello hatte sie nicht einmal unterboten, und doch hatten sie es geschafft, einen Fuß in die Tür zu bekommen. Einen mit hohen Absätzen, den Fuß eines sexy Supermodels. Er war Sophia nie zuvor begegnet, und jetzt wusste er auch warum. Capello hatte sie als Geheimwaffe in der Hinterhand gehalten.

Vince sammelte seine Unterlagen ein und holte Sophia ein, als sie gerade das Gebäude verlassen wollte. „Hey, Sophia! Warten Sie auf mich!"

Sie ging weiter und zwang ihn damit, schneller zu gehen. Er erreichte sie draußen auf dem Gehsteig.

„Hey, Vince", sagte sie mit einer Hand an der Hüfte, ganz entspannt, als stünde nicht gerade ein Zwölf-Millionen-Dollar-Projekt auf dem Spiel.

Er atmete tief durch. „Wenn Sie auch nur eine Minute lang glauben, dass ich aufgeben und zulassen werde, dass Sie–"

„Wir sehen uns dann beim nächsten Treffen!" Sie wedelte mit den Fingern und ging mit schwingenden Hüften auf ihren hohen Absätzen davon. Sein Körper reagierte mit einem Ständer, der ihn wütend machte. Darum machte er auf dem Absatz kehrt und ging in die entgegengesetzte Richtung. Er marschierte einmal um den Block und hoffte verdammt nochmal, dass sie nicht mehr auf dem Parkplatz sein würde, wenn er zurückkam, denn wenn sie es wäre, könnte er unter diesen unfassbaren Umständen nicht mehr die Verantwortung für sein Temperament übernehmen.

Sie war nirgends mehr zu sehen – was ihn irgendwie enttäuschte. Sein Blut kochte noch immer. Es hatte ihm unter den Nägeln gebrannt, sich mit ihr anzulegen, doch sie schien mehr als in der Lage zu sein, sich zu verteidigen. Verdammt, wahrscheinlich hätte es sogar Spaß gemacht, ein paar Runden mit ihr zu streiten. Aber was sagte das über ihn? Er hatte eine Schraube locker. Das sagte es.

~

Als Vince zum Haus seines älteren Bruders Gabe fuhr, kochte er immer noch innerlich. Gabe war Anwalt, und Vince wollte klagen. Vertragsbruch oder so was in der Art. Es war kurz nach neun, darum dachte er sich, dass er noch auf sein würde. Er parkte vor Gabes Haus, das einmal das Haus ihrer Eltern gewesen war. Vince hatte dort mit seinen fünf Brüdern gewohnt, seitdem er zwölf gewesen war. Wenn er an diese Zeit dachte, waren es immer seine zwei leiblichen Brüder (Nico und Angel) und drei Stiefbrüder (Gabe, Luke und Jared), doch in letzter Zeit hatte er angefangen, sie alle als seine Brüder zu betrachten. Mit zunehmendem Alter wurde er weich, vor allem seit Gabe und Zoe ihn gebeten hatten, Taufpate ihres Sohnes zu werden. Es hatte ihm etwas bedeutet, dass sie ihn ausgewählt und als Familie betrachtet hatten, als sie durch nichts dazu verpflichtet gewesen waren.

Er klopfte an die Haustür und wartete ungeduldig. Ein paar Augenblicke später wurde die Tür geöffnet.

„Hi, Vince", sagte seine Schwägerin Zoe mit ihrem sonnigen Lächeln, ihren strahlenden braunen Augen und dem braunen Haar, das sie zum Zopf geflochten über einer Schulter trug. Sie war zuckersüß und musste sich auf die Zehenspitzen stellen, um ihn zu umarmen. Er erwiderte die Umarmung, achtete aber darauf, nicht zu sehr gegen ihren schwangeren Bauch zu drücken. Sie trat zurück, um ihn ins Haus zu lassen. „Komm rein. Was ist los?"

Er starrte auf ihren Bauch, der sich unter ihrem weiten Umstands-Pyjama-T-Shirt nach vorn wölbte. Auf dem T-Shirt war genau dort ein Baby aufgedruckt, wo es sich in ihrem Bauch zusammenrollte. „Wie geht es meinem Jungen?", fragte er.

„Er tritt viel." Sie nahm seine Hand und drückte sie auf

ihren Bauch. Etwas bewegte sich unter ihrer Haut. Er erschauerte. Das war einfach unheimlich.

„Spürst du es?", fragte sie lächelnd.

Er wollte nicht, dass sie sich schlecht fühlte. Sie trug sein Patenkind unter dem Herzen, selbst wenn es ihm wie ein Alien vorkam, das gleich aus ihrem Bauch springen würde. „Und ob."

Gabe kam mit ihrem Hund, Fred, einem mittelgroßen schwarz-silbernen Fellball, der an seiner Seite trottete, auf ihn zu. Sein Stiefbruder sah gut aus. Seine Haare waren hellbraun und kurz geschnitten, dazu hatte er dunkelblaue Augen. Fred wollte gerade losbellen, als wäre ihm jetzt erst aufgefallen, dass Vince da war.

„Ruhig", sagte Gabe, und Fred verstummte. Gabe war kein großer Mann, eins achtzig oder so, von mittlerer Statur, doch sein Bruder konnte sich durchsetzen, und der Hund respektierte das.

„Tut mir leid, dass ich euch so überfalle." Vince schob sich eine Hand ins Haar und trat einen Schritt zurück. Er hatte nicht erwartet, dass Zoe schon ihm Pyjama sein würde. „Ich gehe dann mal lieber wieder."

„Sei nicht albern", sagte Zoe. „Wir habe nur ferngesehen. Komm rein, ich sehe dir doch an, dass was nicht stimmt. Ich wollte sowieso gerade ins Bett gehen." Sie küsste Gabe, der ihr mit Lust in den Augen hinterher blickte, während sie die Treppe hinaufging.

Vince konnte sich nicht einmal vorstellen, wie Gabe um diesen Bauch herumkam. Sie war jetzt im siebten Monat. Das Baby sollte am fünften Dezember zur Welt kommen, und Vince hatte bereits dafür gesorgt, dass er an diesem Tag keine Termine hatte.

Gabe riss endlich seinen Blick von seiner Frau los und sah ihn an. „Bier?"

„Gerne."

Er folgte ihm in die Küche und setzte sich an die Insel. Er sah zu, wie Gabe das Bier aus dem Kühlschrank holte, und fühlte sich immer noch wie ein Arsch, weil er in ihr Liebesnest eingedrungen war.

Gabe öffnete zwei Bier und reichte Vince eins. „Also – was ist los?"

Vince trank einen langen Schluck. „Wie läuft's mit dem Baby?" Als Taufpate fand er es wichtig, über alle Neuigkeiten informiert zu werden.

Gabe hob einen Mundwinkel. „Ihm geht's gut. Wächst, wie er das soll. Hübsch und aktiv."

„Das hört sich gut an." Vince trank noch einen langen Schluck, und das Bild weiblicher Zehen, die vorne aus Peeptoes mit hohen Absätzen herausspitzten, tauchte in seinem Kopf auf. „Ich muss jemanden verklagen."

„Wen denn?"

„Capello Construction."

Gabe trank einen Schluck von seinem Bier. „Du meine Güte. Dad meckert ständig über sie. Was haben sie denn angestellt?"

„Sie versuchen, mir das Clover Park Bibliotheksprojekt direkt unter der Nase wegzuschnappen. Sie haben in letzter Minute noch ein Angebot dafür abgegeben."

„Gab es nicht ein öffentliches Ausschreiben für das Projekt?"

Vince verzog das Gesicht. „Pah. Ich weiß, dass ich nicht wirklich was in der Hand habe. Ich bin nur angepisst." Er schlug mit seiner Faust auf den Tresen. „Das hatte die letzte Besprechung sein sollen. Ich wollte mir nur die Unterschrift auf dem Vertrag abholen, und dann kommt *sie* hereingestakst."

„Sie?"

„Ihre Geheimwaffe. Capello schickt seine Supermodeltochter, damit sie den alten Säcken die Köpfe verdreht. Sie denken mit ihrem Schwanz, nicken gehorsam und lächeln. Als nächstes sagen sie mir, dass sie darüber nachdenken wollen! Jetzt wollen sie sich bis nächste Woche entscheiden." Vince gestikulierte wild. „Und sie labert weiter und weiter von einem verdammten Kamin!"

Gabe hob eine Hand. „Jetzt komm erst mal wieder runter. Capello hat eine Supermodeltochter? Das ist doch perfekt für unser Supermodel Vince."

Vince presste die Lippen aufeinander. „Fick dich."

„Entschuldige. Konnte einfach nicht widerstehen." Er grinste und trank sein Bier.

„Ich bin kein Supermodel, und das weißt du verdammt gut."

„Hättest du aber sein können." Gabe grinste erneut. „Wir kennen all diese Geschichte."

„Das war einmal." Er hob einen Finger. „Vor einer halben Ewigkeit hat mich irgend so eine Frau in der Stadt angehalten und mir ihre Karte gegeben. Und ihr müsst mir das immer noch unter die Nase reiben."

Keiner seiner Brüder respektierte ihn.

Gabe schmunzelte und schüttelte den Kopf. „Das hier ist wie bei den Montagues und den Capulets. Verfeindete Familien. Zwei Liebende, deren Liebe zum Scheitern verurteilt war."

Vince stellte sein Bier ab. „Was laberst du denn da?"

„Shakespeare", sagte Gabe. „*Romeo und Julia*. Die lange Familienrivalität zwischen den Montagues und den Capulets. Du und Sophia, zwei Liebende unter einem schlechten Stern zwischen den rivalisierenden Marinos und Capellos." Er schnaubte.

„Halt die Klappe, Nerd. Hier gibt es keine Liebenden." Er trank sein Bier und dachte noch einmal daran, wie sie ihn heute Abend kalt erwischt hatte. „Zwischen mir und dem Bürgermeister gab es eine mündliche Vereinbarung. Das muss doch Gewicht haben."

Gabe schüttelte den Kopf. „Reicht nicht. Tut mir leid."

„Bei diesem Projekt geht es um zwölf Millionen Dollar!", polterte Vince. „Wir brauchen es. Seit Dad krank ist, läuft das Geschäft nicht gut. Das sollte das eine Projekt sein, bei dem ich das Sagen habe. Das jedem das Vertrauen gibt, dass *Marino & Sons* auch unter neuer Führung weiterlaufen wird. Unter meiner Führung." Es war an Vince, das Geschäft fortzuführen. Er hatte es verdammt nochmal verdient. Sechzehn Jahre lang hatte er hart gearbeitet und sich nicht ein einziges Mal beschwert.

Gabe trank noch einen Schluck von seinem Bier. „Hast du sonst irgendwas am Laufen?"

„Nicht viel. Nur Renovierungsjobs. Ein neues Dach auf der Mall. Nichts wie das."

„Vielleicht kannst du was mit ihr aushandeln. Falls sie sich für sie entscheiden, könntest du immer noch einen Teil des Auftrags als Subunternehmer abbekommen."

„Vielleicht schon." Nicht, dass sein Vater dem jemals zustimmen würde. Die Feindseligkeit, die immer zu spüren war, wenn sein Dad den Namen Joe Capello auch nur hörte, war lächerlich. Es hatte damals in der High School mit einer Frau angefangen. Es war Vinces Mutter gewesen, in die beide Männer verliebt gewesen waren. Offensichtlich hatte sie sich für Vinces Vater entschieden, doch die Feindschaft zwischen den beiden Männern war geblieben und eskaliert, als sie verbissene Wettstreiter auf einem sehr übersichtlichen Markt geworden waren. Capello hatte so viele ihrer Projekte unterboten, wie er nur konnte, wodurch *Marino & Sons* die Preise sogar noch weiter hatte senken müssen, wenn sie das Geschäft gebraucht hatten. Und dieses Bibliotheksprojekt brauchten sie wirklich. Vince wusste besser als sonst jemand, dass *Marino & Sons* in ernsthafte Schwierigkeiten geraten würde, wenn sie nicht bald ein großes Projekt an Land zogen.

Falls er wirklich mit Sophia zusammenarbeiten musste, wollte er einen Löwenanteil an dem Job. Den Hauptanteil. Er leerte sein Bier und warf die Flasche in den Müll.

„Ich werde das Projekt aber nicht fifty-fifty teilen", sagte Vince.

„Natürlich nicht."

Vince tätschelte Gabe die Wange so, dass es fast eine Ohrfeige war. „Danke, Brüderchen."

Gabe erwiderte die beinahe-Ohrfeige. „Geh und spiel schön mit dem Supermodel, Romeo", sagte der Klugscheißer.

3

Vince riss sich das Hemd vom Leib und wühlte in seinem
Schrank nach einem anderen. Diese Woche war Mist gewesen.
Sein Dad war angepisst, weil er nicht mit einem Vertrag
zurückgekommen war. Vince hatte seinem Vater gesagt, dass
der Stadtrat noch eine Woche brauchen würde, um sich zu
entscheiden. Den Teil, dass *Capello Construction* ebenfalls ein
Angebot eingereicht hatte, hatte er vorsorglich ausgelassen.
Er wusste, sobald der Name Capello fiel, würde sein Dad sich
auf das Projekt stürzen, und das wollte Vince nicht. Das war
sein Baby.

Er hatte sich schließlich entschlossen, Gabes Rat anzu-
nehmen und zu versuchen, sich jetzt schon etwas für Sophia
einfallen zu lassen. Er hatte das ungute Gefühl, dass sich der
Stadtrat wegen diesem ganzen blöden historischen Kram auf
ihre Seite schlagen würde. Er zog sich ein weißes Hemd an,
das er für gewöhnlich nur zu dem Anzug trug, den er für
Beerdigungen anzog. Passte zu seiner Stimmung. Sophia war
einverstanden gewesen, sich heute Abend mit ihm zu treffen,
um zu reden. Sie hatte sich irgend so ein Schickimicki-Restau-
rant ausgesucht, das Le Jardin, im schicken Greenport, wo sie
lebte. Warum konnten sie nicht einfach in der Nähe seines
Hauses in Eastman eine Pizza essen gehen?

Er sah in den Spiegel, runzelte die Stirn und band eine

Krawatte um. Er hatte das Gefühl, gleich zu ersticken. Er riss sich die Krawatte vom Hals und schleuderte sie durch den Raum. Er war müde von der schweren körperlichen Arbeit, die er heute zusammen mit seiner Mannschaft erledigt hatte, als sie das Dach des Einkaufszentrums abgedeckt hatten. Die alten Dachziegel waren schwer gewesen. Am liebsten hätte er sich an einem Freitagabend mit einem Bier zurückgelehnt, anstatt einen Affenanzug anzuziehen und eine halbe Stunde zu fahren, um so zu tun, als hätte er Stil wie diese Sophia. Doch er musste so tun. Er musste sie sehen lassen, dass es eine gute Idee war, mit ihm zusammenzuarbeiten. Wenn es überhaupt dazu kam. Verdammt, er spürte, wie ihm die ganze Sache aus den Fingern glitt. Wenn sie es wirklich gewollt hätten, hätten sie sofort bei *Marino & Sons* unterschreiben können. Er ging auf und ab, sein Rücken und seine Schultern höllisch verspannt. Er lockerte seinen Nacken. Eine Dusche würde ihn entspannen. Er hatte immer noch zwanzig Minuten.

Er zog sich aus und ging ins Bad. Ein paar Minuten später stand er unter der Brause und ging in Gedanken noch einmal durch, was er sagen wollte. Wahrscheinlich war es besser, mit dem Gerede über das Geschäftliche zu warten, bis sie gegessen hatten. Vielleicht sollte er sie erst mal mit Wein abfüllen. Nach dem einen oder anderen Glas Wein waren Frauen immer viel nachgiebiger. Warum musste er sich überhaupt mit Sophia abgeben? Was zum Teufel war denn mit ihrem Vater passiert, dem Mann, dem *Capello Construction* gehörte?

Kurz darauf kam er aus der Dusche, trocknete sich ab und nahm das erste Hemd, das nicht verknittert war, aus dem Schrank. Scheiß auf die Krawatte. Und das Jackett. Sie konnten ihn ja rausschmeißen, wenn er nicht zur Klientel passte. Er wollte sowieso nicht ins Le Jardin.

Sophia war kein bisschen überrascht gewesen, als sie eine Nachricht von Vince auf ihrer *Capello Construction* Mailbox gefunden hatte. Er war außer sich gewesen, dass sie in letzter Minute noch ein Angebot für das Bibliotheksgeschäft abgegeben hatte. Was sie überrascht hatte, war sein Tonfall, eine tiefe, melodische Stimme, mit der er ihr ein Friedensangebot unterbreitete und sie zum Abendessen einlud. Sie hatte im Gegenzug auf seine Mailbox gesprochen, die Einladung angenommen und das Le Jardin vorgeschlagen, da das Essen dort gut und es nur ein paar Minuten zu Fuß von ihrem Haus entfernt war, falls das Treffen schiefgehen sollte. Was durchaus möglich war, wenn sein Temperament ihrem ähnelte.

Und da war sie nun und saß allein im Le Jardin. Sie trug ihr kleines Schwarzes und hatte das Gefühl, versetzt worden zu sein. Wütend, dass er sich so verspätete, trank sie ihr Glas Sauvignon Blanc aus und bestellte beim Kellner ein zweites. *Ich habe auch Besseres zu tun, als am Freitagabend allein in einem Restaurant zu sitzen.* Sie seufzte und nahm sich ein Stück Brot aus dem Korb vor sich. Sie vermisste ihr altes Gesellschaftsleben in Brooklyn. Ihre Freunde wollten sie nie in Greenport besuchen. Im Vergleich zur Stadt war es hier langweilig. Sie war vor einem Monat in das Haus ihrer Eltern gezogen, weil ihr Dad sie gebeten hatte, darauf aufzupassen (er hatte Angst, dass jemand es ausrauben würde, wenn es aussah, als stünde es leer), während er sich im Apartment seines Bruders verschanzt und versucht hatte, allen, die er kannte, aus dem Weg zu gehen. Sie hatte einen Mitbewohner in Brooklyn, darum wusste sie, dass ihrer Wohnung nichts passieren würde. Und ihre Mom genoss die Zeit mit Manuel in Florida. *Denk nicht darüber nach.*

Sie tippte mit ihren manikürten Fingernägeln auf den Tisch. Vielleicht sollte sie einfach etwas zum Mitnehmen bestellen. Sobald der Kellner mit ihrem Wein kam, würde sie das Zitronen-Rosmarinhühnchen bestellen und nach Hause gehen. Sie aß einen Bissen Brot und sah sich gelassen im Restaurant um. Hauptsächlich waren Paare hier, doch die meisten saßen da und hatten einander nichts zu sagen. Himmel, das war deprimierend. So wollte sie niemals sein. So, wie ihre Eltern gewesen waren, bevor sie sich getrennt hatten. Ihr Dad hatte immer noch die Hoffnung, dass sie es wieder hinbekommen würden. Ihre Mom hatte die Scheidung eingereicht.

Der Wein kam, und sie zwang sich, für den Kellner ein Lächeln aufzusetzen. „Ich würde dann jetzt gerne etwas bestellen", sagte sie.

„Sehr gern", sagte der Mann. „Darf ich Ihnen erzählen, was die Küche heute empfiehlt?"

Als sie aufsah, stellte sie fest, dass Vince auf sie zu stolziert kam – ein Holzfäller mit Stil. Er trug ein hellblaues Hemd mit offenem Kragen, sodass darunter die von seiner Arbeit gebräunte Haut zu sehen war. Seine Haare waren noch feucht, als hätte er gerade erst geduscht. Mit seiner Größe und seinem Körperbau war er solch eine beeindruckende Präsenz, dass sich die Köpfe nach ihm umdrehten, als er sich ihr näherte. Definitiv nicht ihr Typ. Sie mochte kultivierte, elegante Männer, die ihre beiden Leidenschaften Geschichte und Architektur zu schätzen wussten.

Er beugte sich zu ihr herab und küsste sie auf die Wange. „Tut mir leid, dass ich spät dran bin."

Angesichts dieser unerwarteten Gefühlsbekundung zuckte sie zusammen. Sie hatte gedacht, dass er mutwillig spät kam, um sie wütend zu machen. Sein holziger, maskuliner Duft betonte nur noch den Holzfäller-frisch-aus-dem-Wald-Eindruck. Er versuchte wohl, sie aus dem Konzept zu bringen, indem er sich wie ein gefühlsbetonter Freund benahm. Sie kannten einander doch kaum.

Sie waren Feinde. Oder zumindest Konkurrenten.

Er setzte sich ihr gegenüber und sah den Kellner an. „Bringen Sie mir doch bitte eine Flasche von dem Wein, den sie trinkt."

„Sehr gerne, Sir." Der Kellner ging.

„Also, was ist hier zu empfehlen?", fragte Vince lächelnd.

Sie zog eine Braue hoch. „Du bist ja sehr gut gelaunt."

„Ach, dann sind wir also per Du? Gerne. Und um deine Frage zu beantworten – ich esse mit einer schönen Frau zu Abend. Warum sollte ich da nicht gut gelaunt sein?"

Sie trank einen Schluck von ihrem Wein und dachte über

seine veränderte Haltung nach. „Du … Sie … verdammt. Du kannst mich nicht durch irgendwelches Gesäusel dazu bringen, dir das Bibliotheksprojekt zu überlassen, also kannst du gerne aufhören zu schauspielern."

Er beugte sich vor und sprach mit leiser Stimme weiter. „Mit meinem Gesäusel könnte ich so ziemlich alles bei dir erreichen, Darling, aber das habe ich nicht vor." Er lehnte sich zurück. „Wir sind nur zwei Erwachsene, die einen Deal ausarbeiten wollen. Sobald wir gegessen haben. Ich würde nur gerne mein Essen ohne irgendwelche Unterbrechungen genießen, *capisce*?"

Bei dem italienischen Ausdruck grinste er, ein wenig dezenter Wink mit dem Zaunpfahl, dass sie beide italienische Wurzeln hatten, dass sie ebenbürtig waren. Auch wenn sie natürlich beide von der langjährigen Feindschaft ihrer Väter wussten. Sie war sich sicher, dass sein Vater das gleiche Temperament hatte wie ihrer, wenn die Fehde schon so viele Jahre bestand, und das bedeutete, dass Vince sicher auch schon eine Menge darüber gehört hatte. Er war gut, das musste sie ihm zugestehen. *„Come sta la sua famiglia?"* Sie hatte ein Jahr als Austauschstudentin in Italien verbracht.

Er setzte ein breites Lächeln auf. *„Mia famiglia* geht es großartig, danke. Und deiner?"

Ihrer Familie ging es furchtbar. Unerwartet brannten Tränen in ihren Augen, und sie blinzelte schnell, versuchte, es zu überspielen. „Gut", brachte sie hervor.

„Wie geht es deinem Dad? Ich dachte, ich hätte mit ihm zu tun."

„Er erholt sich gerade von einer Krankheit." *Liebeskrankheit,* fügte sie in Gedanken hinzu.

Er starrte sie an. „Ich hoffe nichts Ernstes."

„Nein, er wird schon wieder."

Vince nickte einmal und nahm die Speisekarte in die Hand.

Der Kellner kam mit einer Flasche Wein. Er goss ihr ein wenig ins zwischenzeitlich leere Glas, damit sie ihn probieren konnte. Sie nickte zustimmend, und er goss Vince ein Glas ein. Sie hörten sich an, welche Spezialitäten es gab, und bestellten.

Stille senkte sich über ihren Tisch. Sophia versuchte angestrengt, nicht an das Chaos zu denken, das ihre Familie ihr hinterlassen hatte, doch es war nicht leicht. Sie war es gewohnt, die Dinge für ihre Familie wieder geradezubiegen, doch diesmal war es etwas anderes. Ihr Dad hatte sie ungewöhnlich emotional angefleht, nach Greenport zurückzukommen und sich sowohl um das Haus als auch das Geschäft zu kümmern. Sie hatte sich einverstanden erklärt, denn sie wusste, dass sie zu ihrer Arbeit immer noch in die Stadt pendeln konnte – eine vierzigminütige Fahrt – und dass sie auch gut von zu Hause aus arbeiten konnte. Bedauerlicherweise kam sie nicht zu ihrer eigentlichen Arbeit, da sie versuchte zu verhindern, dass ihr Familienunternehmen pleiteging. Doch seitdem ihre Mom gegangen war, war ihr Dad wirklich in einem dunklen Loch versunken. Und jetzt war da auch noch Vince, der versuchte, ihr das Leben noch schwerer zu machen. Sie stellte ihren Wein ab und atmete tief ein.

„Vielleicht sollten wir es gleich hinter uns bringen", sagte sie im selben Moment, in dem er sagte: „Ich werde Patenonkel."

Und dann zog er sein Handy hervor und zeigte ihr das Ultraschallbild eines winzigen, wunderschönen Babys. „Es ist ein Junge", sagte er und deutete auf die deutlich sichtbare *Ausstattung*.

„Oh, er ist perfekt", sagte sie. „Das ist so was Wunderbares. Wessen Baby ist das?"

„Das meines älteren Bruders Gabe", sagte er, blickte auf das Bild und lächelte. Ihr Herz vibrierte angesichts der Schönheit des Moments – ein umwerfender Mann, der ein Baby anhimmelte. „Er soll am fünften Dezember zur Welt kommen."

Sie schluckte den Kloß in ihrem Hals herunter. „Haben sie sich schon einen Namen überlegt?"

„Noch nicht. Ich habe ihnen schon ein paarmal Vince vorgeschlagen, aber aus irgendeinem Grund lassen sie sich darauf nicht ein." Er setzte ein Lächeln auf, und sie erwiderte es. Ihre Blicke begegneten sich.

Sie hörte auf zu lächeln.

Er hörte auf zu lächeln.

Die Spannung war greifbar, eine eher unpassende Reibung elektrischer Anziehung fuhr durch sie hindurch, und Panik stieg in ihr auf. „Also!", sagte sie strahlend. „Noch ein bisschen Wein?" Sie nahm die Flasche und wollte ihm gerade ein weiteres Glas einschenken, doch er legte seine Hand auf ihre.

„Es ist noch voll", sagte er ernst.

Sie zwang sich zu einem fröhlichen Lächeln und wich seinem Blick aus. „Dann mehr für mich!" Sie füllte ihr eigenes Glas und trank einen Schluck, wobei sie sich nur allzu bewusst war, dass er sie anstarrte.

„Also, was machst du so, wenn du nicht gerade Angebote für eine Bibliothek abgibst?", fragte Vince.

„Ich arbeite in einem Consulting-Unternehmen. Ich sehe mir historische Gebäude an, begutachte sie und helfe dabei, die Unterlagen für die steuerliche Abschreibung auszufüllen und Anträge für die Aufnahme in das National Register of Historic Places zu stellen. Solche Dinge. Wirklich faszinierend. Und du?"

„Ich baue", sagte er geradeheraus.

Sie leerte ihr Glas. Sie war nicht wirklich in ihrem Element, wollte aber verzweifelt das Unternehmen ihrer Familie retten. Wenn sie es nur lange genug über Wasser halten konnte, bis ihr idiotischer Bruder Mike aufhörte, seiner verdammten Band zu folgen, seinen Abschluss machte und dann *Capello Construction* übernahm, wie er es eigentlich sollte, würde alles schon irgendwie klappen.

„Also", sagte sie und goss sich das dritte Glas Wein ein.

Er hob eine Braue. „Wie viele Gläser Wein hattest du schon?"

„Nur zwei."

Er nahm ihr Glas und stellte es neben sein eigenes. „Das reicht erst mal."

„Was bildest du dir ein? Du bist nicht mein Vater." Als sie nach dem Glas griff, packte er ihr Handgelenk.

„Wenn ich weg bin, kannst du so viel trinken, wie du willst, aber ich würde gerne eine halbwegs vernünftige geschäftliche Unterhaltung mit dir führen, bevor ich gehe."

„Oh, halbwegs vernünftig", feixte sie. Sein Griff an ihrem Handgelenk war warm, fest und gefiel ihr viel zu sehr. „Wir haben etwas Ernstes zu besprechen."

Er sah sie wissend an. „Du bist auf Streit aus, nicht wahr? Du brauchst einen starken Mann, an dem du dich reiben kannst. Nicht einen dieser metrosexuellen Typen, mit denen du für gewöhnlich ausgehst."

Sie hob ihr Kinn. Ihr Herz pochte gegen ihre Rippen. Sie riss ihr Handgelenk aus seiner Hand. „Was weißt du schon, mit wem ich ausgehe?"

„Nur so ein Gefühl. Jemand, der zwanzig Minuten lang über einen hundert Jahre alten Kamin reden kann, braucht einen Nerd, der ihm zuhört."

Sie schnaubte. „Da irrst du dich."

„Tue ich das?" Er verkniff sich ein Lächeln und nippte selbstgefällig an seinem Wein.

Sie griff erneut nach ihrem Wein, doch wieder packte er ihr Handgelenk auf halbem Weg. „Ich kann das den ganzen Abend tun", sagte er mit rauer Stimme, bei der ihr Magen zu prickeln begann.

Sie blickte in Richtung Tür. Zum Teufel mit ihm. Sie würde einfach zu diesem nächsten Stadtratstreffen gehen, die Stadtratsmitglieder bezirzen und den Auftrag an Land ziehen.

Vince packte ihr Handgelenk fester. „Denk erst gar nicht daran abzuhauen."

„Lass los. Du tust mir weh."

Er lockerte seinen Griff, ließ aber nicht los.

Ihr Temperament brauste auf. „Behandelst du alle deine Dates so?"

„Du bist kein Date", sagte er. „Du bist Geschäft."

Sie schluckte und ermahnte sich, sich zu beruhigen. Sie brauchte ihn nicht. Und ganz sicher brauchte sie auch nicht diese Schwierigkeiten, die ständig in ihrem Schoß zu landen schienen. „Du kannst dich zum Teufel scheren", brummte sie.

„Dahin nehme ich dich gerne mit, Darling."

Und sie sollte verdammt sein. Seine Worte machten sie doch tatsächlich heiß. Das hier war furchtbar. Schrecklich unpassend. Und er hielt immer noch ihr Handgelenk. Seine raue, schwielige Hand an ihrer zarten Haut stellte merkwürdige Dinge mit ihrem Innersten an.

Sie sah ihn wütend an. „Ach, fuck", sagte sie gerade laut genug, dass er das hören konnte. Ihre Wangen waren gerötet. Sie fluchte selten, doch Wein schien ihre Zunge zu lockern. Besonders, wenn sie gereizt war.

Er reagierte darauf mit einem langsamen, sexy, überaus wissenden Lächeln, bei dem sie sich wand. „Zuerst das Geschäft, Sweetheart, dann das Vergnügen." Er lachte.

Sie riss ihr Handgelenk aus seinem Griff, nahm ihre Handtasche und stürmte davon.

4

„Oh, verdammt", murmelte Vince, legte seine Serviette und ein paar Scheine auf den Tisch und folgte Sophia zur Tür hinaus. Frauen waren so verdammt empfindlich. Und diese hier – die war wirklich anstrengend. Auf ihren Stilettos stürmte sie den Gehsteig entlang, als hätte sie Sneaker an. Er lief schneller. „Wohin läufst du denn?"

„Nach Hause!", keifte sie und lief weiter.

Er holte sie ein. „Dann komme ich mit."

Ihre dunkelbraunen Augen blitzten, und sie warf ihre langen, ebenso dunkelbraunen Haare über ihre Schulter. „Verdammt … zur Hölle nochmal, das wirst du ganz sicher nicht tun."

Er schmunzelte. Sie kombinierte Flüche, als wüsste sie gar nicht, wie man fluchte. Das war verdammt niedlich. Er unterdrückte ein Schmunzeln, gab jedoch schnell auf. „Was du für eine interessante Wortwahl hast ... Aber ganz im Ernst. Wir müssen uns unterhalten."

Sie starrte ihn wütend an. Feuer loderte in ihren Augen, und alles in ihm spannte sich vor purer Lust an. Verdammt, das konnte er im Moment gar nicht gebrauchen. Er musste mit ihr einen Deal ausarbeiten und *Marino & Sons* wieder auf die Spur bringen.

„Dann schieß los", sagte sie mit zusammengebissenen

Zähnen.

Er wusste, dass er bei ihr nicht weit kommen würde, wenn sie so wütend auf ihn war. Er entschuldigte sich selten, wurde selten weich, doch dieses eine Mal, für seinen Vater, musste er es sein. Für Marino & Sons, sagte er sich. Für das Team einen einstecken.

„Ich–" *Hüstel.* Er räusperte sich. Es war schwieriger, es auszusprechen, als er gedacht hatte. „Ich möchte–"

„Was? Ein schmieriger, selbstgefälliger, verdammter Idiot sein, der unangebrachterweise eine Frau auslacht, die versucht, ihren verdammten Höllenjob zu erledigen?"

Vince bemühte sich, das Gesicht nicht zu verziehen. Er wagte es nicht, seinen Mund zu öffnen, denn er war sich nicht sicher, ob er dann nicht wieder lachen müsste.

„Ja, genau das bist du." Sie ging weiter.

Er hielt mit ihr mit. „Ich möchte mich entschuldigen, falls ich unangemessen … nicht sensibel genug war oder so. Können wir bitte einfach über das Projekt reden?"

Sie ging schneller. Diese Frau konnte auf ihren Stilettos geradezu joggen. Er ließ nicht locker.

„Geh nach Hause, *Marino*."

Auf keinen Fall würde er nach Hause gehen. Sie würde nie wieder zustimmen, sich mit ihm zu treffen, und er würde nicht zu dem nächsten Stadtratstreffen gehen, ohne zu wissen, dass er wenigstens ein Stück des Kuchens abbekommen würde. Ein paar Blocks lang ging er hinter ihr her. Vor der Brücke blieb sie an der Ampel stehen. Auf der anderen Seite standen am Fluss einige Häuser, alle groß und teuer. Natürlich wohnte sie da.

„Welches Haus ist eures?", fragte er.

Sie drehte sich um. „Ich schwöre, ich werde mein Pfefferspray benutzen, wenn du mich nicht verdammt nochmal in Ruhe lässt!"

Er kniff die Augen zusammen. „Würdest du dich, verdammt nochmal, bitte beruhigen?"

Sie sah ihn wütend an. „Du hast mir nicht zu sagen, was ich zu tun oder zu lassen habe." Sie drehte sich um und stürmte auf die Straße.

„Pass auf!" Er sah es wie in Zeitlupe, dass ein Ferrari um die Kurve gerast kam, der Sophia sicher erfasst hätte, doch er packte sie, riss sie zurück und stolperte mit ihr in den Armen zurück auf den Gehsteig und fiel. Als sein Kopf hart auf dem Asphalt aufschlug, blitzte hinter seinen Augen ein Licht auf, dann wurde alles schwarz.

~

Sophias Herz raste. Vince hatte sie gerettet. Dieses rote Auto … Es war so schnell gekommen. Sie hatte kaum Zeit gehabt zu reagieren, als er sie gepackt hatte. Und jetzt lag er so unheimlich regungslos unter ihr.

Sie stand auf und kniete sich neben seinen Kopf. „Vince! Bist du okay? Oh nein, oh nein." Sie lauschte nah an seinem Mund. Er atmete. Sie holte ihr Handy heraus und wollte gerade schon 911 wählen, als er stöhnte. „Vince! Sprich mit mir! Ist es schlimm? Wie viele Finger zeige ich?" Sie hielt drei Finger vor sein Gesicht.

„Drei." Ihr Held stand langsam auf und rieb sich den Hinterkopf. „Verdammt, das wird eine ganz schöne Beule werden."

„Lass mich mal sehen." Sie betrachtete seinen Hinterkopf. Da war Blut. „Komm. Nur noch einen Block. Wir packen Eis drauf und ich ruf dir einen Arzt."

„Keinen Arzt."

Sophia wusste, dass es sinnlos war, mit ihm zu diskutieren. Sie würde ihn schon überzeugen, sobald sie erst einmal bei ihr zu Hause waren. „Kannst du gehen?"

Er machte einen Schritt und schwankte. O Gott, das war alles ihre Schuld. Wenn ihr Temperament nicht mit ihr durchgegangen wäre, wäre sie nicht davon gestürmt, nicht fast überfahren worden, und er hätte sie nicht retten müssen. Sie trat an seine Seite und legte seinen Arm um ihre Schultern. „Du kannst dich auf mich stützen", sagte sie.

Das tat er auch, und er war schwer. Ein Eins-irgendwas-neunzig muskulöser Mann war für eine Frau auf Stilettos schwer zu stützen, doch sie hielt sich unter dem Gewicht, denn das war das Mindeste, was sie tun konnte. Sie war eins achtundsiebzig groß, also musste er sich wenigstens nicht bücken. Langsam gingen sie zum Haus ihrer Familie. Sie schloss auf und führte ihn zum Sofa im Wohnzimmer. Er ließ sich schwer darauf fallen.

Sie tätschelte ihm mehrmals das Gesicht. „Nicht einschlafen. Vielleicht hast du eine Gehirnerschütterung."

Er packte ihre Hand. „Eis", presste er zwischen zusammengebissenen Zähnen hervor.

Sie eilte davon, um Eis zu holen, und brachte auch eine Packung Paracetamol und ein Glas Wasser mit. Sie reichte ihm das Coolpack und stellte alles andere auf den Sofatisch neben ihn. Sie rang sich die Hände. „Wie fühlst du dich?"

„Ich fühle mich" – er zuckte zusammen, als er das Coolpack auf seinen Kopf legte –. „als hätte ich gerade einen Kopfsprung auf den Gehsteig gemacht."

Sie rang ihre Hände noch mehr. „Was kann ich tun? Wie viele Finger halte ich hoch?" Sie hob vier.

„Vier. Weißt du, wie ich mich besser fühlen würde?"

Sie beugte sich vor. „Wie?"

„Wenn ich ein kleines Danke von dir bekäme."

„Danke!", hauchte sie. „Das hätte ich schon früher gesagt, aber ich habe mir solche Sorgen gemacht. Danke, dass du mich gerettet hast. Es tut mir leid, dass ich so davongelaufen bin. Manchmal geht mein Temperament–"

Er hob eine Hand. „Verstehe schon." Er schüttelte ein paar Tabletten aus der Packung und schluckte sie. „Hast du etwas zu essen da? Mir ist schwindlig, weil ich nicht zu Mittag gegessen habe, und zum Abendessen sind wir ja nicht gekommen."

Er war hungrig. So schlecht konnte es ihm wohl nicht gehen, wenn er Appetit hatte. Sie atmete erleichtert aus. „Ja, natürlich. Ich mache uns ein paar Sandwiches. Bin gleich wieder da."

Er schloss die Augen. Vielleicht lag es nicht am Hunger, dass ihm schwindlig war. Vielleicht hatte er wirklich eine Gehirnerschütterung oder irgendeine ernste Kopfverletzung.

Langsam ging sie rückwärts aus dem Raum und beobachtete ihn für den Fall, dass er das Bewusstsein verlor.

„Mir geht's gut", sagte er. Woher wusste er, dass sie ihn beobachtete?

Sie eilte in die Küche. Schnell belegte sie zwei Vollkorn-Truthahnsandwiches und kehrte zum Sofa zurück, wo sie ihn in derselben Haltung mit geschlossenen Augen vorfand. „Vince?"

Langsam öffnete er die Augen.

„Geht es dir gut?"

„Es ging mir schon mal besser."

Sie setzte sich neben ihn und reichte ihm das Sandwich. Er biss herzhaft hinein. „Danke", sagte er mit vollem Mund.

Sie biss ebenfalls in ihr Sandwich. Dann erinnerte sie sich, dass er gehinkt war, und beeilte sich, den Polsterhocker heranzuziehen. „Hier, leg deine Füße hoch. Ich hol dir noch ein Coolpack für deinen Knöchel."

Er gehorchte. Sie eilte aus dem Zimmer und kam mit einem weiteren Coolpack zurück. Schnell schob sie sein Hosenbein hoch und legte den Coolpack um seinen Knöchel. Ihr Puls hämmerte. Seine Wade war muskulös, er hatte dunkle Haare und war gebräunt. Sehr männlich. Und schön.

„Danke, Sophia."

Ihr Innerstes prickelte. Wie er ihren Namen sagte. Seine Stimme klang wie die eines Radiosprechers – melodisch, tief, vibrierte in ihrem Kopf. Sie riss ihren Blick von seiner Wade, um ihm in die Augen zu sehen, die jetzt sanfter wirkten. Wahrscheinlich, weil er Schmerzen hatte.

Schuldgefühle nagten an ihr, und sie setzte sich wieder neben ihn. „Sobald du etwas gegessen hast, bringe ich dich in die Notaufnahme."

„Ich bin fertig und, nein, das wirst du nicht."

Sie sah zu ihm hinüber und war überrascht, dass er sein Sandwich so schnell aufgegessen hatte. „Bist du dir sicher? Sind deine Pupillen geweitet?" Sie sah in seine Augen. Es war schwierig, das zu sagen, da sie so dunkelbraun und von dunklen Wimpern umgeben waren. Sie hob zwei Finger vor sein Gesicht.

Er packte ihre Finger und hielt sie fest. „Hör auf, mich ständig Finger zählen zu lassen."

„Ich habe aber gehört, dass man so überprüfen kann, ob jemand eine Gehirnerschütterung hat."

Er ließ ihre Finger los. „Mir geht's gut. Beim Football habe ich schon schlimmere Landungen erlebt."

Besorgt sah sie ihn an. Man konnte nicht gut in seinem Gesicht lesen, es war irgendwie ausdruckslos. Verlor er den Fokus? War das ein Symptom? „Aber dieses Mal hast du keinen Helm getragen."

„Wenn ich mich mit meinen Brüdern geprügelt habe, hatte ich auch keinen Helm auf." Er lehnte sich zurück. „Ich habe fünf von der Sorte, und sie haben sich immer gerne auf mich geworfen, weil ich der größte bin. Daher habe ich auch die meisten meiner Narben."

Sie verzog das Gesicht. „Wirklich?" Das klang ja schrecklich.

„Ja."

„Und du bist dir sicher, dass es dir gut geht?" Sie beugte sich näher, sah ihm wieder in die Augen, versuchte zu sehen, ob seine Pupillen geweitet waren. „Verlierst du deinen Fokus?"

Er wandte den Blick ab. „Ich bin mir sicher."

„Oh." Sie nahm seine Hand. Sie war rau, aber so warm, dass sie sie nicht loslassen wollte. „Es tut mir wirklich leid."

Er drückte ihre Hand. „Ich werde es überleben."

„Danke nochmal, dass du mich gerettet hast. Ich war so ein Idiot."

Er zog seine Hand aus ihrer. „Hab ich gern gemacht. Ich war ja auch ein Idiot. Ziemlich unprofessionell."

Einen Moment lang saßen sie schweigend da.

„Wollen wir uns jetzt über die Bibliothek unterhalten?", fragte sie und nahm ihr Sandwich.

„Können wir das verschieben? Meinem Kopf geht es gerade nicht wirklich gut."

Sie drehte sich zu ihm um. „Ich wusste es. Kann ich irgendwas tun?"

„Bleib einfach ein bisschen bei mir sitzen. Gib dem

Paracetamol Gelegenheit, zu wirken, dann gehe ich."

„Ich werde dich nach Hause bringen. In deinem Zustand solltest du nicht fahren."

„Okay. Ich werde meinen Bruder bitten, morgen mit mir hierher zu fahren, um den Wagen abzuholen."

Sie legte ihr Sandwich auf den Teller. Ihr Appetit war ihr von der Sorge um den Mann, zu dem sie nur unfreundlich gewesen war, vergangen – sie hatte ihn verflucht wie noch nie zuvor jemanden –, und er hatte sie gerettet. Niemand hatte sich je für sie so ins Zeug gelegt. Ihr Hals schnürte sich zu. Es gab keinen Grund zu weinen, ermahnte sie sich. Es ging ihm gut.

Sie setzte sich anders hin, legte ihren Kopf an seine Schulter und versuchte, ihn zu trösten. Er saß steif und regungslos da. Der Schmerz musste furchtbar sein. Sie hob ihren Kopf und sah ihm in die Augen. Er blickte mit diesen tief schokoladenbraunen Augen, gerahmt von langen Wimpern zu ihr hinab. Ein plötzliches Gefühl der Zuneigung durchströmte sie, und sie küsste ihn, ein sanfter Hauch auf seine Lippen. Eine Frage, die auf eine Antwort wartete.

Die Antwort war Nein.

Seine Lippen erwiderten den Kuss nicht. Überhaupt nicht. Sie löste sich von ihm, peinlich berührt.

Er beugte sich vor und nahm das Coolpack von seinem Knöchel. „Ich sollte jetzt besser gehen." Er sah sich im Raum um, blickte überall hin, nur nicht zu ihr.

Sie erhob sich schnell. „Natürlich." Sie nahm ihre Handtasche und führte ihn zur Garage. Er hinkte ihr langsam hinterher. Sie eilte zu ihm zurück. „Stütz dich auf mich."

„Geht schon."

Sie wusste nicht, weswegen sie sich schlechter fühlte, wegen seiner offensichtlichen Schmerzen oder seiner Zurückweisung. Sie fühlte sich wie ein Idiot, weil sie eine Rettung mit Gefühlen seinerseits verwechselt hatte. Sie war es so gewohnt, andere zu retten, dass sie nicht wusste, wie sie darauf reagieren sollte. Er hatte nicht mehr als ein Danke gewollt. Ihre Wangen brannten vor Scham, als sie zu ihrem Auto eilte.

5

———

Vince folgte Sophia zur Garage hinaus und hatte nur einen Gedanken im Kopf – er musste so schnell wie möglich von hier weg. So merkwürdig es sich anhörte, er war noch nie von einer Frau geküsst worden. Er war immer der Initiator gewesen. Er nahm sich, was er wollte, wann er es wollte. Und das war's. Ihr Mund war weich gewesen und sanft. Und sie hatte nach Rosen geduftet mit einem Hauch Würze, sexy und süß. Er hatte seine ganze Willenskraft aufbringen müssen, um den Kuss nicht zu erwidern.

Sophia war eine Verkomplizierung der Lage, die er verdammt noch mal nicht brauchte.

Er blieb abrupt stehen, als er ihren Wagen sah – einen Mini Cooper. „In das Ding soll ich reinpassen?"

„Der ist überraschend geräumig", sagte sie und ging mit ihrem blumig-sexy Duft an ihm vorbei.

Er rührte sich nicht. Sie sah ihn über das Wagendach an. „Entweder das, oder ich fahre mit deinem Wagen, aber dann muss ich mit dem Taxi zurückfahren. Das Taxi würde eine Weile brauchen, um zu kommen, und ich habe so das Gefühl, dass du mich aus den Füßen haben willst, also *steig ein*."

Mit diesen Worten setzte sie sich auf den Fahrersitz und ließ ihm keine Wahl, als ihr zu folgen. Er faltete seine große Statur zusammen, verzog das Gesicht, als er versehentlich seinen Knöchel belastete, den er sich wohl verdreht haben musste, als er gefallen war, und quetschte sich auf den Beifahrersitz. Er passte den Sitz an, schob ihn soweit es nur ging zurück und hatte gerade ausreichend Platz für seine langen Beine.

„Siehst du, passt doch", sagte sie, legte die Hand auf den Schaltknüppel und legte den Gang ein. Seine schmutzigen Gedanken ließen sie *seinen* Knüppel packen. Er wischte sich mit einer Hand über das Gesicht.

„Tut dein Kopf noch weh?", fragte sie, nachdem sie auf die Straße gefahren war.

„Ja."

„Tut mir wirklich leid. Wohin soll ich dich fahren?"

„Eastman." Er nannte ihr die Adresse in der Nachbarstadt von Clover Park. Er hatte ein eigenes Haus, ein auffälliges Gebäude, das einmal das Kutschenhaus eines riesigen viktorianischen Hauses auf einem Gut gewesen war. Er hatte es gekauft, weil es billig gewesen war und er gewusst hatte, dass er es in seiner Freizeit renovieren konnte. Es war ein Work-in-progress.

Er öffnete einen Spalt breit das Fenster, denn ihr Rosenduft war einfach verdammt noch mal viel zu ablenkend. Er konnte nur daran denken, an ihrem Hals zu schnuppern, an ihrem Ausschnitt und ihren Duft zu inhalieren.

„Würde das Radio deine Kopfschmerzen verschlimmern oder verbessern?", fragte sie.

„Kommt auf die Musik an."

Sie stellte einen Sender mit Classic Rock ein. „Okay?"

„Ja." Das war der gleiche Sender, den er auch immer hörte. Er schloss die Augen. Es gefiel ihm gar nicht, dass sie Gemeinsamkeiten hatten, während er doch eigentlich die Situation kontrollieren und seine Ansprüche auf das Projekt erheben sollte. Er stieß einen langen Seufzer aus, erschöpft von seinem Tag.

Einen Moment später schrak er aus dem Schlaf hoch, als sie schrie: „Nicht einschlafen!"

Er richtete sich auf. „Was? Warum nicht? Ich bin müde."

„Ich werde dich jetzt untersuchen lassen. Du könntest eine

Gehirnerschütterung haben. Eastman hat doch ein Krankenhaus, oder?"

„Ich habe dir doch gesagt, dass es mir gut geht."

„Männer wissen einfach nicht, wann sie um Hilfe bitten müssen. Wir werden da jetzt hinfahren."

Er verkrampfte seinen Kiefermuskel, jetzt mehr als genervt. „Mein Bruder ist Arzt. Ich werde ihn anrufen und ihm erzählen, was passiert ist. Wenn er sagt, dass ich gehen soll, werde ich gehen."

„Dann ruf ihn gleich an."

Er zog sein Handy hervor und wählte Jareds Nummer. Mailbox. Verdammt. Wahrscheinlich hatte er wieder eine Nachtschicht im Krankenhaus. Er war orthopädischer Chirurg. Er sah Sophia an, die das Lenkrad mit beiden Händen umklammert hielt. Die Sorge stand ihr ins Gesicht geschrieben. Er entschied sich für Schauspielern, um sie zu beruhigen.

„Hey, Jared, Vince hier. Hör zu, ich habe einen Kopfsprung auf den Gehsteig hingelegt. Hab eine ziemliche Beule am Kopf." Er unterbrach sich. „Ja, oben … M-hm." Er nickte Sophia mit einem Blick zu, von dem er hoffte, dass er ausdrückte: *Siehst du, wie hilfsbereit mein Arzt-Bruder ist.* „Nein, mir ist nicht schwindlig, und ich sehe auch nicht doppelt. Habe nur Kopfschmerzen. Meinst du, es ist eine Gehirnerschütterung, oder kann ich einfach schlafen gehen?" Er wartete. „Großartig. Danke, Kumpel." Er legte auf und drehte sich zu Sophia um. „Er sagte, dass alles gut sein sollte."

„Netter Versuch", sagte Sophia. „Ich habe das Pfeifen der Mailbox gehört, als du angerufen hast."

Er fluchte vor sich hin.

„Das ist doch das Mindeste, was ich tun kann, nachdem du mich gerettet hast", sagte sie. Irgendwie fühlten sich ihre Worte nach einer Revanche an. Und nicht dafür, dass er sie gerettet hatte. Dafür, dass sie ihn geküsst und er es nicht erwidert hatte.

„Bekommst du immer, was du willst?", fragte er.

„Ja, Vince, ich bekomme immer, was ich will", sagte sie mit einer Stimme, die vor Sarkasmus triefte. „Genau darum versuche ich auch, im Alleingang *Capello Construction* zu retten, während ich einen Abschluss in Baugeschichte habe. Genauso möchte ich mein Leben verbringen, mich um das Haus und das Unternehmen meiner zerrütteten Familie kümmern."

Ein Schlag ungewollten Mitgefühls traf sein Herz. Er hatte keine Ahnung, was mit ihrer Familie los war, doch es war klar, dass sie nicht gerade in ihrem Element war. Er würde jetzt jedoch nicht nach ihrer Familie fragen, denn er wusste, wenn er in dieses Wespennest stach, würde er wahrscheinlich feststellen, dass er so ziemlich auf ihrer Seite war.

Er fing an, sie zu mögen.

Das war ein großes Problem.

„Hast du ein Glück", sagte er.

„Tut mir leid", sagte sie leise. „Das ist mir so herausgerutscht. Du musst dir meine Probleme nicht anhören." Sie schüttelte den Kopf. „Mir geht's gut. Dich müssen wir wieder hinkriegen."

Zwei Stunden später betrat er endlich sein Haus. Sophia hatte ihre Drohung wahr gemacht und ihn in die Notaufnahme gebracht. Der Arzt dort hatte jedoch gesagt, dass alles in Ordnung war. Er hatte es gewusst und Sophia einen „hab ich's dir doch gesagt" Blick zugeworfen, worauf sie die Augen verdreht hatte. Sie folgte ihm in sein Haus und bestand darauf, sich zu vergewissern, dass er okay war.

Sie schnappte nach Luft, als sie das Wohnzimmer betrat. „Vince! War das hier mal eine Scheune oder ein Stall? Die Decke ist toll!" Sie ging durch das Wohnzimmer mit der hohen Decke und der freiliegenden Balkenkonstruktion.

„Es war ein Kutschenhaus." Er hätte wissen sollen, dass ein Geschichtsnerd in seinem Haus ausflippen würde. „Den Boden habe ich selbst repariert."

Sie sah hinab auf den Parkettfußboden aus breiten originalen Kiefernplanken und ging in die Hocke, um mit ihren Fingern darüber zu streichen. „Wow. Wann ist das Haus erbaut worden?"

„1890."

„O-o-oh", hauchte sie und ging zu dem raumhohen

Kamin aus Feldsteinen und fuhr mit den Fingern über die Steine. Sie drehte sich zu ihm um, ihr Ausdruck offen und eifrig. „Darf ich mich umsehen?"

Er unterdrückte ein Stöhnen. Es könnte so einfach sein. *Sieh dich nur um … Und hier ist mein Schlafzimmer.*

Er durfte sie nicht haben. Sein Vater würde ihn umbringen, wenn er sich mit Sophia einließ. Erst würde er ihn enterben, dann würde er ihn umbringen.

Außerdem, Geschäft war Geschäft. Sie musste gehen. Und zwar jetzt sofort.

„Danke, Sophia. Mach's gut. Es war ein … Abend."

Ihr Gesichtsausdruck verschloss sich gleich. „Ja. Ich seh dich dann bei dem Meeting."

„Danke, dass du mich gefahren hast." Er humpelte zu der Treppe und wollte nichts mehr, als sich ins Bett fallen lassen, doch das Schuldbewusstsein, weil er sie so herauskomplimentiert hatte, nagte an ihm. „Ich ruf dich an, damit wir den heutigen Abend nachholen. Wir werden uns unterhalten. Und dann kannst du dich auch hier umsehen."

„Okay."

Er konnte das Lächeln in ihrer Stimme hören und traute sich nicht, sie anzusehen. Er konnte sich kaum gegen sie behaupten. Und er konnte es sich nicht leisten, ihr gegenüber schwach zu werden. Wenigstens ein Teil von ihm hatte diese Botschaft verstanden. Er ging weiter und hörte, wie die Haustür leise geschlossen wurde. Er ließ sich aufs Bett fallen, und sein letzter Gedanke waren ihre weichen Lippen, die sich auf seine drückten.

6

Sophia hatte wirklich nicht erwartet, dass sie noch einmal von Vince hören würde. Als er sie nach ihrem desaströsen Treffen zum Abendessen am nächsten Tag nicht anrief, glaubte sie, er hätte sie abgeschrieben, aus gutem Grund. Ihretwegen hatte er sein Leben riskiert, sie hatte ihn zur Notaufnahme geschleppt, und sie hatte ihn unaufgefordert geküsst. Ganz zu schweigen von ihrem dümmlichen Fluchen. Offensichtlich war sie für dieses Projekt keine gute Verhandlungspartnerin. Und doch fuhr sie am Sonntag zu einem nachmittäglichen Meeting. Er hatte ihr sogar angeboten, ihr sein Haus zu zeigen, und die Aufregung machte sie ganz kribbelig. Was macht es schon, dass sie ein bisschen nervös war, ihn nach diesem peinlichen Kuss wiederzusehen? Sie würde einfach so tun, als wäre es nie passiert.

Aber er sollte es besser nicht ansprechen.

Er machte den Eindruck, als machte es ihm Spaß, sie aufzuziehen. Was soll's. Sie konnte genauso gut austeilen wie einstecken.

Während sie durch das strahlende Septembersonnenlicht fuhr, erhaschte sie einen Blick auf das Haupthaus im Queen-Anne-Stil die Straße runter, bevor sie dann in die lange Auffahrt zum Kutschenhaus einbog. Oooh, sie atmete tief ein, als sie durch eine Allee hundert Jahre alter Ahornbäume fuhr, die an beiden Seiten der Einfahrt standen und Besucher mit ihren leuchtend orangefarbenen Blättern begrüßten, die sich in der sanften Brise wiegten. Ihr war all diese Schönheit entgangen, als sie das letzte Mal hergekommen war, weil es stockfinstere Nacht gewesen war. Sie stellte ihren Wagen vor die separate Garage und drehte sich zum Haus um. Das Haus mit seinen hellblauen Holzschindeln war bei Tageslicht sogar noch hübscher.

Sie näherte sich der hinteren Veranda und deren Säulenvorbau, wo Vince bereits saß. Er trug eine dunkle Brille. Auf dem Tisch neben ihm stand eine offene Bierflasche. Er hatte sich nicht rasiert und der Stoppelbart war schon recht fortgeschritten. Er lächelte auch nicht, sondern saß einfach da und sah cool aus, ungerührt und ein wenig gefährlich. Und er war so groß. Er war die Art Mann, die gern das Sagen hatte. In allem.

Sophia war es nicht gewohnt, dass jemand ihr Contra gab.

Sie wünschte sich dringend, sie hätte ein Tanktop angezogen und nicht diese viel zu warme, langärmelige Tunika aus Baumwolle. Ungewöhnlich für die Jahreszeit war es in diesem September sehr warm. Sie war *nicht* heiß auf Vince.

Sie machte eine Show daraus, dass sie sich das Haus ansah und nicht ihn. „Du hast ja auch einen Turm!" Das war tatsächlich richtig cool. Vorne sah das Haus aus wie ein großer Stall, und bei ihrer Herfahrt war ihr der Turm, der sich auf der Rückseite befand, gar nicht aufgefallen.

„Ja, du kannst gerne da hochsteigen", sagte er. „Bis jetzt habe ich ihn noch nicht ans Haus angeschlossen. Es ist ein nicht enden wollendes Renovierungsprojekt."

„Ist der früher für Heu genutzt worden?" Sie sah immer noch zu dem Turm, nicht dem umwerfend gutaussehenden Mann in Jeans und T-Shirt, unter dem sich seine Muskeln abzeichneten.

„Nein. Da waren ein paar Zimmer für die Angestellten untergebracht. Die haben hier gewohnt, um sich um die Pferde und die Wagen zu kümmern. Bier?"

„Nein, danke." Sie setzte sich auf eine gepolsterte Chaise Longue ihm gegenüber und riskierte einen Blick auf ihn. Er trank einen langen Schluck von seinem Bier, und sein Adamsapfel tanzte in seinem muskulösen Hals auf und ab. Warum war er so muskulös, und dann noch überall? Sein Nacken, seine Schultern, seine Brust, sein Bizeps, diese massigen Schenkel. Sie fühlte sich ganz winzig und leicht, und das wollte schon etwas heißen bei einer einsachtzig großen Frau. Er würde sich nicht weich anfühlen, wäre nicht vorsichtig. Er wäre grob und hart und würde sie wahrscheinlich herumstoßen.

Er würde sie *unsanft* behandeln.

Sie schlug die Beine über dem Pochen übereinander. Sie hatte das nicht richtig durchdacht. Sich bei ihm zu Hause zu treffen war eine dämliche Idee gewesen. Sie hatte nur an die Geschichte dieses Hauses gedacht. *Ja, denk an Geschichte.* Sie atmete tief durch, dachte an die Zeit, als das hier mal Teil eines Anwesens gewesen war, das wahrscheinlich irgend so einem reichen Geschäftsmann aus New York City gehört hatte, der seinen Sommer hier verbracht hatte. Der Garten war klein, und es gab eine baufällige kurze Steinmauer auf der Grundstücksgrenze.

„Erst die Tour oder erst das Geschäft?", fragte er.

„Tour."

„Dachte ich mir." Er erhob sich, und seine Jeans, die ausgewaschen und figurbetont eng war, ließ sie ihn auf unziemliche Weise anstarren. Was war nur los mit ihr? Sie gaffte ihn tatsächlich an, und eigentlich war sie keine Gafferin. Er drehte sich zur Tür um, und sie starrte noch ein bisschen seinen knackigen Hintern an. „Immer nur rein."

Er humpelte noch immer, und zu spät fiel ihr ein, dass sie ihn fragen sollte, wie es ihm ging. „Geht es deinem Kopf gut? Dein Knöchel sieht so aus, als täte er noch weh."

„Mir geht's gut", sagte er über seine Schulter. Er war so tough.

Sie folgte ihm durch eine Glasterrassentür hinein in ein Esszimmer mit einem langen blauen Tisch und Holzstühlen, die in bunten Farben lackiert waren. Die Decke war eine Holzbalkenkonstruktion, der Fußboden glänzend lackierte Kiefernplanken wie im Wohnzimmer. Eine Pendelleuchte über dem Tisch erhellte den Raum. Vince hatte Stil. Die Kombination von modern und klassisch war umwerfend. Sie drehte sich zu ihm um, dorthin, wo er noch in der Tür des Raumes stand. Er hatte die Sonnenbrille abgenommen, und seine Miene war frustrierend schwer zu lesen. Sie schob diesen Gedanken beiseite. Wen interessiert es schon, ob er an den Kuss dachte? Sie ging gerade durch ein wunderschönes historisches Kutschenhaus, und dazu war sie ja schließlich hergekommen. Aus keinem anderen Grund. „Ist die Inneneinrichtung von dir?"

Er zuckte die Schultern. „Ich habe nur ein paar Möbel ausgesucht, ein paar selbst gebaut und die Lampen installiert."

„Der Tisch, hast du den selbst gebaut?" Ein schlichter Shakerstil, sehr elegant.

„Ja."

„Der ist schön."

Er reagierte mit einem Brummen. Scheinbar hatte er nicht viel für Komplimente übrig.

Sie ging zum hinteren Ende des Raumes und spähte hinter eine Trennwand, wo sie eine kleine Einbauküche entdeckte mit einem Frühstückstresen, einer Spüle, einem Herd und ein paar Schränken. „Niedliche Küche", sagte sie.

„Möchtest du was trinken, bevor wir loslegen?" Er deutete auf den Kühlschrank, der in einer Ecke des Raums stand.

Sie bemerkte, dass er diese Tour schnell beenden wollte, doch ihre Neugier trieb sie an. „Nein, danke."

Sie ging in den nächsten Raum, das große Wohnzimmer, das sie schon das letzte Mal, als sie hier gewesen war, gesehen hatte. Es war lichtdurchflutet von einer Reihe von großen Fenstern. „Hast du die Fenster eingebaut?"

„Die beiden hier." Er deutete auf die Fenster, die er an der Seite hinzugefügt hatte. „Die Rahmen der anderen sind noch original. Ich habe das Glas gegen Doppeltverglasung ausgetauscht, damit es besser isoliert."

Sie ging in das Zimmer nebenan, einen gemütlichen Raum mit Einbaubücherregalen und einem bogenförmigen Fenster. Die Bücherregale waren leer, nur auf einem Regalboden stand eine Sammlung Bilderbücher von Allie Reynolds. „Ist sie deine Lieblingsautorin?"

Er schob seine Hände in die Hosentaschen, sah aus, als wäre es ihm unangenehm. „Sie ist meine Stiefmutter."

„Ach so." Sie betrachtete den fast leeren Raum. „Ein Klavier würde sich hier drin gut machen."

„Ich kann nicht spielen."

Ich schon, dachte sie. Was tat sie denn nur? Sie stellte sich vor, wie es wäre, selbst hier zu leben. Lächerlich.

„Der Rest ist noch nicht fertig", sagte er. „In manchen Bereichen sind die Wände aufgerissen und die Leitungen liegen frei. Nicht gerade hübsch."

Ihre Neugier, auch das obere Stockwerk zu sehen, brachte sie fast um, aber sie hielt sich zurück. „Okay, dann lass uns loslegen."

Er nickte und führte sie durch einen kurzen Flur zurück zum offenen Wohnzimmer und zur Terrasse hinter dem Haus. Da er ihr den Rücken zugekehrt hatte, begaffte sie seinen Hintern, außerdem seine breiten Schultern und den starken Rücken. Er war unglaublich massiv, auf Holzfällerart. In ihrer Nachbarschaft in Brooklyn gab es solche Männer nicht, stattdessen Hipster mit schwarzgerahmten Brillen und Ziegenbärtchen. Ihr Typ mit anderen Worten.

Er ließ sich auf einem großen, gepolsterten Gartensofa fallen und bedeutete ihr, sich zu ihm zu gesellen.

Sie setzte sich ans andere Ende, damit sie genügend Abstand voneinander hatten.

„Sag mir, was du willst", begann Vince, setzte die Sonnenbrille wieder auf und verbarg erneut seine Augen.

„Was meinst du?", fragte sie, um ihn hinzuhalten.

Er sagte nichts. Wartete einfach. Was sie wollte, was sie *brauchte*, war Hilfe. Denn sie brauchte das Projekt, um das Familienunternehmen zu retten, und dabei brauchte sie Hilfe, doch sie glaubte nicht, dass er ihr das Projekt einfach so überlassen und ihr dann auch noch dabei helfen würde. Sie musste sich etwas einfallen lassen, um ihm etwas vorzuschlagen, bei dem sie beide als Gewinner aus der Situation hervorgingen.

Ihr Handy klingelte in ihrer Handtasche. Ihr Klingelton war das peinliche „Living La Vida Loca", das ihre Mom für sich als Klingelton eingestellt hatte. Wenn ihre Mutter anrief, bedeutete das nie etwas Gutes. Sie drehte sich zu Vince um. „Ich würde gerne den historischen, ursprünglichen Teil der Bibliothek bewahren."

Das Handy schwieg endlich. Sie würde ihre Mom später, zu einem passenderen, privateren Zeitpunkt zurückrufen.

„Aber Ziegel sind teuer", sagte Vince. „Falls sich der Stadtrat für deinen Plan entscheidet und du den ganzen Anbau mit Ziegelfassade bauen willst, wird das die Kosten erheblich in die Höhe treiben."

„Darauf kann ich mit Steuergutschriften für Denkmalschutz reagieren. Etwas, um das ich mich gerade kümmere. Ich habe bereits angefragt–"

„Living La Vida Loca" dudelte erneut aus ihrer Handtasche. Sie spürte, dass sie rot wurde.

„Solltest du da vielleicht rangehen?"

„Nein, nein. Ich werde sie zurückrufen." Sie nahm ihr Handy, um es auszuschalten, als sie eine neue Nachricht entdeckte: *Du wirst eine große Schwester werden!*

Sie starrte auf die Worte. Sie war bereits eine große Schwester. Das war merkwürdig. Moment mal. Nein. *Nein, nein, nein!* Sie wählte die Nummer ihrer Mutter. „Mom! Ich bin's. Was soll das heißen, ich werde eine große Schwester?"

„Was denkst du denn, Sophia?", erwiderte ihre Mom fröhlich. „Ich bin schwanger!"

Sophias Magen drehte sich um. Sie sah Vince an, der sie nur beobachtete. Sie ging die Treppen der Terrasse hinunter und begann, im Gras auf und ab zu gehen. „Mom, ist es von Manuel?"

„Von wem denn sonst?"

Von ihrem Dad? Ihre Mom war vor sechs Wochen mit Manuel durchgebrannt. Sie blieb stehen und flüsterte: „Bist du dir sicher, dass es nicht einfach nur die Menopause ist?"

„Ich bin fünfundvierzig. Ist es wirklich so schwer zu glauben, dass deine alte Mom schwanger ist?" Sophia war sechsundzwanzig. Ihre Mom war achtzehn gewesen, als sie sie zur

Welt gebracht hatte. Es war natürlich möglich, dass sie schwanger war, doch es war ein Schock.

Sophia setzte wieder einen Schritt vor den anderen. Ihr Dad würde am Boden zerstört sein. „Bist du dir sicher? Warst du beim Arzt?"

„So sicher, wie man sich nur sein kann", sang sie. „Wirst du uns jetzt gratulieren?"

„Glückwunsch, Mom."

„Wohnst du immer noch in dem alten, zugigen Haus?"

„Ja, ich bin noch da."

„Sag deinem Dad, er soll es verkaufen. Ich werde nicht zurückkommen."

„Das kannst du ihm sagen, Mom."

„Oh, das würde ich schon, aber man kann nicht so leicht mit ihm reden. Er unterbricht mich immer. Er will nicht zuhören."

Sophia ließ die Schultern hängen. Ihr Dad war laut, dominant und stur wie ein Esel, doch seitdem ihre Mom gegangen war, war er nur noch ein Schatten seiner selbst. Sie fürchtete wirklich, dass es ihn umbringen würde. „Ich werde versuchen, mit ihm über das Haus zu reden", sagte sie. „Und du erzählst ihm von–" sie senkte die Stimme, „– der anderen Sache. Ich muss los! Drück deinen Bruder von mir."

„Er ist–" Ihre Mom legte auf, bevor sie ihr erzählen konnte, dass Mike immer noch mit Mink Jewel auf Tournee war. Naja, nicht wirklich auf Tournee, es war eher so, dass er ihnen von einer Kaschemme zur nächsten folgte. Sie presste die Lippen aufeinander und ging zur Terrasse zurück. Sie setzte sich und starrte auf das Steinmuster, sah es aber nicht wirklich. Tränen ließen alles verschwimmen. Ihre Familie fiel auseinander, und es schien niemanden zu stören, außer sie. Warum gab sie sich überhaupt solche Mühe? Einfach aufgeben. Vince das Projekt überlassen, *Capello Construction* pleite gehen lassen, ihren Bruder einmal in seinem Leben arbeiten lassen. Doch ihr Dad …

„Ist alles in Ordnung?", fragte Vince.

Sie nickte.

„Sophia", sagte Vince mit seiner tiefen Stimme, durch die ihr Name immer klang wie eine Melodie.

Sie wischte sich eine Träne von der Wange und straffte die Schultern. „Also. Wo waren wir?"

„Du bekommst ein Geschwisterchen?", fragte er.

„Ja. Also ..." Ihr fehlten die Worte. Sie wollte vor dem Mann, den sie mit *Capello Construction* beeindrucken sollte, nicht die schmutzige Wäsche ihrer Familie waschen.

„Und darüber bist du nicht glücklich?"

Sie konnte nicht antworten.

Vince streckte seine Hand aus und drückte ihre Schulter. „Hey, wollen wir uns ein anderes Mal verabreden?"

Sie schüttelte den Kopf. „Nein. Natürlich nicht. Das Meeting ist ja schon am Dienstag." Ihr brach der Schweiß an sämtlichen Stellen gleichzeitig aus, und ihr war schwindlig, weil das Loch, in dem sie bis zum Hals steckte, so enorm war. Ihr Dad, der ohnehin nur noch am seidenen Faden hing, würde durchdrehen, wenn er von der Schwangerschaft erfuhr. Er würde ihr nicht helfen können. Sie wusste nicht, was sie mit *Capello Construction* anfangen sollte. Das Ganze würde in einem spektakulären Zusammenbruch unter ihrer Leitung enden. Wenn sie dieses Projekt nicht an Land zog, wären sie am Ende. Am Horizont gab es nichts, das sie aus ihren Schulden ziehen konnte. Wenn sie den Zuschlag allerdings bekam, wäre sie immer noch verloren, da sie nicht wusste, wo sie überhaupt mit einer Baumannschaft anfangen sollte, und sie hatte auch keine Zeit. Sie hatte ja immer noch ihren Job. Jedenfalls so gerade.

Die Antwort, die ihr mit Sonnenbrille gegenübersaß, machte ihr Elend nur schlimmer. Wie sollte sie bei ihrer Geschichte *Marino & Sons* dazu bringen, mit *Capello Construction* zusammenzuarbeiten? Warum sollten sie das wollen? Das würden sie nicht.

Sie war am Ende. Ihre Familie war am Ende. Zweiundvierzig Jahre Familienunternehmen futsch, bevor es an die nächste Generation, ihren Bruder, übergeben werden konnte.

Ihr wurde übel, und sie sprang von ihrem Platz auf. „Kann ich mal ins Bad?"

„Sicher."

Sie lief geradewegs in das kleine Gäste-WC, das sie neben der Küche entdeckt hatte, beugte sich über das Waschbecken und versuchte, normal zu atmen. Sie stellte das Wasser an und spritzte sich das kühle Nass ins Gesicht. Die Übelkeit verging. Sie atmete ein paarmal tief durch.

Mit einem Handtuch, das aussah, als wäre es noch nie benutzt worden, tupfte sie sich ihr Gesicht trocken. Sie starrte ihr Spiegelbild an, als die einzig machbare Lösung, eine Partnerschaft mit *Marino & Sons*, sich in ihren Gedanken breitmachte. Vielleicht konnte das ja etwas Gutes sein. Vielleicht konnten sie und Vince die Stimme der Vernunft in dieser langen Fehde zwischen ihren Familien sein. Vielleicht konnte sie diesem Irrsinn, der beide Familienunternehmen nur schädigte, Einhalt gebieten. Im Moment sah sie einfach keine Alternative. Es waren noch zwei Tage bis zu der Entscheidung des Stadtrats. Sie würde Größe zeigen und eine Partnerschaft auf Augenhöhe zwischen ihnen anbieten. So würde sie nicht um Hilfe bitten, sondern nur einen Anteil der Arbeit anbieten. Und hoffentlich würde Vince die Bauaufsicht von sich aus übernehmen, da er wie ein Mann wirkte, der gerne das Sagen hatte. Als sie das beschlossen hatte und sich schon viel ruhiger fühlte, ging sie zurück auf die Terrasse und setzte sich.

„Geht es dir gut?", fragte er.

„Ja ja, danke", erwiderte sie herzlich. „Also, wie wäre es, wenn wir, unabhängig davon, wie der Stadtrat sich entscheidet, die Arbeit zwischen unseren Leuten hälftig teilen?"

„Niemals", sagte er.

„Ich habe eine riesige Mannschaft, die nur auf die Arbeit wartet–"

„Ich auch", donnerte Vince. „Was du hier bequemerweise zu vergessen scheinst, ist, dass ich bereits monatelang Arbeit in dieses Projekt investiert habe."

„Meine Familie braucht es wirklich", sagte sie leise.

„Hör zu, ich kenne die Probleme deiner Familie nicht, und ich will sie auch nicht kennen. Ich übernehme gerade *Marino & Sons*, und das hier ist das Projekt, das uns für ein Jahr über die Runden bringen wird." Er beugte sich vor, stützte seine Ellbogen auf die Knie. „Also, was willst du haben, damit *Capello Constructions* sich zurückzieht?"

„Du meinst ich?" Sie begann innerlich zu kochen. Sie war nicht so weit gekommen, um jetzt den Rückzug anzutreten. Ihre Familie brauchte sie. Verdammt, sie war ihre allerletzte Hoffnung.

„Es ist ja wohl offensichtlich, dass deine Familie in irgend-einer Krise steckt. Und du hast absolut keine Ahnung, was du tust. Wie viel?"

Sie wusste genau, wie viel sie brauchte. Die genaue Summe, die ihr Dad für die Alpakafarm in Virginia hingelegt hatte, seinem missglückten Versuch, ihre Mom zurückzuge-winnen. Irgendwann mal hatte ihre Mom gesagt, dass sie Alpakas niedlich fand. Die Farm hatte schon drei Jahre, bevor ihr Dad sie gekauft hatte, zum Verkauf gestanden, und jetzt stand sie wieder zum Verkauf, doch niemand wollte sie. Aus irgendeinem lächerlichen Grund hatte ihr Dad geglaubt, wenn er sich Hunderte von Meilen auf einer abgelegenen Farm in den Ruhestand begeben würde, würde das seine Frau davon abhalten, ihn zu verlassen. Das war auf so vielen Ebenen falsch. Ihre Mom war ein geselliger Mensch, und, wie sie Sophia unglücklicherweise erzählt hatte, erreichte sie gerade den „Höhepunkt ihrer sexuellen Aktivität". Doch Manuel würde all das wissen.

„Eine Million Dollar", sagte Sophia.

„Ha!" Vince riss sich die Sonnenbrille herunter. „Du hast sie ja nicht mehr alle."

„Ich meine es todernst. Du willst, dass ich mich zurück-ziehe? Dafür werde ich es tun. Ansonsten sehe ich dich am Dienstag, und ich habe so das Gefühl, dass es sich in meine Richtung entwickelt."

Sie stand auf und nahm ihre Handtasche. Sie konnte es nicht fassen, dass sie ihn angegafft hatte. Er war nicht auf ihrer Seite. Er würde ihr nicht helfen. Soviel zum Thema Größe zeigen. Kein Wunder, dass ihre Familien einander hassten. Die Marinos waren vollkommen unvernünftig und schwierig. Sie musste das allein schaffen, wie alles andere in ihrem Leben.

Er erhob sich ebenfalls, verschränkte seine massigen Arme, stand breitbeinig da, als wollte er kämpfen. „Warum sollten sie sich für dich entscheiden? Für eine verdammte Denkmalschutzplakette? Weil du irgendwelche verdammten Anträge ausfüllen kannst? Das kann jeder! Zieh dich zurück, bevor irgendjemand herausfindet, dass du absolut keine Ahnung hast, was du da eigentlich tust!"

Sie kniff die Augen zusammen und starrte ihn trotzig an. „Niemals."

Der Hauch eines Lächelns huschte über sein Gesicht, und er beugte sich vor. Sein Blick brannte sich in ihren. „Hier geht es nicht um dich, Sophia. Soweit ich das beurteilen kann, bis du ein gutes Mädchen, das versucht, das Richtige zu tun, aber ich kann dir nur sagen, das hier ist nicht dein Kampf. Und es ist so sicher wie das Amen in der Kirche, dass du dich nicht mit mir anlegen möchtest." Er grinste.

„Ich fasse es nicht, dass ich dich geküsst habe", spie sie.

Er lehnte sich zurück. „Hat bei mir auch nicht viel bewirkt."

Ihr drehte sich der Magen um. „Ich nehme jeden netten Gedanken, den ich je an dich hatte, zurück."

Er hob einen Mundwinkel. „Ich bin überrascht, dass du mehr als einen hattest. Allerdings habe ich dir ja auch deinen hübschen kleinen Hintern gerettet."

Sie zögerte und war sich nicht sicher, ob sie ihn ohrfeigen oder ihre Wut lieber aufsparen sollte, um ihn beim Meeting fertigzumachen.

„Gern geschehen", fügte er hinzu.

Sie ballte die Fäuste. „Mein Vater hasst euer Unternehmen, und wenn man von dir ausgehen kann, hat er auch guten Grund dazu."

„Mein Vater hasst euer Unternehmen auch." Er nickte wissend. „Wir sind wie die verdammten Montagues und Capulets."

Sie hob ihr Kinn. „Da habe ich Neuigkeiten für dich, Vince, du bist nicht mein Romeo."

Und damit trat sie ihren großen Abgang an. Wieder meldete sich ihr Handy, doch Sinatras „My Way", der Klingelton ihres Dads, war nicht annähernd laut genug, um Vinces Gelächter zu übertönen.

Sophia fuhr geradewegs zum Haus ihres Onkels Phil in Queens, um ihren Dad zu besuchen und ihn dazu zu bringen, ihr zu helfen. Ihr Dad öffnete die Tür in Bademantel und Schlappen. Er war nicht rasiert und hatte tiefe Ringe unter seinen Augen. Sein graubraunes Haar war ungekämmt, schütter und fettig. Sie hielt ein frustriertes Seufzen zurück.

„Hast du das von deiner Mutter gehört?", fragte er niedergeschlagen.

„Ja, Dad", sagte sie vorsichtig. „Ich habe es gehört."

„Denkst du, sie will mich einfach nur provozieren?"

Sie sah sich in dem kleinen Wohnzimmer um, das voller leerer Pizzaschachteln, Bierdosen, Käsecrackern und einer fast leeren Flasche Scotch war, und machte sich gleich daran aufzuräumen. „Wo ist Onkel Phil?"

„Der ist für mich nach Florida geflogen."

Sophia erstarrte, ihre Hände voller Pizzaschachteln. „Du hast Onkel Phil losgeschickt, um mit Mom zu reden?"

Ihr Dad ließ sich in einen abgenutzten Sessel fallen. „Ich habe ihn nicht geschickt. Er wollte es."

„Warum?"

Er zuckte die Schultern, hob eine Bierdose vom Boden auf und trank daraus. „Ich glaube, er versucht, mich loszuwerden."

„Dad, du kannst doch nach Hause kommen. Du musst dich nicht verstecken. Wir werden das Geld ersetzen. Ich habe doch dieses Bibliotheksprojekt. Bis Dienstag sollte ich etwas gehört haben. Wir können das immer noch hinbekommen."

„Ich kann nicht zurück nach Greenport. Deine Mutter hat es unmöglich gemacht. Denkst du, ich weiß nicht, was man über mich erzählt? Dass ich vom Poolboy ersetzt worden bin? Sie lachen über mich und sagen, dass ich Viagra brauche."

Sophia schloss die Augen, war hin- und hergerissen zwischen einem Lachen und einem Schrei. „Das sagt niemand."

Worüber sie allerdings sprachen, war, wie Joe Capello auf die Idee gekommen war, dass es seine Frau dazu bringen würde, bei ihm zu bleiben, wenn er eine Alpakafarm in Virginia kaufte.

Sie ging in die Küche, um eine Mülltüte zu holen.

„Das glauben sie doch!", schrie er hinter ihr her. Er murmelte noch etwas anderes vor sich hin, das sie nicht verstand, doch sie bat ihn nicht, es zu wiederholen.

Sie kam zurück in das kleine Wohnzimmer und begann, all den Müll in die Mülltüte zu werfen. Etwas bewegte sich und schoss zwischen den klebrigen Papptellern hin und her. „Ah!" Ihr Herz pochte. Es war eine Kakerlake. Das Biest huschte davon. Sie erschauerte.

„Sophia, verdammt nochmal. Nicht so laut." Er drückte auf der Fernbedienung herum.

Sophia riss den Stecker des Fernsehgerätes aus der Steckdose.

„Hey!"

Sie stellte sich vor ihn und starrte ihn unverwandt an. „Du gehst jetzt duschen, dich anziehen und wirst mir dabei helfen, dieses verdammte Unternehmen zu retten, oder ich schwöre dir, es wird den Bach runtergehen! *Marino & Sons* ziehen sich nicht zurück. Ich glaube sogar, dass sie das ganze Projekt bekommen werden, ob es nun historische Bausubstanz gibt oder nicht. Vince ist angepisst–"

„Vinnys Junge?"

„Dad, wach auf!", rief sie. „Ja! Der, vor dem du mich gewarnt hast! Warum helfe ich dir überhaupt?"

Er verschränkte die Arme.

Sie senkte die Stimme und sagte so ruhig wie möglich: „Dad, du weißt, dass ich dich liebe, und ich weiß, dass du gerade eine schwere Zeit durchmachst, aber wenn du mir nicht wenigstens ein klein bisschen hilfst, dann war's das. Mehr kann ich nicht tun." Traurig schüttelte sie den Kopf. Dann sagte sie die beiden Worte, von denen sie wusste, dass sie ihm Feuer unter dem Hintern machen würden. „Marino gewinnt."

„Na schön!" Er stieß einen Seufzer aus, erhob sich aus dem Sessel und murmelte leise etwas über Marino vor sich hin. „Ich werde duschen gehen, und dann überlegen wir uns einen Angriffsplan."

„Danke."

Ihr Dad blieb auf dem Weg hinaus vor ihr stehen, die Liebe glänzte in seinen Augen. „Aber wenn irgendwer es mit ihm aufnehmen kann, dann du." Er tätschelte ihre Wange. „Du hast das Capello-Feuer."

„Ich bin mir nicht so sicher, dass das etwas Gutes ist", sagte sie und fühlte sich besiegt. Sie hatte das Gefühl, als hätte sie ständig gekämpft und nichts erreicht.

„Natürlich ist das etwas Gutes! Mach mir doch bitte einen Kaffee, ja?"

Sie nickte und machte sich wieder daran, weiter aufzuräumen. Vorsichtig hob sie jedes Teil mit zwei Fingern hoch und verzog das Gesicht, während sie hoffte, nicht auf eine weitere Kakerlake zu stoßen.

Eine Stunde später saß sie am Küchentisch ihrem Dad gegenüber, der glattrasiert war und wieder mehr wie sein altes Ich aussah. „Ich kenne Vince", sagte ihr Dad. „Der ist genauso schlimm wie sein Dad, hab ich recht?"

„Ich weiß es nicht! Ich habe seinen Dad nicht kennengelernt. Vielleicht solltest du den Termin am Dienstag übernehmen." Sie wäre froh, wenn sie Vince nicht wiedersehen müsste. Er hatte sie so aufgeregt. In seiner Nähe fühlte sie sich gar nicht wie sie selbst. Sie wurde zu einer fluchenden, kussstehlenden Gafferin. Das war so gar nicht sie.

„Ich bin noch nicht bereit, zur Arbeit zurückzukehren", sagte ihr Dad verloren. „Du weißt ja nicht, was es bedeutet, wenn die Liebe deines Lebens einfach aufspringt und dich verlässt."

„Es tut mir leid, Dad", sagte sie vorsichtig.

„Meinst du, sie wird zurückkommen?", fragte er auf bedauernswerte Weise hoffnungsvoll.

Sie antwortete ehrlich, wie sie es immer bei dieser Frage tat. „Nein, das glaube ich nicht."

Er nippte an seinem Kaffee. Dann stellte er die Tasse ab und stützte seinen Kopf in seine Hände.

Sie durfte nicht zulassen, dass er wieder in dieses dunkle Loch fiel. Er musste sich konzentrieren. „Vince ist so widerlich. Ich wette, dass sein Dad genauso ist."

Ihr Dad riss den Kopf hoch. „Sein Dad war immer so von sich selbst überzeugt, so selbstbewusst. Alles Charme und Show."

Sie nickte wissend. „Der Apfel fällt nicht weit vom Stamm. Dad, ich brauche dich am Dienstag. Mein Fachwissen, was Baukonstruktion angeht, ist nicht annähernd so gut wie deins."

Das winkte er ab. „Meine Mannschaft weiß, was zu tun ist. Da bin ich ganz sicher." Er nippte an seinem Kaffee. „Mag der Stadtrat Vince?"

Sie wischte ein paar Krümel vom Tisch in ihre Hand, stand auf, um sie wegzuwerfen. „Wahrscheinlich. Aber sie waren bereit, mir zuzuhören."

„Das ist gut. Siehst du, ich wusste, dass es was bringt, wenn ich dich dahin schicke."

Sie setzte sich wieder. „Vince fängt immer wieder davon an, dass dein Entwurf eine Menge mehr kosten wird, und da hat er schon Recht. Warum sollten sie mehr bezahlen wollen?"

„Ich dachte, du hast gesagt, dass wir Steuervorteile bekommen können."

„So viel Geld ist das nicht, und es ist auch nicht garantiert. Er sagte, die Ziegelfassade, die ich wollte, damit es zu der historischen Bausubstanz passt, wäre einfach zu viel."

„Dann machen wir eben nur die Straßenfassade so." Er gähnte und nippte noch einmal an seinem Kaffee. „Das machen wir bei anderen Häusern doch auch ständig."

„Das würde grässlich aussehen."

„Den Leuten ist das egal."

„Mir aber nicht."

„Dann sammle eben Spenden. Bring die Leute in der Stadt

dazu, die Summe zusammen zu bekommen." Er zeigte auf sie. „Sag dem Bürgermeister das."

„Ich habe so das Gefühl, dass sie so bald wie möglich den Grundstein legen wollen. *Marino & Sons* kann das gewährleisten."

Er schlug mit seiner Faust auf den Tisch. „Wollen die, dass es schnell gemacht wird, oder dass es richtig gemacht wird?"

Das hatte sie nicht zum ersten Mal von ihm gehört. Das war seine Standardantwort für ungeduldige Kunden. „Also kein Kompromiss? Wir machen es einfach auf unsere Art und lassen uns was einfallen, um die Mittel zu finden?"

„Ganz genau."

„Bist du dir sicher, dass du nicht zu dem Meeting kommen kannst? Ich glaube, Vince würde nicht so viel mit dir diskutieren wie mit mir."

Ihr Dad versteifte sich. „Verhält er sich meinem kleinen Mädchen gegenüber etwa despektierlich?"

Sie stieß ein Seufzen aus. „Er–" sie unterbrach sich. Vince hatte sie gerettet. Er hatte ihr sein Haus gezeigt, da er wusste, dass sie sich dafür interessierte. Er hatte versucht, nett mit ihr zu Abend zu essen, bevor sie über das Geschäftliche geredet hatten. Warum war sie nur so wütend auf ihn gewesen? Etwas an Vince ging ihr einfach unter die Haut. „Nein, er ist in Ordnung. Nur schwierig."

Ihr Dad schnaubte. „Schwierig. Natürlich ist er schwierig. Er ist Vinnys Junge. Mach ihm die Hölle heiß, Sophia." Er ahmte ein Erwürgen nach. „Geh ihm an die Gurgel."

Sie stand auf. „Ich werde ihm nicht die Hölle heiß machen. Ich werde professionell in dieses Meeting gehen und hoffen, dass sie sich für unsere Idee entscheiden." Sie sah zu, wie ihr Dad sich noch eine Tasse Kaffee nahm. „Dad, bitte komm nach Hause. Das ist doch kein Leben, hier auf Onkel Phils Couch zu schlafen." Zuerst hatte sie es verstanden, warum ihr Dad hier übernachten wollte, um dem Tratsch in der Stadt über seine Frau, die mit dem Poolboy durchgebrannt war, und über seinen Fehler mit der Alpakafarm zu entkommen, doch mittlerweile hatte sich der Tratsch auf andere, interessantere Themen verlagert. Im Ernst, es reichte.

Auch das winkte er ab. Sie ging zu ihm und küsste ihn auf die Wange. Er roch nach Old Spice, dem Aftershave, das er schon benutzt hatte, als sie noch ein Kind gewesen war. „Ich werde dich wissen lassen, wie es läuft."

„Danke, Sophia. Ich wusste, dass ich auf dich zählen kann. Anders als dein Bruder. Was zum Teufel macht er eigentlich?"

Sie löste sich von ihm.

„Bye, Dad."

Er murmelte immer noch etwas von den Studiengebühren und Dummheit vor sich hin, als sie ging.

7

Vince versuchte, einen freundlichen Gesichtsausdruck aufzusetzen, als er im Konferenzraum der Clover Park Bibliothek auf die große Entscheidung wartete. Sophia war noch nicht da. Der Bürgermeister und der Stadtrat besprachen sich über die Möglichkeit einer stadtweiten Talentshow als eine Möglichkeit, Spenden zu sammeln. Er wäre auch so schon angespannt gewesen, weil er auf ihre Entscheidung wartete, doch dann war sein Dad aufgetaucht, um ihn zu kontrollieren – und das direkt vor dem Meeting. Schon wieder. Vince hatte ihm schließlich von dem Capello-Angebot erzählt, worauf sein Vater eine wütende Tirade vom Stapel gelassen hatte, die er mit „Vermassel es nicht" beendet hatte. Vince war mit seinem Dad schon seit Jahren zu geschäftlichen Meetings gegangen; er wusste, wie man sich verhalten musste. Wenn er diesen verdammten Auftrag nicht bekam, wusste er nicht, was er tun sollte. So langsam glaubte er, dass sein Dad ihn nie ernst nehmen würde.

Er bemerkte es sofort, als sie den Raum betrat. Jegliche Unterhaltung wurde bei ihrem Anblick unterbrochen – Sophia trug ein Kleid, das aussah wie Feuer, in allen möglichen Schattierungen von Rot und Orange, mit Flammen, die daran empor leckten. Das Kleid ging ihr mit einem Rollkragen bis zum Kinn, in der Taille schmal geschnitten, hatte einen dünnen schwarzen Gürtel und mehrere Chiffonlagen als Rock. Doch der Höhepunkt, der dafür sorgte, dass seine Hose sich viel zu eng anfühlte, waren ihre schwarzen Lederstiefel mit den lächerlich hohen Absätzen, deren Schaft ihr bis knapp unter die nackten Knie reichte.

„Hallo, Gentlemen", rief sie, als sie zum Kopfende des Tisches ging. „Wie geht es Ihnen?"

Die *Gentlemen* überschlugen sich, ihr zu antworten und redeten wild durcheinander. Vinces Blick wanderte zu ihrem Lächeln. Sie hatte ihr Haar hochgesteckt und zeigte ihre nackten Ohrläppchen. Sie trug keine Ohrringe, doch sie brauchte keinen Schmuck, um ihr Gesicht zu rahmen. Dieses wunderschöne –

Sie sah ihm in die Augen und grinste. Langsam schüttelte er den Kopf. Wenn sie auch nur für eine Sekunde glaubte, dass er sich von ihrem hübschen Gesicht ablenken ließ, dann hatte er Neuigkeiten für sie. Er erhob sich aus seinem Sessel und stellte sich an ihre Seite.

„Na, du bist ja mal eine Augenweide", flüsterte er nur für ihre Ohren.

Sie lächelte verkrampft und fuhr fort, Papiere aus ihrer Aktentasche zu holen. „Danke."

„Nur, weil man gut aussieht, heißt das nicht, dass man den Job auch erledigen kann."

„Das ist doch mal eine gute Nachricht für dich", sagte sie leise. „Wenn man bedenkt, dass du aussiehst, als wärst du gerade einem L. L. Bean Katalog entstiegen."

Er schmunzelte. „Was meinst du?"

„Du hast die Statur eines Holzfällers. Wie ein L. L. Bean Model ohne Flanell."

Die Bemerkung, die ihn eigentlich hatte verletzen sollen, wärmte ihn. Er hatte nicht gewusst, dass sie in ihm etwas anderes als nervtötende Konkurrenz sah. Klar, sie hatte ihn geküsst, aber das war sicher mehr aus Dankbarkeit nach der Rettung gewesen. Sie hatte ihm ziemlich deutlich gesagt, dass er nicht ihr Romeo war. Er beugte sich vor, atmete ihren Rosenduft ein, dem er gerne tiefer inhaliert hätte. „Bist du in mich verliebt, Julia?"

Sie blinzelte langsam und wühlte dann durch ihre Papiere. „Setz dich. Ich werde dir jetzt eine Lektion erteilen."

„Wenn du meine Lehrerin wärst, hätte ich vielleicht etwas mehr aufgepasst."

Ihre Lippen zuckten, doch dann presste sie sie aufeinander, als wollte sie ihn nicht anlächeln. Doch jetzt wollte er, dass sie lächelte, und fühlte sich ein bisschen betrogen von dem Beinahelächeln.

„Wollen wir anfangen?", fragte Sophia in den Raum. Ihr Vater war nicht aufgetaucht. Also waren nur der Bürgermeister da, die sechs notgeilen Böcke vom Stadtrat und er.

„Wann immer Sie so weit sind", sagte Bürgermeister Riggs und berührte die lange weiße Haarsträhne, von der er glaubte, dass sie seine Halbglatze verdecken konnte.

„Also, Vince und ich haben uns zusammengesetzt und uns unterhalten, und wir sind zu dem Schluss gekommen, dass mein Entwurf–" sie hielt den Ziegelentwurf vor sich „– teurer ist. Und vielleicht etwas länger dauert." Sie sah ihn an und lächelte süßlich, was ihn nervös machte. Was tat sie da? Sie machte es für sich doch nur noch schlimmer. „Aber ich habe die Lösung. Zusammen mit den Steuervorteilen dafür, dass wir das historische Gebäude bewahren, könnte eine Spendenaktion die Gemeinde wirklich zusammenbringen."

„Es gibt bereits eine Spendenaktion", sagte Vince.

„Fahren Sie fort", sagte Bürgermeister Riggs. „Vince, Sie kommen auch noch dran."

„Danke", sagte Sophia. „Wir werden die Namen der Spender auf dem Gehsteig und an einer Plakette im Eingangsbereich nennen." Sie deutete auf ihre Zeichnung, wo sie das vorgesehen hatte. „Außerdem an einer Spenderwand im Erdgeschoss und an einem Baum, der im Kinderbereich gemalt werden wird. Dann sind die Leute stolz auf das Gebäude, beinahe, als gehöre es ihnen. Und ich weiß, dass mindestens Bürgermeister Riggs bei einer der Spendenaktionen meiner Mutter teilgenommen hat – einer Junggesellenversteigerung, und ich glaube mich zu erinnern, dass für Sie ein ansehnlich hoher Preis erzielt worden ist." Sie zwinkerte, und der Bürgermeister schmunzelte. „Ich könnte die Beziehungen meiner

Mutter nutzen, um eine Reihe von Spendenessen, Modenschauen und Junggesellenversteigerungen zu organisieren, irgendetwas davon oder alles, solange es nur Spaß macht."

Sie hielt inne, und im Raum wurde es still, die Männer hingen an jedem ihrer Worte. „Dadurch könnte es beim Bau vielleicht zu Verzögerungen kommen, ein paar Monate für den Denkmalschutz und die zusätzlichen Spendenaktionen, doch hier wird Geschichte gemacht. Diese Bibliothek wird die nächsten hundert Jahre stehen und den Weg in die Zukunft weisen, während sie die Vergangenheit bewahrt."

Der Raum brach in Applaus aus. Vince hätte am liebsten geheult. Stattdessen jedoch gesellte er sich zu ihr an den Kopf des Tisches. „Natürlich kann man immer weitere Spendenaktionen ins Leben rufen", sagte er mit einer Stimme, die so ruhig war, wie es ihm nur möglich war. „Aber mit diesem Ziegelentwurf, der erheblich teurer ist, verbauen Sie auch den Blick auf den Park. Der beste Aspekt dieser Bibliothek ist ihre Lage. Dieser Entwurf ignoriert das vollkommen."

„Könnten Sie größere Fenster einbauen, Sophia?", fragte der Bürgermeister.

„Klar", erwiderte Sophia.

Vince zog seinen Entwurf hervor und deutete auf die verschiedenen Teile des Gebäudes. „Ziegel können das nicht. Glas vom Boden bis zur Decke, helle Holzakzente. Der Raum muss offen sein, lichtdurchflutet und luftig, keine bloße Fortsetzung des Bestandes, der vor mehr als hundert Jahren erbaut worden ist."

„Diese Stadt hat eine lange, stolze Geschichte", sagte Sophia. „Und ich verstehe das."

„Auch ich verstehe Geschichte", sagte Vince durch zusammengebissene Zähne.

Sophia fuhr fort. „Und ich hoffe, dass Sie wissen, dass mein Vater bei dem Projekt eng mit mir zusammenarbeiten wird. Er wird die Mannschaft anleiten, während ich mich um den Denkmalschutz kümmere. Mit *Capello Construction* bekommen sie also das Beste aus zwei Welten – ein erfahrenes Bauunternehmen und fachmännischen Denkmalschutz."

„Wo ist denn eigentlich Mr. Capello?", fragte Vince. „Wir haben ihn noch bei keinem dieser Meetings gesehen. Woher wissen wir, dass er wirklich aufkreuzen wird?"

„Er wird *aufkreuzen*", zischte Sophia zwischen ihren Zähnen hindurch. Sie lächelte für die anderen Männer. „Er erholt sich gerade von einer Krankheit. Sobald wir die nötigen Mittel beisammenhaben, wird er definitiv wieder an Bord sein."

Bürgermeister Riggs rieb sich das Kinn. „Hmm … schwierige Entscheidung. Aber nachdem wir darüber nachgedacht haben, müssen wir sagen, dass uns die Idee, die alte Bibliothek zu bewahren, anspricht. Clover Park hat nur noch ein paar historische Flecken auf der Main Street. Wenn sie ein paar Fenster mehr einplanen könnten, Sophia, damit man vorne etwas von der Aussicht hat, würden wir uns wirklich gerne für *Capello Construction* entscheiden."

„Moment mal", sagte Vince. „Es ist nicht so einfach, zusätzliche Fenster in die Fassade einzufügen. Dazu braucht es Unterzüge, es sind ja schließlich tragende Wände–" Er seufzte mehr als frustriert. Bald würde er ausrasten, und das würde nicht schön werden. Wie ging nur sein Dad mit idiotischen Meetings wie diesem hier um?

Sophia legte ihre Hand an seinen Arm. „Ich werde mit meinen Statikern reden."

„Ich fürchte, wir haben uns entschieden, Vince", sagte Bürgermeister Riggs. „Wir werden beim nächsten Projekt an Sie denken."

Und damit war er entlassen. Vince marschierte aus dem Raum, seine Kiefermuskeln zum Zerreißen gespannt. Er ging nach draußen und direkt in den Park. Er konnte nicht fahren, wenn er so wütend war. Er konnte es nicht fassen, wie schnell sie sich entschieden hatten. Sie wollten ihn nicht einmal anhören. Verdammt, warum sollten sie auch? Sie wussten bereits, was er zu sagen hatte. Er hatte es schon seit Monaten gesagt. Also, kein großer Auftrag. Keine offizielle Verantwortung. Nur mehr harte Tage, in denen er auf dem Bau arbeiten musste. Sein Dad hatte recht. Vince hatte einfach nicht, was man brauchte, um den Job unter Dach und Fach zu bringen. Er war nicht gut genug.

Er freute sich gar nicht auf die Vater/Boss-Unterhaltung. Er setzte sich auf eine Bank im Pavillon, bis die Stille des Parks ihn genug beruhigt hatte, dass er nach Hause fahren konnte. Er ging über die Straße zum Parkplatz. Sophia saß auf einer Bank vor der Bibliothek. Sie sprang auf, als sie ihn sah.

„Hi", sagte sie.

Er blieb abrupt stehen, blickte zum Himmel, als ob ihm von dort Geduld geschenkt werden würde, und, da er keine bekam, drehte er sich um und fuhr sie an. „Herzlichen Glückwunsch, dass du meine Firma ruiniert und dafür gesorgt hast, dass jeder in der Stadt bei weitem mehr bezahlen muss, als er sich leisten kann, alles nur wegen deines–" er gestikulierte an ihrem Körper auf und ab „– Auftritts in einem hübschen Kleid mit einem hübschen Gesicht!"

Sie blieb vor ihm stehen, sah völlig ungerührt und ruhig aus, wodurch er sich nur noch mehr aufregte. „Danke. Wollen wir was essen gehen?"

„Was ich will", knurrte er und stellte sich vor ihr Gesicht, „ist, dir den Kopf abzureißen."

„Der würde gar nicht gut schmecken. Zu viele Haarpflegeprodukte. Komm mit. Ich habe dir einen Antrag zu unterbreiten."

Sie war einfach viel zu gut gelaunt für die Wut, die er empfand. „Du willst mir einen Antrag machen?", blaffte er.

„Ja, Vince, ich wäre gerne deine Frau." Sie verdrehte die Augen. „Komm." Sie ging weiter und blieb erst bei ihrem verdammten Mini Cooper stehen.

„In das Ding werde ich nicht noch einmal steigen", sagte er. „Es sieht aus wie ein Spielzeug."

„Na schön. Dann nehmen wir deinen Wagen." Sie sah sich um. „Welcher ist es? Ach, warte, lass mich raten. Die Angeberkarre." Sie deutete auf seinen Camaro. „Habe ich recht?"

Er würde nirgendwohin mit ihr fahren. „Du hast alles ruiniert!", polterte er. „Ich werde wahrscheinlich meinen Job an den Nagel hängen dürfen–"

„Nein! Tu das nicht. Iss erst mal was und hör mir zu."

Er ging zu seinem Wagen, und sie lief neben ihm her. Er drehte sich um. „Lass mich in Ruhe."

Sie legte ihre Hand auf seinen Arm. „Bitte! Es wird sich für dich lohnen. Versprochen."

Sie klang verzweifelt. Er blieb stehen. „Versprochen?"

Sie seufzte. „Ja."

„Und was, wenn ich finde, dass es sich für mich nicht gelohnt hat?"

Es verging ein Moment, in dem sie darüber nachdachte. Das dürfte gut werden. „Dann darfst du mir in den Hintern treten", sagte sie und nickte. „Ich weiß, dass du das gerne tun würdest."

„Dann darf ich–" Er strich sich mit einer Hand über das Gesicht. „Mann, du bist krank. Ich würde einer Frau niemals wehtun." Er ging zu seinem Wagen und schloss auf.

Sie erschien neben ihm und blickte mit großen Welpenaugen zu ihm auf. Ihre Augen und der sexy Körper machten es ihm schwer, weiterhin wütend zu sein. „Was?", fragte sie. „Was würde sich wirklich für dich lohnen?"

„Nichts."

Wieder lag ihre Hand auf seinem Arm. Der würzige Rosenduft legte sich um ihn. „Vince, bitte."

Er sah auf ihre Hand hinab. „Flehst du mich an?"

„Ja, ich flehe dich an."

„Du steckst bis zum Hals drin, richtig?"

Sie nickte.

„Zu schade." Er stieg ein und drehte den Schlüssel in der Zündung um. Als sie die Beifahrertür öffnete, ließ er seine Stirn auf das Lenkrad sinken. Würde denn dieser Tag nie ein Ende nehmen?

„Ich werde jetzt mit dir essen gehen", sagte sie und schnallte sich an. „Und dann werden wir uns unterhalten."

Geräuschvoll seufzte er. Als gäbe sie ihm eine Wahl! Nur, dass die einzige Möglichkeit, sie loszuwerden, wäre, sie gewaltsam aus seinem Auto zu befördern. Er sah sie an, wie sie da in ihrem Feuerkleid dasaß, mit nackten Knien und dem bisschen Oberschenkel, das sichtbar wurde. Die Vorstellung hatte schon was für sich. Er würde sie berühren können, wenn er sie rauswarf.

„Du kannst mich nicht rausschmeißen!", protestierte sie und klammerte sich am Sitz fest. „Ich werde dir einfach hinterherlaufen, bis du mir zuhörst!"

Er hob eine Braue. „Na gut. Ich werde was mit dir essen gehen." Sie klang so verzweifelt, dass er dachte, er könnte dieses Projekt vielleicht doch noch retten.

Sie begann sofort, ihn herumzukommandieren, und gab ihm Anweisungen, wo sie gerne etwas essen wollte. Er spürte, wie ein Muskel in seiner Wange zuckte. Er war es gewohnt, selbst Befehle zu geben, nicht welche entgegenzunehmen. Besonders nicht heute Abend, nachdem sie ihm das Geschäft unter der Nase weggeschnappt hatte.

„Bist du fertig?", fragte er.

„Wenn du meine Wegbeschreibung verstanden hast, dann ja."

„Wir gehen zum Burger Shack." Sie saß vielleicht in seinem Auto, bestand vielleicht darauf, diesen Abend mit einem verdammten Angebot in die Länge zu ziehen, doch er sollte verdammt sein, wenn er nicht entschied, wo sie essen würden.

Sie lächelte sonnig. „Perfekt! Ich liebe Burger."

Ihm ging die Luft aus. Er konnte bei ihr einfach nicht gewinnen.

Er legte den Gang ein und fuhr vom Parkplatz. Jetzt würde sein Auto nach ihr riechen, nach sexy Frau und Rosen. Sophia spielte am Radio herum und ging ihm auf die Nerven, während sie versuchte, ein Lied zu finden, das ihr gefiel. Endlich ließ sie ein Lied spielen, das ihm gefiel, und sie begann mitzusingen. Na großartig. Auch das musste sie ruinieren. Jetzt konnte er dieses Lied nie wieder hören, ohne dabei an ihre sinnliche Stimme dabei zu. Er lockerte seine Krawatte. Verdammt, er war so was von am Ende. In jeder Hinsicht. Und alles nur wegen dieser verrückten, lächerlich anziehenden Frau.

Sophia ging durch die Tür des Burger Shack, die Vince für sie aufhielt, und versuchte, nicht darauf zu achten, dass seine dicken, dunkelbraunen Haare sexy zerzaust waren, als wäre er gerade mit seinen Händen durchgefahren. Oder dass seine Augen auf Halbmast waren, wodurch er einen verschleierten, sexy Blick bekam, was aber wahrscheinlich das Ergebnis dessen war, dass er ihre Beine genau in diesem Moment anstarrte. Sie hatte im Auto bemerkt, dass er sich ihre Knie angesehen hatte. Doch sie hatte definitiv nicht bemerkt, wie gut er sein Hemd ausfüllte. Er hatte seine Krawatte und sein Jackett auf dem Rücksitz des Wagens gelassen. Warum war sie so besessen von seiner Statur? Ja, er war ein großer Mann mit der Figur eines Holzfällers. Das hatte aber nichts mit ihren Absichten heute Abend zu tun. Sie hatte keine Ahnung, ob ihr Dad sich jemals am Riemen reißen und die Projektleitung übernehmen würde. Es gab viele Angestellte, deren Job davon abhingen – und von ihr. Und sie hatte immer noch ihren eigenen Job, und ihr Boss war gar nicht glücklich darüber, dass sie sich so lange frei genommen hatte. Sie konnte keine Baumannschaft leiten. Und was noch wichtiger war, sie wusste nicht, wie. Sie drehte sich zu dem einen Mann um, von dem sie wusste, dass er das Projekt und die Firma ihres Vaters retten konnte, und sagte: „Such uns schon mal einen Tisch. Ich hole das Essen. Ich lade dich ein."

Seine dunkelbraunen Augen brannten sich in ihre. „Ach, wirklich? Du lädst mich ein? Wie großzügig."

Sie zuckte die Schultern. „Ist ein Geschäftsessen."

Er verschränkte die Arme vor seiner Brust, wodurch sich seine Bizepse appetitlich wölbten. „Du weißt ja nicht einmal, was ich will."

„Einen doppelten Burger, medium rare, eine große Portion Fritten und eine Flasche Wasser."

Er löste seine Arme und starrte sie an. „Hast du mir nach-spioniert?"

„Nein, warum?" Sie wandte sich ab, stellte sich an und sagte über ihre Schulter: „Du bist leicht zu lesen. Große, kernige Typen mögen rohes Fleisch und Berge von Fritten."

Sie sah wieder nach vorn. Als sie heftiges Atmen hinter

sich hörte, reagierte sie jedoch nicht darauf. Einen Moment später sah sie sich um und stellte fest, dass er einen Tisch für sie gefunden hatte. Schritt eins dahin, einen machbaren Kompromiss zu finden: Lass deinen Gegner wissen, wer das Sagen hat. Für sich bestellte sie dasselbe, bezahlte beide Mahlzeiten und setzte sich zu ihm an den Tisch.

Vince biss herzhaft in seinen Burger hinein, kaute und schluckte. „Erstens, ich bin nicht kernig, und zweitens muss ich dir sagen, dass ein Mann nicht geneigter ist, sich anzuhören, was du zu sagen hast, wenn du ihn herumkommandiert."

„Nein?" Sie nahm eine Fritte und tunkte sie in seinen Pappbecher mit Ketchup.

Er zog das Ketchup aus ihrer Reichweite.

Sie biss in ihren Burger und kaute. Dann nochmal.

„Also, was?", blaffte er. „Was ist das für ein Angebot, das du mir machen willst? Spuck's einfach aus."

Sie hob einen Finger, kaute zu Ende und wischte sich den Mund mit einer Serviette ab. „Möchtest du denn gar nicht essen?"

„Ich verliere plötzlich meinen Appetit."

Sie nahm eine Fritte und deutete damit auf seinen Ketchup. „Könnte ich nur …" Er stieß ein lautes Seufzen aus und schob den Ketchup zu ihr. Sie verkniff sich ein Lächeln. Schritt zwei dabei, einen Kompromiss zu erreichen: Bring deinen Gegner dazu, dir etwas zu geben.

Sie tunkte die Fritte in seinen Ketchup und schob sie sich in den Mund.

„Sophia", knurrte er, „ich stehe kurz davor zu gehen."

„Das wirst du aber nicht", erwiderte sie. Sie öffnete den Verschluss ihrer Wasserflasche und trank einen Schluck.

„Was willst du?", zischte er zwischen seinen Zähnen hervor. „Sag es mir einfach, damit ich Nein sagen und von hier verschwinden kann."

„Warum diese Eile?", fragte sie und biss noch einmal in ihren Burger. Nachdem sie gekaut hatte, fügte sie hinzu: „Ich dachte, du magst Burger. Du bist doch derjenige, der hierherkommen wollte."

Er verzog das Gesicht und biss in seinen Burger.

Sie lächelte. „Gut, nicht wahr?"

Er brummte. Schritt drei, einen Kompromiss zu finden: Finde eine Gemeinsamkeit. Sie genossen beide ihre doppelten medium gebratenen Burger.

Dann fiel ihr ein, was er das letzte Mal gesagt hatte, als sie gemeinsam essen waren, und erinnerte ihn daran. „Ich möchte, dass du das Essen ohne Verdauungsschwierigkeiten genießt, *capisce*?"

Er stand auf. „Das reicht, ich gehe."

„Vince, ich habe noch nicht zu Ende gegessen."

Er schnappte sich ihren Burger, ging zum Mülleimer und warf ihn hinein. „Fertig."

Er ging zum Tisch zurück und sah wütend aus seiner eins-irgendwas-neunzig Höhe zu ihr herab. Sie nahm seinen Burger, biss hinein und hätte sich beinahe daran verschluckt. Sie hustete, und ihr traten die Tränen in die Augen, doch sie schaffte es, nichts auszuspucken.

Er stemmte seine Hände in die Hüften. „Du bist wirklich anstrengend."

„Ich weiß", sagte sie mit vollem Mund.

Er lachte laut. Sie lachte auch und spuckte dabei ein Stück Gurke aus, woraufhin er ihr eine Serviette reichte. „Du treibst mich in den Wahnsinn, weißt du das?"

Sie nickte, immer noch damit beschäftigt, den Burger zu kauen.

Er setzte sich wieder und nahm eine Fritte. „Schieb mir mal den Ketchup rüber."

Am Ende teilten sie sich, was von seinem Burger noch übrig war. Sie dachte sich, dass sie wohl nie näher an ihn herankommen würde als jetzt, da sie sich das Essen mit ihm teilte, darum kam sie gleich zu ihrem Vorschlag, als sie zu Ende gegessen hatten.

„Ich denke, du kennst dich mit dem Bauen aus, du weißt, was zu tun ist–"

„Danke!", rief Vince. „Genau das habe ich vorhin ja auch gesagt."

„Darum schlage ich ein Joint Venture zwischen *Capello*

Construction und *Marino & Sons* vor. Ich könnte eine Abteilung für historische Architektur gründen, die ich leite, und du könntest die neue Bauabteilung beider Unternehmen leiten. Wir könnten so sicher neue Kunden generieren. Wir haben schon öffentliche Bauten errichtet und viele neue Wohnbauten. Ich weiß, dass ihr noch nicht in den Wohnbausektor vorgedrungen seid. Was meinst du?"

Er lehnte sich zurück und stieß einen leisen Pfiff aus. „Weiß dein Dad davon?"

„Es war seine Idee."

Er schlug mit der Hand auf den Tisch. „Unsinn. Ist es nicht. Was versuchst du hier eigentlich abzuziehen?"

„Okay, okay, es war nicht seine Idee. Es war meine. Für mich ist das der einzige Weg, den ich mir vorstellen kann, um zu verhindern, dass *Capello Construction* den Bach runtergeht."

Er verzog erneut das Gesicht. „Auf meine Kosten."

„Vielleicht ist es an der Zeit, all diese Feindseligkeit zwischen unseren Familien zu beenden. Wie unsere Väter miteinander konkurrieren, die Projekte des anderen unterbieten, nur um zu gewinnen–"

„Dein Dad ist derjenige, der uns immer unterbietet", gab Vince zurück.

„Wie auch immer", sagte sie diplomatisch. „Dass sie miteinander konkurrieren, hat auf lange Sicht keinem Unternehmen geholfen. Ich weiß, dass ich einige unserer Leute entlassen werden muss, aber vielleicht bringe ich durch das Restaurieren historischer Gebäude genug Geld hinein, um sie wieder an Bord zu holen. Bald, hoffe ich."

„Was zum Teufel ist denn mit deinem Dad und seiner Firma los? Warum solltest du das wollen?" Er fixierte sie mit einem harten Blick. „Sei ehrlich zu mir."

Sie sah sich im Restaurant um. Sie waren in Eastman, nur eine Stadt von Clover Park entfernt, doch sie sah niemanden, den sie vom Bibliotheksprojekt her kannte. Sie bedeutete ihm, näher zu rutschen. Er beugte sich vor, und sie begann ihre Erklärung zu flüstern.

Er schüttelte den Kopf. „So kann ich dich nicht hören. Hier ist zu viel Lärm. Lass uns zurück ins Auto gehen."

Der Wagen war sein Territorium. Sie brauchten neutrales Terrain. Sie stand auf, ging zu ihm hinüber und setzte sich neben ihm auf die Bank.

„Du kannst mit Anweisungen nicht gut umgehen, oder?", fragte er.

Sie starrte stur geradeaus und sprach aus dem Mundwinkel. „Versprich mir, dass du niemandem erzählen wirst, was ich dir jetzt sage."

Er stieß ein lautes Seufzen aus. „Willst du ein Pfadfinderehrenwort?"

Sie drehte sich zu ihm um. „Versprich es!"

Er verdrehte die Augen. „Okay." Er rutschte ein wenig weiter die Bank hinunter, um den Abstand zwischen ihnen zu vergrößern.

Sie schloss die Lücke und drückte sich an seine Seite.

„Lass mir doch ein bisschen Platz hier", sagte Vince und klang genervt. „Du sitzt ja fast auf meinem Schoß."

„Ich möchte nicht, dass irgendjemand es mitbekommt."

„Darum hatte ich mein Auto vorgeschlagen."

Er rutschte noch ein Stück weg, bis er an die Wand stieß. Sie begann mit leiser Stimme zu sprechen und lehnte sich ein wenig vor, damit niemand mithören konnte. „Mein Dad hat eine Million Dollar aus dem Unternehmen genommen, und wir stehen kurz vor dem Bankrott. Darum brauche ich dieses Projekt so dringend."

Zischend seufzte er. „Ich fasse es nicht, dass du mir deswegen das Projekt gestohlen hast. Wie willst du das Ganze denn am Laufen halten? Du weißt doch, dass sie dir die ganze Summe nicht einfach im Voraus geben werden. Die bekommst du abschnittsweise entsprechend des Baufortschritts."

„An dem Teil arbeite ich noch."

Er fluchte leise vor sich hin und schüttelte den Kopf. „Warum hast du mir das Projekt nicht einfach überlassen und mich gebeten, dich zu beteiligen?"

Sie schnaubte. „Du hättest uns niemals an Bord geholt,

wenn du das Projekt bekommen hättest. Jetzt ist es meins, und ich entscheide, wer sich beteiligt."

„Du entscheidest", sagte er kopfschüttelnd. „Du hast sie doch nicht mehr alle."

„Für dich ist es immer noch ein guter Deal", beharrte sie. „Wir haben einen ausgezeichneten Ruf. Viele Kontakte und Kunden. Wir haben nur ein vorübergehendes Liquiditäts-problem."

„Was würde dein Dad zu all dem sagen?"

„Er hat mir das Sagen überlassen. Er ist so richtig am Ende. Mein Bruder sollte eigentlich das Unternehmen über-nehmen, doch er hat kein Interesse daran. Ich bin mir sicher, dass es ihm egal wäre. Er reist als Groupie einer Punkrock-band hinterher."

Er sah sie von der Seite an. „Ich muss darüber nachdenken."

Sie drückte sich gegen seine Seite und ignorierte, wie heiß und unruhig sie das machte. Sie würde ihn nicht ohne eine Antwort aus dieser Sitznische lassen. „Denk schnell."

„Willst du dich vielleicht auf meinen Schoß setzen?", fragte er.

Sie hob ihr Kinn. „Ich lasse dich nicht aus dieser Nische, solange ich nicht weiß, ob du meinen Vorschlag annimmst oder ablehnst."

„Du weißt schon, dass du kein Hindernis bist."

Sie verschränkte die Arme und bemühte sich, eine unbe-wegliche Macht zu personifizieren.

Geräuschvoll seufzte er. „Wie viele Angestellte habt ihr?"

„Einhundert, plus / minus."

Er schüttelte den Kopf. „Ihr werdet mehr als die Hälfte gehenlassen müssen. Ich habe siebzig auf meiner Seite, und ich kann nicht beide Mannschaften bezahlen."

„Du wirst es also tun? Du bist mit einem Joint Venture einverstanden?" Als er nicht antwortete, fügte sie mit leiser Stimme hinzu: „Du willst uns retten?"

Er presste seine Lippen zu einer flachen Linie zusammen und schob sie einen halben Meter von sich weg. „Ich kann nicht fassen, dass ich aus diesem ganzen Deal nur einen Burger mit Lippenstift bekommen habe."

Sie hüpfte ein wenig auf ihrem Platz. „Du wirst es also tun?"

Er sah sie ernst an. „So einfach ist das nicht. Unsere Väter müssen beide unterschreiben. Anwälte hinzugezogen werden. Das braucht Zeit. Ich muss mir eure Bücher ansehen, eure Mannschaft kennenlernen, mich in euer Geschäft hineindenken, *capisce*?"

„*Capisce*." Sie benetzte ihre Lippen, und ihre nächsten Worte fühlten sich an, als kämen sie tief aus ihrer Kehle. „Danke."

Er hob eine Braue. „Dank mir besser noch nicht. Das ist noch weit davon entfernt, definitiv zu sein. Wir müssen behutsam vorgehen, sonst haben wir einen Krieg mit den alten Männern am Hals."

„Mein Dad kann wie ein Pitbull sein."

„Und mein Dad ist eine Bulldogge."

„Also, was machen wir jetzt mit dem Bibliotheksprojekt?"

„Wir?", fragte er mit einem Tonfall, der ihr sagte, dass er die Oberhand hatte.

„Naja." Sie schluckte schwer und fühlte sich extrem unbehaglich, weil er die Oberhand hatte. „Ich dachte–"

„Weißt du was? Es ist ein Anfang. Die Bibliothek wird ein Versuchsprojekt. Ein Testlauf, sozusagen. Wie ich das sehe, habe ich das Sagen. Ich nehme dreißig von deinen Männern und dich, der Rest kommt von *Marino & Sons*. Bei der Grundsteinlegung steht unser Name direkt neben eurem. Ihr bekommt die Million nicht im Voraus, doch am Ende des Projekts habt ihr sie, und ihr könnt eure dreißig besten Männer behalten." Er unterbrach sich. „Weißt du, wer eure besten Männer sind?"

Am liebsten hätte sie *du* gesagt. *Du bist im Moment mein bester Mann.* Doch stattdessen zuckte sie mit einer Schulter. „Die Männer, die am längsten bei uns sind."

Er runzelte die Stirn. „Ihr habt da einen Haufen alter Sturköpfe, nicht wahr?"

Sie war nicht in der Position, irgendetwas zu verlangen, und sie wusste es.

„Sie bleiben, oder der Deal ist gestorben", sagte sie.

Er schmunzelte. „Du hast ganz schön Mumm." Er lachte. „Mit dir werde ich Spaß haben."

Sie hob ihr Kinn. „Was soll das denn heißen?"

Er legte einen Finger unter ihr Kinn. „Gib mir einen Kuss, um den Deal zu besiegeln."

Ihr Herz hämmerte gegen ihren Brustkorb. „Das werde ich nicht."

„Irgendwie müssen wir den Deal besiegeln", sagte er. „Außerdem hat es mich schon ein bisschen erregt, als du auf meinem Schoß gesessen und mir einen großen Job angeboten hast. Das hat irgendwie meinen Abend verändert."

Sie schnaubte. „Ich habe nicht auf deinem Schoß gesessen." Sie schlug seine Finger weg. „Du hast gesagt, dass mein Kuss bei dir überhaupt nichts bewirkt hat." Die Worte taten immer noch weh.

Er grinste, doch er legte seine warme Hand an ihre Wange, und ihre Augen schlossen sich von selbst. „Das ist für dich", sagte er.

Sie riss die Augen auf. „Du denkst nur an dich!"

Er schenkte ihr ein teuflisches, wissendes Lächeln. „Lass uns gehen, Partner."

Sie runzelte die Stirn und nahm ihre Handtasche.

Er setzte ein breites Lächeln auf. „Ich mag es, wenn du Befehlen gehorchst."

Das war's. „Hör zu, es ist mir egal, ob du die einzige Rettungsleine in dieser Hölle bist, in der ich mich befinde, aber ich werde keine Befehle von irgendjemandem entgegennehmen!"

Er drehte sie um und sagte mit leiser Stimme: „Beweg dich."

Sie stand stocksteif da, um zu unterstreichen, was sie gesagt hatte. Sie würde hier keine Befehle entgegennehmen. Er legte seinen Arm um ihre Taille und hob sie hoch, presste sie wie einen Football an seine Hüfte und trug sie hinaus. Ihre Wangen brannten, als die Leute in dem gut besuchten Restaurant sie mit offenen Mündern anstarrten. Am liebsten hätte sie um sich getreten und gekreischt, doch sie trug ein Kleid. „Lass mich runter", zischte sie.

Er pfiff auf dem Weg zum Wagen. Dann stellte er sie neben der Beifahrertür ab und öffnete sie ihr. „Steig ein."

Sie verschränkte die Arme. „Wie kannst du es wagen! Ich werde nicht–"

Seine Stimme grollte in ihrem Ohr, tief und gefährlich. „Auf die sanfte oder die harte Tour?"

Sie wurde rot und stieg ein. Sobald er auf die Straße fuhr, bekam er etwas zu hören. „Du wirst nie wieder so Hand an mich legen!"

Er sah zu ihr hinüber. „Verdammt, du müsstest dich jetzt sehen. Deine Wangen sind rot, deine Pupillen geweitet, dein Atem beschleunigt. Ich glaube, es gefällt dir, wenn meine Hände an dir sind."

„Träum weiter!"

An einer roten Ampel blieb er stehen, und sah ihr mit lüsternem Schimmer in die Augen. „Darf ich ehrlich sein?"

Sie benetzte sich die Lippen. „Was?"

„Mal nur unter uns, vergiss all den Arbeitskram–" er winkte das beiseite „– von einer Sexbestie zur anderen …"

Sie verschluckte sich beim Lachen. „Sprich weiter."

Er hob einen Mundwinkel. „Ich würde gutes Geld darauf verwetten, dass deine Schickimickifreunde dir nicht geben können, was du brauchst."

Sie packte den Sitzrand. „Und was denkst du, das ich brauche?"

„Du brauchst jemanden, der die Kontrolle übernimmt, jemanden, der dich von deinen Gedanken abbringt und dafür sorgt, dass du …" Er hielt inne und sah auf die Straße zurück, die Worte hingen in der Luft.

„Dass ich was?" Plötzlich wollte sie verzweifelt wissen, was sie brauchte, denn Vince hatte recht. Bei ihren letzten Freunden war sie am Ende immer unbefriedigt gewesen.

Er trat aufs Gas, stellte das Radio an und fuhr weiter, als hätte er vollkommen das Interesse an der Unterhaltung verloren.

Sie kochte innerlich ein paar Minuten lang, dann schaltete sie endlich das Radio aus. „Sorgt dafür, dass ich was? Du musst deinen Satz beenden."

„Nein. Ich lasse mich nicht auf dich ein." Er trommelte auf dem Lenkrad herum. „Zurück zum Geschäft."

„Nur noch eine Minute mit der Sexbestie. Sag es mir!"

Er schmunzelte, dann senkte er seine Stimme, tief und verführerisch. „Dass du dich gehen lässt."

„I-ich … Oh." Bei seinem hungrigen Blick vergaß sie beinahe, in welcher Position sie war. Sie musste mit ihm zusammenarbeiten, dafür sorgen, dass ihr gemeinsames Geschäft funktionierte.

Als sie schwieg, fragte er: „Wann war das letzte Mal, dass du die Kontrolle verloren hast?"

Nie. Nie war das letzte Mal. Sie war die starke, fähige Frau, die immer alles für alle richtete – für ihre Familie, ihre Freunde, ihre Schickimickilover.

Sie schluckte schwer. „Diese Unterhaltung ist lächerlich. Es tut mir leid, dass ich dich gebeten habe, diesen dummen Sexbestien-Satz zu beenden." Sie packte den Rand ihres Sitzes noch fester. „Und, übrigens, man trägt mich nicht herum wie einen Football."

Seine Stimme war tief und kratzte an ihrem Inneren. „Dann sag mir, was dir gefällt."

Sie zwang ihre Finger, den Sitz loszulassen, tat so, als wäre ihr alles egal. „Ich brauche nichts, danke."

Sie hätte sich niemals auf diese unangemessene, heiße Unterhaltung einlassen dürfen. Offensichtlich hatte Vince sie nur sexy genannt, um sie auf den Verführungspfad zu locken. Er war ein Playboy. Sie hatte das gewusst, als sie zum ersten Mal diesen Holzfällerkörper gesehen hatte. Wenn sie jemals mit ihm schlafen würde, was sie nicht täte, wäre er so schnell weg, dass die Laken noch brennen würden.

Wie wäre das wohl? Wenn die Laken brannten. Sie sah aus dem Fenster, weg von der riesigen Hand, die beiläufig das Lenkrad kontrollierte.

Sie brauchte ihn dafür nicht. Sie traf ständig nette Männer. Männer, die nicht so körperlich waren, so direkt, so mit harten Kanten. Wild. Stark. Das Pochen zwischen ihren Beinen war eine große Ablenkung. Vince kam nicht infrage, und es war Zeit, ihn auf seinen Platz zu verweisen, besonders, weil er so fröhlich vor sich hin pfiff, als wäre er gar nicht heiß und erregt durch diese Unterhaltung. Vielleicht war es nur wie ein weiterer Tag im Büro für ihn.

„Ich weiß deine Nummer", sagte er.

Ein Beben durchfuhr sie. Wusste er? Wusste er wirklich, wovon sie bislang nicht einmal selbst gewusst hatte, dass sie es sich ersehnte?

„Du meinst meine Telefonnummer", sagte sie, um es klarzustellen.

„Wenn du dich dann besser fühlst." Er stellte das Radio wieder an und fand einen Sender mit einem harten, treibenden Bassbeat, der zu dem Pochen zwischen ihren Beinen passte.

Zum Parkplatz der Bibliothek zurück war es nur eine kurze Fahrt, dort hatte sie ihren Wagen gelassen, und sie überlegte, ob sie diese unglaubliche, aber reizvolle Sexbestienunterhaltung fortführen sollte, selbst wenn ihr gesunder Menschenverstand ihr riet, sie abzubrechen. Er war nicht all das. Nur, weil er aussah wie ein italienischer Holzfäller direkt aus einem L. L. Bean Katalog, hieß das nicht, dass er anders als irgendein anderer Mann war. Er bluffte nur. Er konnte sie unmöglich kennen oder wissen, was sie wollte. Das wusste sie ja kaum selbst von sich.

Sie biss sich auf die Lippe, als er neben ihrem Wagen anhielt. Es war dunkel, doch sie parkte immer bei einer Straßenlaterne, und die beleuchtete eine Seite seines Gesichts. Er war so schön – Wangenknochen wie aus Stein gemeißelt, volle Lippen, eine markante Nase und ein starkes Kinn. Die andere Seite seines Gesichts lag im Schatten – dunkel und mysteriös. Sie war versucht, so versucht.

„Also, gute Nacht", sagte sie mit fröhlichem Tonfall, als wäre sie nicht feucht, pochend und lüstern. O mein Gott, sie hatte solche Lust. Sie stieg eilig aus dem Wagen, und auch er stieg aus, um sie zu ihrem Wagen zu begleiten. Sie tat so, als hätte sie es nicht bemerkt, holte ihren Schlüssel heraus und bemühte sich, die Autotür aufzuschließen. Ihre dumme Hand zitterte, denn sie war ganz nervös wegen seiner Nähe.

„Sophia."

Sie wollte sich nicht umdrehen. Sie hatte Angst, dass sie dann nachgeben würde. Das hier war falsch, falsch, falsch.

Er legte seine Hand vorsichtig auf ihren Po, und sie stieß einen Quietschlaut aus. Er streichelte langsam mit sinnlichen Bewegungen auf und ab, und ihre Knie wurden weich, als das Pochen stärker wurde. „Entschuldige, wenn ich etwas Unpassendes gesagt habe", sagte er. „Freunde?"

Sie nickte automatisch, unfähig, etwas zu sagen, da sie an nichts anderes denken konnte als zu sagen *mehr, bitte.*

„Lass uns sagen, dass das den Deal besiegelt", sagte er mit einem Lächeln in der Stimme. Vielleicht auch einem Grinsen.

Sie wirbelte herum. Auf keinen Fall würden sie den Deal damit besiegeln, dass er ihren Po streichelte. „Du hast vielleicht Nerven!"

Er grinste. „Ich wusste, mit dir würde es Spaß machen." Dann zog er sich zurück und grinste selbstgefällig. „Bis bald, Partner."

8

Vince kam zum sonntäglichen Familienessen im Haus seiner Eltern in Eastman an und war darauf vorbereitet, diplomatisch vorzugehen. Er wusste, sein Dad wäre nicht scharf darauf, mit *Capello Construction* zusammenzuarbeiten, und das war mild ausgedrückt, doch so wie Vince es sah, war es eine kluge Geschäftsentscheidung. Er hatte seinem Dad erzählt, dass er den Zuschlag bekommen hatte, und dass er die Papiere heute bringen würde. Was er ihm nicht erzählt hatte, war, dass sie das Subunternehmen waren. Sophia hatte in der Stadt den Vertrag aufsetzen lassen, in dem *Marino & Sons* als ihr Subunternehmen benannt wurde, und hatte die Papiere stellvertretend für *Capello Construction* unterschrieben. Vince durfte nicht unterschreiben, weil er immer noch kein verfügungsberechtigter Partner war. Das war lästig, doch er hoffte, dass sein Dad sehen würde, dass er es verdient hatte. Er hatte das Bibliotheksprojekt gerettet, und wenn bei diesem Projekt alles gut lief, wäre eine Verbindung der beiden Firmen auch gut fürs Geschäft. Dann wäre ihr Hauptkonkurrent vom Markt, und das Bieten auf Projekte würde leichter werden. Außerdem könnten sie damit indirekt ins Wohnbaugeschäft einsteigen und sogar in die Sanierung historischer Bauten. Sobald die Details erst einmal ausgearbeitet waren, konnte eine Verbindung für die weitere Entwicklung der Firma sehr gut funktionieren.

Er hatte lange darüber nachgedacht, was Sophia dazu gesagt hatte, dass sie die Feindseligkeit zwischen ihren beiden Familien beenden sollten, und war schließlich zu dem Schluss gekommen, dass sie recht hatte. Wollte er wirklich dafür verantwortlich sein, dass sich die Fehde auf die nächste Generation ausweitete? So führte man kein Geschäft, besonders nicht in diesem wettbewerbsreichen aber lukrativen Markt. Obwohl er wusste, dass er das bei seinem Dad besser nicht ansprechen sollte. Er wollte nicht noch eine Tirade über den schrecklichen Joe Capello hören. Er wusste, dass er aggressiv war und sie unterbot, doch wenigstens hatten sie jetzt eine Lösung für dieses Problem. Wenn er seinen Dad dazu brachte, lange genug zuzuhören, um den Sinn zur verstehen. Den Teil, in dem es um Capello ging.

Seine zierliche blonde Stiefmutter öffnete die Tür. „Vince, ich freue mich ja so, dass du kommen konntest."

„Wie geht's dir, Ma?" Er beugte sich hinunter, um ihre Wange zu küssen.

„Mir geht's gut. Besser jetzt, da meine Jungs nach Hause kommen."

„Kommen heute alle?"

„Soweit ich weiß."

„Gut." Vince dachte sich, er würde die Idee einer Partnerschaft vor seiner Familie zur Sprache bringen, damit sein Dad nicht durchdrehte. Besonders, wenn seine neue Schwiegertochter Zoe da war. Sein Dad war verrückt nach Zoe.

„Ist das Vincent?", schrie sein Dad aus dem anderen Raum.

„Ja, ich bin's." Vince folgte der Stimme in die Küche, wo sein Dad rasch ein Bier zurück in den Kühlschrank stellte und schuldbewusst aussah. „Ein Bier wird dich schon nicht umbringen."

Sein Herz schüttelte den Kopf. „Deine Stiefmutter wacht mit Argusaugen über mich. Ich bin mit der Chemo durch, aber sie ist mehr als unzufrieden mit meiner Ernährung."

Vince verstand das. Sie hatten alle große Angst gehabt, als

bei seinem Dad Darmkrebs im dritten Stadium diagnostiziert worden war, doch die Ärzte waren zuversichtlich, dass alles beseitigt war. Es tat ihm irgendwie leid für ihn, dass er sich sein Lieblingsgetränk nur heimlich gönnen konnte. Er setzte sich ins Wohnzimmer und kurz darauf kamen Gabe und Zoe herein, um die seine Eltern ein großes Gehabe wegen ihres zukünftigen Enkelkindes machten.

„Wie geht es dem kleinen Vince?", fragte er.

Zoe strahlte. „Wir haben uns einen Namen ausgesucht, aber wir sagen ihnen euch erst, wenn er auf der Welt ist."

„Und er heißt nicht Vince", warf Gabe ein.

„Was habt ihr gegen Vincent?", fragte sein Dad. „Für mich und diesen jungen Mann hier ist er gut genug." Er deutete mit einem Daumen in Vinces Richtung.

„Vincent der Dritte", sagte Vince. „Hat schon was."

„Das wird dann dein Kind", sagte Gabe.

Vince schnaubte. Als würde er jemals heiraten. Er langweilte sich schnell und konnte sich nicht vorstellen, sich wie Gabe sein ganzes Leben lang an eine Frau zu binden. Er betrachtete seinen Bruder einen Moment lang, dessen Hand auf Zoes Bauch, wie er leise etwas zu dem Baby flüsterte. Vince tat die Brust weh, und er rieb sie geistesabwesend. Zoe kicherte. Er konnte nicht widerstehen, das Baby auch kurz zu begrüßen.

„Wie geht's dir, kleiner Kumpel?", fragte er. „Hier ist dein Onkel Vince, dein Patenonkel."

„Oh, er hat getreten!", sagte Zoe mit großen Augen. „Ich glaube, er erkennt deine Stimme."

„Natürlich tut er das", sagte Vince. „Ich kann es nicht abwarten, dir zu zeigen, wie man einen Pass wirft. Und fängt. Durch mich wirst du ein Wunderkind werden."

Zoe lächelte. „Du wirst mal ein guter Dad sein."

Er hob eine Braue. „Ich werde ein guter Patenonkel. Das ist nicht dasselbe."

„Gehst du nicht mit jemandem aus?", fragte Zoe. „Vielleicht könnte ich dich mit einer Freundin zusammenbringen."

Gabe schmunzelte, und Vince warf ihm einen finsteren

Blick zu. „Ich brauche keine Hilfe dabei, irgendjemanden zu treffen. Trotzdem danke."

Nico kam mit Angel herein. „Vince braucht keine Hilfe, jemanden kennenzulernen", sagte Nico grinsend. „Das Problem ist, sie zu behalten."

Er schlug Nico auf den Arm und grinste selbst. „Das sagt gerade der richtige." Nico war fast so groß wie er, wenn auch nicht fürs Footballspielen gebaut wie Vince und ihr Dad. Er hatte kurzes, dunkelbraunes Haar und dunkelbraune Augen. Frauen waren ganz verrückt nach Nico, besonders wenn er lächelte. Das verschmitzte Playboylächeln mit einem Hauch Charme war ein Blick, den sein Bruder als Teenager vor dem Spiegel perfektioniert hatte.

„Aber ich will das so, Mann", sagte Nico.

„Wie fühlst du dich, Dad?", fragte Angel. Sein jüngster Bruder war schlank und hatte fast keine Muskeln, außerdem war er gut zehn Zentimeter kleiner als Vince. Er hatte das engelsgleiche Aussehen eines Chorknaben mit lockigen, dunkelbraunen Haaren, sanften, braunen Augen und einem Lächeln mit Grübchen. Es war für alle eine Überraschung gewesen, dass er nicht in ein Kloster eingetreten war. Stattdessen war er Sozialarbeiter. Er half vielen Menschen für ein ziemlich kleines Gehalt. Angel sagte immer, dass die Arbeit selbst Belohnung genug war.

„Gut, gut", sagte ihr Dad. „Angel, hilf mir doch bitte in der Küche. Ich mache gerade Marsala-Hühnchen."

„Ich werde auch helfen", sagte Zoe und folgte ihnen in die Küche. Ihre Mom ging hinter Zoe her und plauderte mit ihr.

„Wie läuft das Bibliotheksprojekt?", fragte Gabe Vince. „Schlägst du dir mit dem Supermodel immer noch die Köpfe ein?"

„Was war das?", fragte Nico. „Du hast ein Supermodel?" Er knuffte Vince in den Bauch. „Das ist gut für dich! Hat sie eine Schwester? Oder besser noch, ist sie ein Zwilling?"

Nico war so ein notgeiler Bock. Schlimmer als Vince.

Vince rammte Nico mit dem Ellbogen. „Es gibt kein Supermodel." *Aber sie ist schön*, fügte er lautlos hinzu. Seine Gedanken wanderten zum letzten Mal, als er Sophia gesehen hatte, wie sie erregt gewesen war, mit geröteten Wangen und ganz nervös. Ihm war aufgefallen, dass ihre Hand gezittert hatte, als sie versucht hatte, die Autotür zu öffnen. Wie sich ihr kurviger Hintern angefühlt hatte. Er hätte sie nicht berühren dürfen. Sie hatte ihn ein bisschen erregt, als sie sich in dieser Nische an ihn gedrückt hatte, und am liebsten hätte er den Spieß umgedreht und sie auf ihren Platz verwiesen. Stattdessen war er nur noch erregter geworden. Ein Problem, um das er sich solo hatte kümmern müssen, sobald er nach Hause gekommen war.

Doch es war nicht nur ihr Aussehen oder die Chemie, von der er merkte, dass sie beiderseits vorhanden war. Je mehr Zeit er mit ihr verbrachte, desto mehr mochte er sie. Es machte ihm Spaß, sich mit ihr anzulegen. Sie war klug und, wie er, war sie sehr loyal ihrer Familie gegenüber, ganz egal, wie verkorkst sie war. Dieses Ich-mag-die-Tochter-meines-Feindes-Problem verschwand nicht einfach, und obwohl er normalerweise seinen lüsternen Impulsen nachgab, wusste er, dass das beruflich alles für ihn ruinieren würde. Sein Dad nahm ihn auch so schon nicht ernst; wenn er herausfand, dass er mit der einen Person schlief, mit der er eigentlich nur geschäftlich zu tun haben sollte, und noch dazu der Tochter seines Erzrivalen, würde er nie die Firma übernehmen.

„Das Bibliotheksprojekt läuft", sagte Vince zu Nico. „Ich werde beim Essen mit Dad darüber reden."

Jared kam herein. „Ich bin da. Die Party kann losgehen!"

„Dr. Depp", rief Vince.

„Handy Vinny", erwiderte Jared grinsend. Er war so hell wie Gabe, hatte dunkelblondes Haar und grüne Augen, doch er war größer als Gabe und muskulöser.

Vince grinste zurück. „Heute schon jemanden aufgeschlitzt?" Jared hätte mit Leichtigkeit Automechaniker sein können, denn er ging beinahe so gut mit Autos und Werkzeugen um wie Nico, doch sein biologischer Vater hatte seinen Söhnen Gabe, Luke und Jared immer Bücher in die Hand gedrückt. Und Jared hatte den vorgezeichneten Weg eingeschlagen – Uni, Medizinstudium, Facharztausbildung. Er war verdammt stolz auf ihn.

„Es ist Sonntag", antwortete Jared. „Da lassen wir sie sich ausruhen. Wer will ein Bier? Du, du." Er deutete im Raum auf sie alle, bekam ein paar Jas und ging in die Küche, um sie zu holen.

„Ich hoffe, Luke schafft es, zu kommen", sagte Gabe. „Ich wollte ihn noch nach College-Sparplänen fragen." Luke war ein Wall Street Typ. Er hatte sich auf Hedge Funds spezialisiert, doch die Familie kam mit sämtlichen Geldfragen zu ihm. Er wusste alles.

„Du willst schon ein Konto dafür eröffnen?", fragte Vince. „Er ist noch nicht einmal auf der Welt."

„Uni ist teuer", sagte Gabe. „Man muss früh anfangen."

„Dann sollte ich wohl mit dem Sparen anfangen, während mein Kind noch ein Spermium ist."

„Würde nicht schaden", sagte Gabe.

Sie hatten sich gerade zum Abendessen hingesetzt, als Luke hereinkam. „Tut mir leid, dass ich so spät komme. Der Verkehr auf der Brücke war furchtbar." Er wohnte in New York City. Eine Stunde Fahrt, wenn nicht viel Verkehr war, aber es gab immer viel Verkehr.

Alle machten sich über das Essen her. Sein Dad war der Meisterkoch hier, und sein Essen war köstlich. Vince wartete darauf, dass es mal eine Flaute in der Unterhaltung gab. Alle brachten einander gern auf den neuesten Stand, wenn sie für das Sonntagabendessen zusammenkamen, und ihre Mom fragte immer einen nach dem anderen, was in ihrem Leben gerade so los war. Sie nahm den Faden dort wieder auf, wo sie ihn letztes Mal losgelassen hatten, und erinnerte sich immer daran, was sie letztes Mal erzählt hatten. Sie hatten Glück, sie als ihre Stiefmutter zu haben.

Er erinnerte sich noch daran, wie sie in die Familie gekommen war. Vince hatte sich drei Jahre lang eine Mom gewünscht, das war jeder seiner Geburtstagswünsche gewesen, jeder Penny in einem Brunnen. Er hatte sogar vierblättrige Kleeblätter gesucht, um sich auch damit etwas zu wünschen. Seine eigene Mom hatte fünf Jahre lang gegen Eierstockkrebs gekämpft. Er erinnerte sich nur daran, dass sie krank war. Er war vier Jahre alt gewesen, als die Diagnose gestellt wurde, neun, als sie starb. Nach ihrem Tod hatten sie diverse Babysitter, doch was er mehr als alles andere gewollt hatte, war eine eigene Mom. So wie man sie im Fernsehen sah, eine, die ihnen Abendessen kochte und sie ins Bett brachte. Als sein Dad Allie mit nach Hause brachte und verkündete, dass sie heiraten wollten, hatte sie sich Zeit genommen, sich hingesetzt und mit jedem ihrer neuen Stiefsöhne gesprochen. Es war nur sie gewesen, nicht ihre drei Jungen, die dafür gesorgt hatte, dass sie sich mehr wie seine neue Mom angefühlt hatte. Sie war so herzlich gewesen, so hübsch, und Vince hatte nicht fassen können, dass sein Wunsch endlich wahr wurde. Doch mit zwölf hätte er keinen seiner Träume zugegeben.

Sie hatte mit ihm am Küchentisch gesessen und ihm Schokoladenkekse und ein Glas Milch gegeben. Wie im Fernsehen. Er hatte die Kekse gleich verschlungen.

„Wie geht's dir bei dem Gedanken, eine neue Stiefmutter zu bekommen?", hatte sie ihn gefragt.

„Ich weiß nicht", murmelte er, doch innerlich war er aufgeregt gewesen.

„Ich könnte deine Mom niemals ersetzen", sagte sie. „Ich weiß, sie war eine ganz besondere Frau."

Er starrte auf den Tisch. „Ja."

„Du kannst mich Allie nennen, wenn du magst", sagte sie. „Oder Mom. Womit du dich wohler fühlst."

Er hatte kurz aufgeblickt und gesehen, dass sie lächelte. Irgendwie hatte er einfach gewusst, dass sie gerne Mom genannt werden wollte. Und obwohl er wusste, dass er seine Mutter nicht ehrte, wie der Priester gesagt hatte, dass man das nach den zehn Geboten sollte, purzelten die Worte einfach aus seinem Mund. „Ich werde dich Mom nennen."

Sie hatte gestrahlt, und er wusste, dass er richtig geraten hatte. Der Verrat an der Erinnerung an seine Mom hatte ihn dazu gebracht, sich zu winden, und er hatte den Blick abgewandt. Denn solange er sich erinnern konnte, hatte er sich eine neue Mom gewünscht, selbst, als seine Mom noch gelebt hatte. Er konnte sich an keine Zeit erinnern, in der sie nicht schwach und müde gewesen war, und er hatte es bedauert, dass er keine Mom hatte, die sich um sie kümmern konnte, wie die Moms seiner Freunde. Es war, als hätte er sich den Tod seiner richtigen Mom gewünscht, um eine bessere zu bekommen. Jetzt, da sein Wunsch in Erfüllung gegangen war, wusste er, dass er in der Hölle landen würde. Was für ein Sohn tat denn so was?

Jetzt ließ die Unterhaltung nach, also nutzte Vince die Gelegenheit. „Hey, Dad, ich habe die Papiere für das Bibliotheksprojekt im Wagen. Das Projekt gehört uns, wenn wir ein paar Anpassungen vornehmen."

Sein Dad legte die Gabel ab. „Was für Anpassungen?"

„Die Stadt möchte den historischen alten Teil bewahren, und wir werden den Entwurf ein wenig umarbeiten, um eine Ziegelfassade anzubringen, damit es passt."

„Du meinst, wie *Capello Construction* es vorgeschlagen hat? Das ist zu teuer."

Seine Brüder blickten zwischen ihnen hin und her wie bei einem Tennisspiel.

„Ja, was das angeht", sagte Vince vorsichtig. „Sie haben eigentlich Capellos Entwurf gewählt, aber als Subunternehmen–"

„Subunternehmen!", polterte sein Dad.

„Mit der größeren Mannschaft und dem größeren Anteil an der Arbeit. Es ist kompliziert, aber Sophia hat gesagt–"

„Sophia Capello?" Eine Ader trat auf der Stirn seines Dads hervor.

„Ja." Er räusperte sich. „Anscheinend geht es ihrer Firma nicht gut. Sie suchen nach einem Partner. Sophia glaubt, sie kann eine Abteilung für historische Bauten einrichten, während ich mich um die neuen Bauprojekte kümmere. Natürlich habe ich gesagt, dass die Bibliothek erst einmal ein Versuchsprojekt sein wird, bevor wir an so was denken wie–"

„Wovon zum Teufel redest du?" Das Gesicht seines Dads war rot.

„Liebling, beruhige dich", sagte seine Stiefmutter. „Stress ist nicht gut für dich."

„Wovon sprichst du?", fragte sein Dad jetzt mit ruhiger Stimme. „Wir haben keine Abteilung für historische Bauten.

Du kümmerst dich um den Rest? Was soll das werden? Eine Fusion? Denn damit wäre ich überhaupt nicht einverstanden."

Vince hob eine Hand. „Ich weiß, es ist kompliziert, aber sie würden einen Großteil ihrer Angestellten entlassen, und wir behalten alle unsere Jungs. Wir würden unseren größten Konkurrenten ausschalten und den guten Ruf beider Firmen nutzen. Ganz zu schweigen von der erfahrenen Mannschaft auf ihrer Seite."

„Hast du denn völlig den Verstand verloren?", schrie sein Dad. So viel zum Thema vor der Familie würde er keine Szene machen. „Wieso hat diese Frau dich so im Griff?"

„Sie ist ein Supermodel", warf Gabe ein.

„Gabe", sagte Zoe und schüttelte den Kopf.

„Ein passendes Paar", meldete nun Nico sich zu Wort und bezog sich damit auf die alten Neckereien darüber, dass Vince ein Angebot einer Modelagentur bekommen hatte.

„Ich zeige dir gleich ein passendes Paar", knurrte Vince Nico an, froh über die Unterbrechung dessen, was eine erstklassige Tirade vom Oberhaupt der Familie und der Firma zu werden versprach.

„Als ich das letzte Mal nachgesehen habe", konterte sein Dad, „war ich noch nicht tot. Das heißt, dass ich immer noch das Sagen habe, und da wird erst die Hölle zufrieren, bevor ich mich auf Joe Capellos Sippe einlasse."

„Von ihm ist gar nicht mehr die Rede", sagte Vince. „Sophia kümmert sich um alles, und sie braucht Hilfe. Sie braucht uns."

„Ich werde nicht alles, wofür ich gearbeitet habe, aufgeben, damit du dich auf ein Supermodel einlassen kannst!", schrie sein Dad.

„Sie ist kein verdammtes Supermodel!", schrie Vince zurück. „Sie ist Bauhistorikerin!"

„Lasst uns doch bei Tisch nicht über das Geschäft reden", sagte seine Stiefmutter mit ihrer ruhigen leisen Stimme. „Nach dem Abendessen."

„Entschuldige", sagte sein Dad, wischte sich den Mund

mit einer Serviette ab und wandte sich wieder seinem Essen zu.

„Tut mir leid, Ma", sagte Vince.

„Also, Zoe, habt du und Gabe euch schon für den Taufkurs eingetragen?", fragte seine Mom und lenkte die Unterhaltung auf neutralen Boden.

„Ja, wir werden ihn im November machen, bevor das Baby kommt", sagte Zoe. „Vince, kannst du da auch mitmachen?"

„Klar."

Zoe fuhr fort. „Und Pater Munson sagt, dass wir jeden Sonntag zur Kirche kommen müssen, wenn er dort getauft werden soll. Die Taufpaten auch. Okay, Vince?"

Vince war seit Jahren in keiner Kirche gewesen, doch er würde sein Patenkind auf keinen Fall im Stich lassen. „Ich werde da sein."

„Gut. Meine Schwester, Jasmine, wird auch da sein." Zoe sah sich auf dem Tisch um. „Sie wird die Patentante."

„Das kleine Mädchen deiner Schwester ist zuckersüß", sagte seine Mom. „Das wird nett für die beiden sein, dass sie gemeinsam aufwachsen."

Vince beruhigte sich ein wenig, als er an sein Patenkind dachte. Jeder machte sich wieder an sein Essen, sie neckten einander und unterhielten sich wie gewöhnlich. Abgesehen von seinem Dad, der einfach nur dasaß und still vor sich hin brodelte. Vince wusste, dass er etwas zu hören bekommen würde, wenn niemand mehr im Raum war. Als sie zu Ende gegessen hatten, half Vince wie immer dabei, die Teller abzuräumen, und ging zurück ins Esszimmer, um sich seinem Dad zu stellen.

„Lass uns spazieren gehen", sagte sein Dad.

Vince nickte und folgte seinem Dad zur Haustür hinaus.

„Vince, als ich dir dieses Projekt übertragen habe, habe ich dir nicht die Zügel für die Firma überlassen."

„Ich schaffe das", sagte Vince. „Eines Tages wirst du dich zur Ruhe setzen, dann bin ich bereit und werde auf den Plan treten. Ich habe es verdient, dein Partner zu sein."

„Ich kann mich nicht zur Ruhe setzen, wenn du alles,

wofür ich gearbeitet habe, für irgendeine Beziehung wegwirfst."

Vince atmete tief ein. „Das tue ich nicht. Es ist mehr wie ein Joint Venture. Eine Kooperation, die für beide Firmen gut sein könnte."

„Ich werde keine Geschäfte mit einem verlogenen, übellaunigen, sturen Arschloch machen. Und das ist nett ausgedrückt."

Vince konnte sich nicht vorstellen, dass Sophia so versuchen würde, ihrem Vater zu helfen, wenn er ein so vollkommenes Monster wäre. Er vermutete, dass bei beiden Vätern Stolz und Starrköpfigkeit im Spiel waren, die die Feindseligkeiten immer wieder anheizten. „Sophia ist nicht so."

„Du magst sie", sagte sein Dad.

Er zuckte die Schultern. „Sie ist in Ordnung."

„Mein Sohn, hier steht zu viel auf dem Spiel, als dass du nicht ehrlich zu mir sein dürftest."

„Da ist nichts."

„Gut. Das Letzte, was wir gebrauchen könnten, ist, uns mit *dieser* Familie einzulassen."

Vince kickte ein paar Blätter vom Gehsteig und entschloss sich, die Tatsache, dass Joe die Firma an den Rand des Bankrotts gebracht hatte, außen vor zu lassen. Das würde früh genug zur Sprache kommen, wenn es wirklich zu einer Fusion kommen würde. Und er hatte Sophia versprochen, nichts zu sagen. „Ihre Familie ist kaputt. Sie steckt nur einfach mittendrin."

Sein Dad wedelte mit dem Finger vor seiner Nase. „Keine Allianz. Keine Partnerschaft. Habe ich mich klar ausgedrückt?"

Vinces Magen sackte in seine Kniekehle. Jetzt musste er reinen Tisch machen. „Dad, Sophia hat mich um meine Hilfe gebeten, und wir haben bereits einen Deal ausgearbeitet."

„Was?"

„Wir haben es ausgearbeitet", wiederholte er. „Wir bekommen immer noch den Löwenanteil der Arbeit. Unser Name wird direkt neben ihrem bei der Grundsteinlegung genannt."

„Verdammt, Vince, ich dachte, ich könnte dir bei deinem ersten Projekt vertrauen."

Vince knirschte mit den Zähnen. „Das kannst du auch. Sophia weiß, was sie auf der historischen Seite tut. Es kann doch nicht schaden, mehr mit historischen Objekten zu tun zu bekommen. Viele Städte hier in der Gegend haben Objekte, die eine Geschichte haben, die sie bewahren möchten."

„Na, sieh mal einer an, ein verdammter Geschichtsfan. Seit wann, hm? Seitdem du mit dieser Frau schläfst?"

„Nein. So ist sie nicht. Sie ist …" *Umwerfend,* beendete er den Satz in Gedanken. Temperamentvoll, sexy und klug. Er starrte in die Ferne, erinnerte sich an ihre letzte Unterhaltung, die ein wenig … würzig verlaufen war. Wie Sophia, süß und würzig. Davon wollte er mehr. Es fühlte sich unnatürlich an, sich nicht darauf zu stürzen. Sie war einfach so–

„Ach, Mist." Sein Dad schob sich eine Hand durchs Haar. „Fang was mit ihr an, wenn du willst, aber vermassle das hier nicht, Vince!"

Vince versteifte sich. „Ich werde das nicht vermasseln. Sie sind eher wie Berater. Es ist tatsächlich unser Projekt. Es geht nur so."

„Wer ist dann der Boss?"

„Das bin ich."

„Wenn ich herausfinde, dass sie im Hintergrund die Strippen zieht und mit unserem guten Namen spielt …" Sein Dad schob beide Hände durch sein Haar. „Das könnte genau der Mist sein, der alles zerstört, was ich aufgebaut habe."

„So ist sie nicht. Sie ist ein aufrichtiger Mensch."

Sein Dad stöhnte. „Das war die ganze Zeit Joes Plan. Er schickt seine Supermodeltochter, damit sie dir den Kopf verdreht, und dann stiehlt er uns das Projekt direkt unter der Nase weg."

„Sie ist kein Supermodel. Ja, sie ist hübsch, das heißt aber nicht, dass sie nicht gut für unsere Firma ist. Das kannst du ihr nicht vorwerfen."

Sein Dad ging vor und zurück. „Also sind wir Subunternehmer oder gar nichts? Sagst du mir das?"

„Ja."

„Verdammt. Wenn ich herausfinde, dass du mit diesem Flittchen irgendwelchen Unsinn treibst ...“

„Sie ist kein Flittchen! Du kennst sie nicht einmal. Sprich einfach nicht über sie.“

Sein Dad sah ihn vielsagend an. Vince erwiderte den Blick, ohne mit der Wimper zu zucken. Er hatte nichts falsch gemacht, und er hatte gerettet, was ein großer Verlust hätte sein können, mit dem Potenzial, der Firma noch mehr Arbeit zu verschaffen.

„Ich werde verdammt noch mal nichts unterschreiben, bis ich sie nicht kennengelernt habe“, sagte sein Dad endlich.

„Warum?“

„Ich will sehen, mit wem wir es zu tun haben!“

„Sie ist harmlos.“ Er verkniff sich, mehr darauf zu erwidern, aus Respekt gegenüber dem Zustand seines Vaters, der sich gerade erst von der Chemo erholte. „Jetzt reg dich doch endlich einfach ab.“

„Morgen Abend. Bring sie hierher. Entweder sie kommt, oder sie kann den Deal vergessen.“

9

Sophia hatte es sich gerade mit einem Glas Rotwein und einem Buch auf dem Sofa bequem gemacht, als es an der Tür klingelte. Sie blickte durch den Spion. Vince! Sie glättete ihr Haar und zog den Gürtel an ihrem roten Seidenmorgenmantel ein wenig enger.

Sie öffnete die Tür, und er stürmte herein. „Das wird nicht funktionieren", sagte er. Sein Haar war nass, als hätte er gerade geduscht. Sein holziger, männlicher Duft erfüllte den Raum, wodurch ihr fast schwindlig wurde vor Lust.

„Was tust du hier?", fragte sie. „Es ist schon spät."

„Ich komme gerade vom Training, und ich habe es aus jeder Perspektive betrachtet–" Er hielt inne und betrachtete sie von Kopf bis Fuß. „Was hast du unter diesem Fummel an?"

„Ich habe niemanden erwartet. Ich gehe mich umziehen." Bevor sie noch einen Schritt gehen konnte, griff er nach dem Arm, in dem sie das Buch hielt.

„Was liest du gerade?", fragte er mit neckendem Unterton.

Sie versteckte das Buch hinter ihrem Rücken. „Nichts. Was meinst du damit, dass es nicht funktionieren wird?"

„*Die Geliebte und der Lebemann*? Willst du eine Geliebte sein?" Er lachte. „Bist du auf der Suche nach einem Lebemann? Ist das so was wie ein Playboy?"

Sie versteifte sich. „Das hat meine Freundin hier vergessen. Normalerweise lese ich nur, ähm …"

„Shakespeare?"

„Ja! Shakespeare und … und Tolstoi."

„Sind da gute Sexszenen drin? Ich habe mal ein Prachtexemplar aus dem Stapel meiner Exfreundin gelesen."

„Die Sorte Szenen überspringe ich immer." Sie wandte ihren Blick von diesen glänzenden, wissenden Augen ab. „Die sind immer irgendwie langweilig."

„M-hmm."

Sie verschränkte die Arme. „Warum bist du hier?"

Er schnappte sich das Buch aus ihren Händen und las laut. „Warum, Maurice, du willst mich doch wohl nicht hier betten?", fragte sie mit gehauchter Stimme. Er grinste. „Lass mich mal deine gehauchte Stimme hören."

„Ich habe keine."

Er trat nahe an sie heran und strich ihre Haare hinter ihr Ohr, dann beugte sich der Lebemann im wahren Leben vor, so nahe, dass seine Stimme in ihrem Ohr grollte. „Ich wette doch."

„Nein", hauchte sie.

Er grollte weiter in ihr Ohr. „Sag, du willst mich doch wohl nicht hier betten?"

Sie riss sich los. „Einen Teufel werde ich tun."

Er grinste. „Ich liebe es, mich mit dir zu streiten."

Sie machte auf dem nicht vorhandenen Absatz kehrt und ließ sich aufs Sofa fallen. Sie erwischte ihn dabei, wie er sie anstarrte, sah an sich hinunter und stellte fest, dass sich der Mantel vorne geöffnet hatte. *Du meine Güte.* Sie zog ihn wieder zu, damit sie sittsam bedeckt war, und nahm noch die Decke, die immer auf dem Sofa lag. Er setzte sich neben sie und nahm ebenfalls einen Teil der Decke, sodass sie beiden auf dem Schoß lag. Das meiste lag bei ihm. Versteckte er einen Ständer? Sie wurde rot, und ihr war unangenehm bewusst, was für einen Hauch von nichts ihr dünner Seidenmorgenmantel und das Höschen darunter waren, was es in diesem sexy Holzfäller-Lebemann auslösen musste, zu dem sie sich unvernünftigerweise hingezogen fühlte. Er war extrem lästig.

Und als er ihr den Po gestreichelt hatte, hatte sie das ein wenig zu sehr gemocht.

„Ist gemütlich hier", sagte er.

„Ich verliere gerade meine Geduld mit dir", sagte sie.

„Und was passiert, wenn sie dir ausgeht?"

Sie biss die Zähne zusammen. „Sag mir einfach, warum du hier bist." Die Spannung war nicht zu ertragen. Würde er einen Schritt wagen oder nicht? Sie hatte sich öfter als eine beschäftigte Frau mit einer Menge anderer wichtiger Dinge, auf die sie sich konzentrieren sollte, vorgestellt. Natürlich waren lustvolle Gedanken etwas ganz anderes als sie auch wirklich in die Tat umzusetzen. Sie rutschte ein Stück weg von der Hitze dieses großen, starken, muskulösen Körpers.

Er stieß einen langen Seufzer aus. „Ja. Meinem Dad gefällt die Idee mit der Partnerschaft nicht. Er war ziemlich wütend deswegen. Hat ganz schön was gegen deinen Dad, weißt du."

„Oh."

„Darum … Ich weiß nicht. Ich glaube, wir sind wieder am Ausgangspunkt angelangt. Er ist der Boss."

Sie drehte sich um, um ihn anzusehen. „Mein Dad ist auch so, aber wer kümmert sich Tag für Tag um alles? Du und ich."

Er hob eine Hand. „Mich musst du nicht überzeugen."

„Wie wäre es damit? Wir arbeiten zur Probe an dem Bibliotheksprojekt, wie wir es vereinbart haben, teilen uns die Verantwortung. Ich bin für den historischen Teil zuständig. Dann müssen sie zustimmen, dass die Idee eines Joint Venture und später vielleicht einer Fusion doch funktionieren könnte."

Vince fuhr sich mit einer Hand durchs Haar. „Ja. Für mich ist das in Ordnung, aber mein Dad …"

„Wie lange dauert es noch, bis er sich zur Ruhe setzt?"

„Ich weiß nicht. Er hat immer mal wieder davon gesprochen, aber jetzt macht er wieder einen Rückzieher. Was ist mit deinem Dad?"

Sie dachte darüber nach. „Ich weiß nicht, ob ich sagen soll, dass er sich so sehr zur Ruhe setzen will, dass er gar nichts mehr machen möchte. Darum bin ich ja hier."

„Hast du ihm von der Idee erzählt?"

Sie blickte geradeaus und gestand: „Ich wollte erst mal abwarten, wie es bei dir läuft."

„Du hast mich also den ganzen Ärger abbekommen lassen?"

Sie sah zu ihm hinüber und erwartete, dass er wirklich wütend war, doch er sah sie eher an, als wäre er fasziniert von dem, was auch immer sie sagen wollte. Sie hob eine Schulter und senkte sie wieder. „Ich dachte mir, warum soll ich mir den Ärger mit meinem Dad antun, wenn deiner schon Nein sagt."

„Das hast du dir also gedacht, wie?"

„Ja."

Er kitzelte sie, und sie kreischte überrascht. Dann kitzelte sie ihn zurück, berührte seinen strammen Bauch, und er packte ihre Hände und legte sie um seine Taille, wodurch sie ihn umarmte. Verwirrt sah sie zu ihm auf.

„Hey, hast du Lust, morgen Abend zum Abendessen bei meinen Eltern zu kommen?", fragte er und machte sich nicht einmal die Mühe, sie dabei anzusehen.

Ihr fiel die Kinnlade herunter. „Du möchtest, dass ich deine Eltern kennenlerne?"

Er stieß einen langen Seufzer aus und sah sie immer noch nicht an. „Ja."

„Wirklich?"

„Wirklich."

„Okay. Soll ich was mitbringen?"

Er ließ ihre Hände los, richtete sich auf und sah sie endlich an. „Nur dich selbst. Zieh ein Kleid an."

„Ist es so förmlich?"

„Nein."

„Warum dann das Kleid?"

„Für mich."

Ihre Brauen schossen in die Höhe. „Spielst du mit mir?"

„Ich spiele nicht." Er rieb sich den Nacken. „Dieses eine Mal spiele ich nicht."

„Ich werde mich nicht schick anziehen, um dir zu gefallen."

„Das ist schön. Zieh an, was du willst. Es ist ganz unge-zwungen."

„Das klingt, als möchtest du mich eigentlich gar nicht da haben."

„Doch, doch, das möchte ich." Er starrte zu Boden und runzelte die Stirn. In dem Moment wusste sie, worum es bei der Einladung ging. Sie wurde vor den Senior der Firma zitiert. Er wollte sie kennenlernen, bevor er irgendetwas unternahm. Das war immer noch ein gutes Zeichen. Besser als eine direkte Ablehnung. Es war klar, dass Vince die Hände gebunden waren, und er war nicht froh darüber, dass er nicht einfach den Vertrag unterschreiben und weitermachen konnte wie sie. Ihr Dad hatte ihr die Autorität gegeben, das Geschäft zu führen, ihren Namen auf alles Wichtige zu setzen, bevor er sich verkrochen hatte. Aus irgendeinem Grund hatte Vince nicht die Vollmacht, bei diesem oder irgendeinem anderen Projekt Unterschriften zu leisten, obwohl er als Vertreter der Firma fungiert hatte.

„Willst du mich danach begrabschen?", neckte sie ihn, um ihn aufzuheitern.

Er setzte ein Lächeln auf, das sein Gesicht erhellte. „Möch-test du, dass ich dich danach begrabsche?"

Sie schlug seinen Arm. „Natürlich nicht, du Lebemann!"

Er lachte. „Ich muss mir auch eine Ausgabe dieses Buches besorgen."

„Oh, Achtung, Damenwelt. Vince besorgt sich jetzt eine Gebrauchsanleitung."

„Ich brauche keine Gebrauchsanleitung. Ich weiß, wo alles ist." Er hob die Brauen. „Vertrau mir."

„Da werde ich dir wohl einfach glauben müssen."

„Sophia", sagte er leise.

„Was?"

Sein Blick war warm und direkt. „Danke."

„Gern geschehen."

Er stand auf. „Genieß deinen Lebemann", sagte er, dann verschwand er so plötzlich, wie er gekommen war.

Einen Moment lang saß sie da und grübelte über den

Mann, von dem sie so langsam vermutete, dass er einen weichen Kern unter all diesen harten Muskeln und dem Machogehabe verbarg; dann kehrte sie zu ihrem Buch zurück. Nur dieses Mal stellte sie sich immer wieder Vince als den Lebemann vor.

Sophia saß Vince am Esszimmertisch seiner Eltern gegenüber und versuchte so zu tun, als wäre sie entspannt. Sein Dad war höflich gewesen, doch sie spürte die Spannung, die von ihm ausging, und wusste, dass es nur eine Frage der Zeit war, bis er auf den Punkt brachte, was immer er auch ansprechen wollte.

„Können wir essen?", fragte Vince und rollte seinen Nacken. Brot und Salat standen auf dem Tisch, doch der Hauptgang wurde noch auf dem Herd warmgehalten. Seine Mom hatte italienische Hochzeitssuppe gemacht, weil die angeblich so gesund war, doch Sophia vermutete einen fehlgeleiteten Kuppelversuch für sie und Vince, besonders, als Mr Marino bei der Bemerkung das Gesicht verzogen hatte.

„Nico kommt auch noch", sagte Mrs Marino.

Vince trommelte mit den Fingern auf den Tisch. „Warum?"

„Braucht dein Bruder einen Grund, um zum Abendessen nach Hause zu kommen?", fragte sein Dad.

„Und Angel auch", sagte seine Mom.

Vince starrte seinen Dad an. „Ich frage noch einmal, warum?"

„Weil wir über die Firma der Marino-Familie sprechen", sagte sein Dad monoton.

„Aber sie wollen doch mit dem Bauen gar nichts zu tun haben", sagte Vince.

Sophia verspannte sich. War Mr Marino dabei, seinen drei Söhnen das Geschäft zu übergeben? Würde sie gleich einem offenen Krieg zwischen Vince und dem Rest des Marino-Clans beiwohnen?

Ein Mann erschien und lächelte sie mit Grübchen im Gesicht an. „Ich bin da."

Vince zuckte mit dem Kinn. „Angel."

„Sophia, das hier ist Vinces jüngster Bruder Angelo", sagte seine Mom. Er war ungefähr so groß wie sie, eins achtzig oder so, schlank und sehnig, so gar nicht wie Vinces massive Statur. Sein Haar war dunkelbraun und charmant zerzaust.

Angel schüttelte ihr die Hand. „Schön, dich kennenzulernen."

„Finde ich auch."

Er setzte sich neben sie und sah sich am Tisch um. „Was gibt es denn?"

„Italienische Hochzeitssuppe", sagte ihre Mom.

Angels Brauen schossen in die Höhe. „Wirklich?"

„Tausch den Platz mit mir, Angel." Vince stand auf, stellte sich neben seinen Bruder und wartete. Angel tauschte, ohne Fragen zu stellen. Vince ließ sich auf den Platz neben Sophia fallen, wodurch er zwischen ihr und seinem Dad saß.

„Wie fühlst du dich, Dad?", fragte Angel, als er wieder saß.

„Gut, gut", sagte Mr Marino.

„Brauchen wir auch Gabe, Luke und Jared, um uns Gedanken über *Marino* & Sons zu machen?", fragte Vince.

„Nur die drei Genannten", sagte Mr Marino.

Vince brummte und drehte sich zu ihr um. „Wie geht's dir?"

„Mir geht's gut", sagte sie, als säße sie immer bei einem angespannten Familienessen und wartete auf die nächste Hiobsbotschaft.

„Möchtest du Wein?", fragte er.

„Gerne", sagte sie.

Vince erhob sich vom Tisch. Sophia lächelte verkrampft, sah sich schnell am Tisch um und bemerkte, dass Mr Marino sie musterte.

„Sie sehen Ihrem Vater nicht sehr ähnlich", sagte Mr Marino.

Sie nickte. „Ich komme nach meiner Mutter." Vince hingegen sah seinem Vater sehr ähnlich.

Vince kam zurück und reichte ihr ein Glas Rotwein.

„Danke.“

„Was genau machen Sie beruflich, Sophia?“, fragte Mr Marino.

„Dad, nun horch sie doch nicht aus“, sagte Vince.

„Das ist kein Aushorchen“, sagte Mr Marino. „Das ist eine simple Frage.“

„Ich arbeite für eine Consultingfirma, die dabei hilft, historische Häuser und Gebäude zu bewahren“, sagte Sophia.

„Verstehe“, sagte Mr Marino.

„Das Geschäftliche erst nach dem Essen“, sagte Vince und sah seinen Dad finster an.

Sein Dad brummte, nahm ein Stück Brot und schob sich einen großen Bissen in den Mund.

„Ich bin da, ich bin da, ihr könnt essen!“, verkündete ein gutaussehender Mann von der Tür aus. Das musste wohl Nico sein. Er hatte das gleiche dunkle, attraktive Aussehen wie Vince, doch er hatte nicht ganz die gleiche Statur. Dennoch war er groß und muskulös. Er sah sie direkt an, schenkte ihr ein strahlendes Lächeln, und ihr stockte der Atem. Er sah aus wie ein Filmstar.

„Hallo“, sagte Nico herzlich zu ihr.

„Nein“, sagte Vince.

„Hi“, sagte sie.

Nico küsste Mrs Marino auf die Wange und setzte sich Sophia gegenüber. „Ich bin Nico.“ Er schüttelte ihre Hand mit einem festen, warmen Händedruck.

„Ich bin Sophia.“

„Was für ein hübscher Name“, sagte Nico und hielt immer noch ihre Hand. „So-phi-a.“

Vince griff über den Tisch und verpasste Nico eine Kopfnuss. „Autsch!“ Er ließ ihre Hand los und rieb sich den Kopf.

„Vince!“, sagte Sophia.

„Ich wusste es!“, sagte Mr Marino und schlug mit der Faust auf den Tisch. „Er kann ihn nicht in der Hose halten.“

„Er ist in meiner Hose!“, protestierte Vince.

„Vincent Marino, nicht am Tisch“, sagte Mrs Marino und sah wütend sowohl Senior als auch Junior Vincent an. Sie stand auf. „Ich hole jetzt die Suppe. Sophia, würde es Ihnen etwas ausmachen, mir zu helfen?"

Sie stand ebenfalls auf. „Sehr gerne."

Sie folgte Mrs Marino in die Küche und wartete, während sie weiße Steingut-Suppenschalen mit Suppe füllte. „Ich dachte, Sie bräuchten vielleicht eine Pause von der testosteronverpesteten Luft da drin", sagte Mrs Marino. „Sie machen auf mich den Eindruck einer netten, vernünftigen jungen Frau."

Sophia lachte. „Danke."

„Könnten Sie das Tablett da nehmen?" Sie deutete auf ein großes Tablett auf dem anderen Küchenschrank, und Sophia brachte es ihr. „Also sind Sie und Vince ein Paar?"

Sophia spürte, wie sie rot wurde. „Nein, wir arbeiten nur zusammen. Ich schätze, sein Dad wollte mich wegen des Bibliotheksprojekts kennenlernen."

„Hmmm …" Sie stellte die Salatschüssel auf das Tablett. Sophia half ihr dabei, auch die Suppenschalen darauf abzustellen. „Wussten Sie, dass Vince in der High School ein Footballstar war? Wide Receiver."

Sophia schüttelte den Kopf. „Das wusste ich nicht." Aber es war keine große Überraschung, er hatte erwähnt, dass er Football gespielt hatte, sie hatte nur nicht gewusst, dass er ein Star gewesen war. Natürlich, wenn man von seiner Größe ausging … und all diesen großartigen Muskeln. *Reiß dich zusammen.*

Mrs Marino stellte die letzten Schalen auf das Tablett, hob es hoch und nickte den Kopf in Sophias Richtung, um ihr zu bedeuten, ihr ins Esszimmer zu folgen. „Er ist ein wenig … engagierter als die anderen, aber wenn man ihn in die richtige Richtung lenkt–"

„Ma, sprichst du etwa über mich?", rief Vince.

Sophia grinste, und Vince schoss ihr einen finsteren Blick zu.

Mrs Marino stellte das Tablett auf den Tisch und sah Vince gereizt an. „Sprich nicht so laut."

Nico und Angel lachten. Mr Marino blieb ernst.

Sophia setzte sich auf ihren Platz neben Vince und beugte

sich zu ihm vor. „Ich habe gehört, dass du ein Footballstar warst."

Vince verzog das Gesicht. „Ma, es interessiert niemanden, was ich in der High School gemacht habe."

„Wusstest du, dass Vince auch Model hätte werden können?", fragte Nico.

Vince verzog wieder das Gesicht. „Halt die Klappe."

Sophia grinste Vince an. „Da lerne ich ja heute Abend eine ganze Menge über dich." Sie sah sich am Tisch um. „Was wisst ihr sonst noch über ihn? Ich will alle schmutzige Wäsche hören."

Vince hielt jedem seiner Brüder nacheinander den Finger entgegen, eine stille Warnung. „Lasst uns essen."

Alle begannen zu essen, und Sophia dachte, dass das Necken damit vorüber sei.

„Vince hat mir beigebracht, wie man sich selbst verteidigt", sagte Angel. „Das war ganz nützlich, besonders in der Mittelstufe. Ich weiß gar nicht, ob ich dir jemals dafür gedankt habe. Danke, Vince."

Vince winkte das ab. „Er war ein Weichei. Jemand musste ihm ja helfen. Jared hat auch auf dich geachtet."

Sophia musterte Vince und sah ihn in einem völlig neuen Licht. Sie sah ihn als jemanden, dem viel an seiner Familie lag. Sie hätte es wissen müssen, als er ihr das Ultraschallbild seines Patenkindes bei jenem ersten Mal, als sie zusammen gegessen hatten, gezeigt hatte, doch sie war von seiner aggressiven Playboy-Haltung abgelenkt gewesen. Zuneigung rauschte durch sie hindurch. Irgendwie wollte sie ihn gerne umarmen. *Aargh.* Sie war Toast – verbrannt durch die Nähe des feurigen, viel zu attraktiven, italienischen Holzfällers.

„Die Suppe ist wirklich gut", sagte Sophia zu Mrs Marino.

Sie strahlte. „Das Rezept ist von meinem Mann. Er ist hier der geniale Chefkoch."

„Ach, Komm, Allie", sagte Mr Marino liebevoll und sah zum ersten Mal an diesem Abend gut gelaunt aus. Sophia hatte ganz offensichtlich seinem Abend einen Dämpfer verpasst. Sie hoffte, dass sie die Dinge für ihren Dad glätten und sich etwas für Vinces Dad einfallen lassen konnte. „So langsam wirst du selbst eine geniale Chefköchin."

„Wisst ihr, wer ein großartiges Steak grillen kann?", fragte Nico und deutete mit dem Daumen in Vinces Richtung.

Vince stöhnte.

Angel meldete sich zu Wort. „Ich habe einmal aus Versehen meine zwei Kugeln Eis fallen lassen, und Vince hat mir einfach seins gegeben."

„Na, heute Abend singen sie aber Lobeshymnen über dich", sagte Sophia lächelnd.

„Und sie dürfen damit aufhören", sagte Vince. „Zwischen mir und Sophia läuft nichts; und da wird auch nichts laufen, ganz egal, wie viele nette Vince-Geschichten ihr erzählt. Das hier ist eine rein professionelle Beziehung. Ende der Geschichte."

Sophia starrte ihre Suppe an, überraschenderweise enttäuscht. Vince hätte es ihr nicht klarer sagen können. Mit dem Flirten und dem Necken und … Als er ihren Po gestreichelt hatte, hatte er nur mit ihr gespielt. Wahrscheinlich machte er das bei jeder Frau, die nicht bei drei auf dem nächsten Baum war. Sie war nichts Besonderes. Sie hatte viel zu viel Zeit damit verschwendet, an diese großen Hände und diesen Körper zu denken. Sie richtete sich auf und verpasste sich eine geistige Ohrfeige. Das Geschäft war alles, was zählte, nicht ihre unangemessenen, lüsternen Gefühle. Nicht ihre deplatzierte Zuneigung.

„Iss noch ein bisschen Suppe, Vince", sagte Mrs Marino. „Sie auch, Sophia."

Sophia gehorchte. Sie war wirklich gut. Sie hatte sich das Kochen selbst beibringen müssen, denn ihr Dad war immer damit beschäftigt gewesen zu arbeiten, und ihre Mom hatte sich mehr für ihr Gesellschafsleben interessiert als für ihre Kinder. Entweder das, oder sie hätten von Crackern leben müssen. Und sie hatte ja auch auf ihren jüngeren Bruder aufgepasst.

„Akzeptier es endlich, Vince", sagte Nico. „Du brauchst jede Hilfe, die du bekommen kannst."

„Halt dich da raus", sagte Vince.

„So ein Mädchen würdest du sonst nie bekommen", sagte Nico und sah Sophia direkt an. „Sie ist eine elegante Lady."

Sophia wollte Nico gerade schon für das Kompliment danken, als Vince sich über Sophia beugte und Nico am Kragen packte. „Noch so eine Bemerkung und du küsst die Tischplatte."

„Er muss gezähmt werden, Sophia", sagte Nico mit einem breiten Lächeln und schien sich überhaupt keine Sorgen darüber zu machen, dass er gleich mit dem Tisch Bekanntschaft machen würde. „Rette uns alle."

Sie wurde rot und wusste nicht, was sie sagen sollte. Sie hatte überhaupt keinen Einfluss auf Vince, doch seine Familie schien das anders zu sehen.

Vince ließ das Hemd seines Bruders los, starrte einen Moment lang auf seinen Teller und schüttelte dann den Kopf. „Es tut mir leid, dass meine Familie so peinlich ist, Sophia. Ich hatte keine Ahnung, dass sie dich von meinen Tugenden überzeugen wollen."

„Wussten Sie, dass Vince auch Gesellschaftstanz kann?", fragte Mrs Marino.

Vince stöhnte und blickte an die Decke. Sophia musste unwillkürlich lachen.

„Das können wir alle", warf Angel ein. „Wir hatten Unterricht."

„Ich bin mit euch allen fertig." Vince aß weiter.

Sophia grinste. „Wie ist es denn dazu gekommen?"

Mrs Marino erzählte die Geschichte, wie sie die Jungs zusammen mit Mr Marino vor ihrer Hochzeit zu einem Tanzkurs geschickt hatte. Mr Marino füllte ein paar Lücken darüber, wie die Jungs sich in der Tanzschule angestellt hatten, während alle lachten und einander ins Wort fielen. Selbst Vince machte mit, und eine kurze Zeit lang hatte Sophia das Gefühl, als gehörte sie zu einer richtigen Familie.

Vince räumte den Tisch ab. Er war peinlicher berührt, als er es je in seinem Leben gewesen war. Er konnte es nicht fassen, wie seine Familie weiter und weiter über ihn erzählt hatte. Als interessierte Sophia sich für zwei Kugeln Eis und Football in der High School. Er hatte noch nie eine Frau mit nach Hause gebracht, und der heutige Abend hatte ihm gezeigt, warum das auch eine kluge Entscheidung gewesen war.

„Lass uns spazieren gehen, mein Sohn", sagte sein Dad und zog seine Jacke an. „Sie auch, Sophia."

„Gerne", sagte sie.

Vince half ihr in die Jacke. Als sie auf den Gehsteig hinauskamen, begann sein Dad mit den Fragen.

„Sophia, was genau haben Sie mit *Capello Construction* vor, und warum brauchen Sie dafür uns?"

„Nun, wie Sie vielleicht gehört haben, hat Capello gerade zu kämpfen. Ich dachte, wenn unsere beiden Firmen zusammenarbeiten, könnte das uns beiden dabei helfen, im Wettbewerb zu bleiben."

„Wir sind bereits im Wettbewerb", sagte sein Dad. „So, wie ich das sehe, brauchen Sie uns. Wir brauchen Sie aber nicht."

„Sophia hat Ideen für eine Abteilung, die für historische Bauten zuständig ist", warf Vince ein. „Damit könnten wir einen völlig neuen Markt erreichen. Und wir könnten auch in den Wohnbaubereich vorstoßen."

„Das brauchen wir nicht", sagte sein Dad. „Im Gewerbebereich gibt es genug Arbeit."

„Es senkt aber den Konkurrenzdruck bei den Angeboten, wenn Capello und Marino nicht ständig versuchen, sich gegenseitig zu unterbieten", sagte Sophia. „So würden die Angebote höher bleiben. Und ich habe bereits einen wohlhabenden Geldgeber, der bei der Spendenaktion für die Bibliothek helfen möchte, es sieht also besser denn je aus, dass wir das Finanzziel erreichen."

Vince drehte sich überrascht um. „Das hast du?"

Sie nickte. „Er ist ein Freund."

Vince kniff die Augen zusammen. „Wer?"

„Er möchte anonym bleiben."

Sein Dad blieb auf dem Gehsteig stehen. „Sophia, Ihren Vater und mich verbindet eine lange Geschichte. Keine Gute."

Sophia verzog das Gesicht. „Ich weiß."

„Es hätte so nicht kommen müssen", sagte sein Dad. „Wir waren früher mal Freunde."

„Was?", rief Vince. „Das hast du mir nie gesagt. Ich dachte, du hättest ihn schon immer gehasst."

„Wir haben zusammen Football gespielt", sagte sein Dad. „Wir haben uns nah gestanden. Bis Maria ..." Vince zuckte zusammen, als er seine Mutter erwähnte. „Sie hat sich für mich entschieden. Joe war so wütend und hat alles Erdenkliche getan, um mich zu sabotieren. Hat mir sogar die Reifen aufgeschlitzt, als ich mit ihr ausgegangen bin. Hat vor dem Spiel mein Trikot gestohlen. Er war nicht zu stoppen. Dieser Mann kann wirklich nachtragend sein."

Sophia sah entsetzt aus. Wahrscheinlich hatte sie eine ganz andere Version der Geschichte gehört.

„Das tut mir so leid", sagte Sophia.

„Er hat jedes Projekt unterboten, hinter dem ich her war", informierte sein Dad Sophia. „Er hat uns so viele Aufträge weggenommen. Er konnte es nicht ertragen, dass Maria und ich glücklich waren. Ich schätze, er hat als letzter gelacht. Sie ist jung gestorben. Ich war am Boden zerstört."

„Ich bin mir sicher, dass er nicht gelacht hat", sagte Sophia. „Das tut mir alles so leid."

Sein Dad schüttelte den Kopf. „Lassen Sie mich nur sagen, ich weiß, was für ein Mann er ist. Nicht gerade die Art, mit der ich ein Geschäft machen würde. Wie kann ich ihm vertrauen?"

„Sie können mir vertrauen", sagte Sophia. „Ich habe die Kontrolle bei dem ganzen Bibliotheksprojekt. Das ist ein Bereich, mit dem er sich nicht auskennt."

Vince sah seinen Dad an, der darüber nachzudenken schien.

„Gibt es irgendwas, was ich über Sie wissen sollte? Irgendwelche dunklen Seiten?", fragte sein Dad. „Erzählen Sie mir von sich."

„Was würden Sie denn gerne wissen?", fragte Sophia.

„Mit wem verbringen Sie Ihre Zeit, wie waren Ihre Eltern in Ihrer Kindheit, wo sehen Sie sich in fünf Jahren?"

„Oh." Sophia sah Vince an. „Das ist aber eine Menge."

„Dad, jetzt mal im Ernst."

Sein Dad hob eine Hand, um ihn zu unterbrechen.

Sie gingen weiter. „Fangen Sie ganz von vorne an", sagte sein Dad.

10

Sophia begann zu erzählen, und Vince hörte zu, als ihre Antworten eine ganz andere Seite der Frau zeigten, mit der er sich in den letzten beiden Wochen angelegt hatte. „Ich habe Freunde in Brooklyn, mit denen ich meine freie Zeit verbringe", sagte sie. „Als Kind war ich viel bei meiner Freundin Laura zu Hause. Ihre Mom war nach der Schule immer da, immer bereit, uns was zu essen zu machen und nach unserem Tag zu fragen."

„Und wo war Ihre Mom?", fragte sein Dad.

Sophia winkte das ab. „Hier und da. Sie hatte ein sehr buntes Gesellschaftsleben. Mein kleiner Bruder, Mike, hat nach der Schule immer einen Babysitter gehabt, aber meine Eltern haben mir erlaubt, zu Laura zu gehen. Mike ist fünf Jahre jünger als ich."

„Und Ihr Dad?", fragte sein Dad.

„Beschäftigt. Sehr beschäftigt. Ich habe ihn nur am Wochenende gesehen. Dann hat er mir was geschenkt und ist mit meiner Mom ausgegangen. Sie standen sich sehr nahe."

Doch sie sagte nicht, dass sie ihr oder ihrem Bruder nahestanden. Tatsächlich klang es so, als wäre sie viel allein gewesen.

„Mein Bruder war sehr mit seinem Sport beschäftigt", sagte Sophia. „Ich hatte nichts, wissen Sie? Also, letzten

Endes habe ich Kunst, Geschichte und Architektur für mich entdeckt, aber für Kinder gibt es da nicht viel. Das war in Ordnung. Ich hatte Laura, und ich stand einer meiner Lehrerinnen sehr nahe."

Heilige Scheiße. Das war's? Eine Freundin und eine Lehrerin. Es hörte sich fast an, als wäre sie eine Waise gewesen.

„Hat Ihr Dad mich jemals erwähnt?", fragte Mr Marino.

„Nur, wenn er wütend war", sagte sie. „Er glaubte, Sie hätten es auf ihn abgesehen."

„Er hatte es auf mich abgesehen."

„Ich weiß, dass es zu jeder Geschichte immer zwei Seiten gibt", sagte Sophia diplomatisch, was Vince für ein Zeichen von Größe hielt. Er war nicht so schnell darin, etwas zu verzeihen, das gegen seine Familie ging.

„Und wo sehen Sie sich in fünf Jahren?", fragte sein Dad.

„Dad, das klingt ja wie ein Vorstellungsgespräch."

„Vielleicht ist es das auch."

„Ich hoffe, dass ich dann immer noch das gleiche tue wie jetzt", antwortete Sophia. „Dass ich an interessanten historischen Projekten arbeite."

Sein Dad brummte. „Vince, hast du die Bibliothekspläne mitgebracht, um die ich dich gebeten habe?"

„Ja."

„Ich möchte sie mir ansehen."

Sie gingen zurück zum Haus. Vince legte die Blaupausen auf den Esszimmertisch, der mittlerweile abgeräumt war. Sein Dad wandte sich an Sophia. „Sagen Sie mir, was Sie hier sehen. Erzählen Sie mir auch von der Geschichte."

Sophia tauchte in eine lange Erklärung zur Geschichte der Bibliothek, und dass die neue Abteilung die Altsubstanz ergänzen würde und der Stadt so viel bringen würde. Ihre Leidenschaft für Geschichte und Architektur war laut und deutlich zu hören. Und sie wusste verdammt viel mehr über Baukonstruktion, als ihm klar gewesen war. Er glaubte, sein Dad war vielleicht auch überrascht, denn er hob über Sophias Kopf eine Braue in Vinces Richtung. Vince zuckte mit den Schultern.

„Danke, dass Sie die Fragen eines alten Mannes beantwortet haben", sagte sein Dad zu Sophia. „Könnten Sie Vince und mir einen Moment allein geben? Nehmen Sie sich einen Nachtisch, wenn Sie möchten."

Sophia nickte und ging in die Küche. Vince folgte seinem Dad ins Wohnzimmer, wo Nico und Angel es sich auf dem Sofa bequem gemacht hatten. Ihre Füße lagen auf dem Sofatisch, und sie sahen sich ein Red Sox Spiel an. Vince wünschte sich, er hätte sich zu ihnen gesellen können. Sein Dad sah sich den Spielstand an, nahm die Fernbedienung und stellte das Spiel leise.

„Vince, setz dich", sagte sein Dad.

Angel machte Platz, und Vince setzte sich neben ihn. Drei Marino Brüder saßen aufmerksam auf dem Sofa und warteten auf das Urteil ihres Vaters. Warum waren seine Brüder hier? Vince versuchte, seinen Zorn zu zügeln. Jetzt, da er die Geschichte zwischen seinem Dad und Joe Capello kannte, dass sie einander einmal nahegestanden hatten, war er entschlossener denn je, diesen Unsinn zwischen den beiden Familien zu beenden. Sie mussten ja keine Freunde werden, einfach nur lange genug aufhören, Feinde zu sein, damit es ihren Firmen besser ging.

„Was ist los, Dad?", fragte Vince. Er hoffte, dass das nichts mit dem Krebs zu tun hatte. Er hatte gedacht, dass sie erst bei der Untersuchung nach drei Monaten Neuigkeiten bekämen.

Sein Dad trat näher und senkte die Stimme. „Nico, was hältst du von Sophia?"

Nico hob eine Schulter und senkte sie wieder. „Ich mag sie. Sie ist zu gut für unseren Vince hier." Vince lehnte sich über Angel, um Nico einen Knuff zu verpassen. „Aber sie ist cool."

„Angel?", fragte sein Dad.

„Ich glaube, sie ist ein guter Mensch. Direkt und ehrlich. Wie findest du sie denn?" Angel drehte gern Fragen um, das lag an seiner Ausbildung zum Sozialarbeiter. Es war nervtötend.

„Dad, warum fragst du sie nach Sophia?", fragte Vince mit so ruhiger Stimme, wie ihm möglich war. Er wollte nicht, dass

Sophia mitbekam, dass sie über sie redeten. „Das hier geht sie doch gar nichts an."

„Wenn ich darüber nachdenken soll, bei diesem Projekt eine Partnerschaft mit *Capello Construction* einzugehen–" sein Dad verzog das Gesicht –, „dann geht es sie schon etwas an. Wenn ich nicht mehr bin, bekommt ihr drei meinen Besitz, dazu gehört auch die Firma. Gabe, Luke und Jared wollten es so. Sie haben bereits eine große Summe von ihrem biologischen Vater geerbt."

„Ich dachte, ich würde *Marino & Sons* übernehmen?", blaffte Vince. „Du hast vor, die Firma aufzuteilen?"

Sein Dad hob eine Hand. „Beruhige dich. Du kannst immer noch Partner sein, aber deine Brüder sollen auch die Möglichkeit bekommen, in die Firma einzusteigen."

„Aber das wollen sie doch gar nicht!" Vince konnte es nicht fassen. Er war doch derjenige, der sechzehn Jahre harte Arbeit in die Firma investiert hatte. Nicht seine Brüder.

„Dad, das ist ein nettes Angebot, aber ich habe absolut keine Ahnung von der Baubranche", sagte Angel. „Das ist allein Vinces Sache."

„Und ich habe mein eigenes Geschäft", sagte Nico. „Mir gefällt es so." Nico gehörte *Exotic and Classic Restorations*, wo er ein paar wirklich coole Oldtimer restaurierte und verkaufte. Genau dort hatte Vince seinen Camaro her.

Sein Dad brummte. „Ich wollte es ja nur angeboten haben. Ich, ähm, ich schreibe gerade mit Gabes Hilfe mein Testament. Ich möchte nur sicher sein, dass es euch allen gut geht."

„Was haben die Ärzte gesagt?", fragte Vince.

„Nichts Neues", sagte sein Dad. „Nicht vor der nächsten Untersuchung. Ich dachte nur, dass es vielleicht ganz schlau wäre. Ich werde schließlich nicht jünger."

„Du bist sechzig!", sagte Vince. „Das ist nicht alt."

„Nur, um sicherzugehen", sagte sein Dad ernst. Vince wusste genau weshalb. Diese Krebsdiagnose hatte sie alle wachgerüttelt.

„Ich finde es gut, wenn Vince das Familienunternehmen übernimmt", sagte Angel. „Ich brauche es nicht. Vince, behalte es so lange du willst. Du brauchst dich nicht mit mir abzusprechen."

„Danke." Er nahm Angel in den Schwitzkasten und zerzauste ihm liebevoll die Haare. Angel grinste. „Wusste ich doch, dass ich dich aus gutem Grund dabehalten habe."

„Ja, ich bin auch raus." Nico nahm die Fernbedienung. „Die Firma bist du, Vince. Können wir jetzt das Spiel weiter ansehen?"

Sein Dad runzelte die Stirn. „Und ich dachte, mein Erbe würde euch Jungs etwas bedeuten."

„Es bedeutet mir etwas, Dad", sagte Vince. Er hatte wieder das Gefühl, übergangen worden zu sein. Er war nicht gut genug, als dass er ihm das Familienunternehmen anvertrauen wollte.

Sein Dad verschränkte die Arme und betrachtete Vince einen langen Moment. „In Ordnung. Lass uns sehen, wie dieses Bibliotheksprojekt läuft, wenn du und Sophia es leitet. Solange ihr Vater nicht daran beteiligt ist. Aber–" er hob einen Finger „– es wird keine engere Verbindung geben, solange Joe der Firma vorsteht. Und schon gar keine Fusion!"

„Das ist fair", sagte Vince.

Sein Dad rieb sich den Nacken. „Mach keine Dummheiten, Vince."

Vinces Kopf zuckte zurück. „Was zum Beispiel?"

„Lass dich zum Beispiel nicht mit der Person ein, mit der du zusammenarbeiten sollst. Ich muss mir sicher sein, dass das hier nicht irgendein dämlicher Plan ist, um eine schöne Frau zu verführen."

Vince sprang auf, jetzt mehr als genervt. „Du hast sie doch kennengelernt, hast die Pläne gesehen, und du hast sie verhört. Ich fahre sie jetzt nach Hause."

„Das hier ist deine Möglichkeit, dich zu beweisen", sagte sein Dad. „Zeig mir, was du kannst."

Er hatte sein ganzes Leben damit verbracht, sich zu beweisen. Er hatte gedacht, dass sechzehn Jahre lang für den alten Mann zu arbeiten ihm gezeigt hätten, was er konnte. Offensichtlich reichte das nicht.

Sophia saß am Esszimmertisch mit einer Tasse Tee und

unterhielt sich mit seiner Stiefmutter. „Lass uns gehen, Sophia."

Sie machte große Augen. „Aber wir haben den Nachtisch doch noch gar nicht gegessen. Deine Mom hat diese Mandelhörnchen gemacht. Ich hab eins probiert. Die sind sooo gut."

Vince betrachtete den Teller mit Keksen voller Puderzucker und wurde gleich misstrauisch. Erst die italienische Hochzeitssuppe und jetzt die Kekse, die seine Stiefmutter immer für Hochzeiten von italienischen Verwandten machte.

„Versuchst du, mir irgendwas zu sagen, Ma?", fragte er.

Sie nippte an ihrem Tee. „Ich habe keine Ahnung, was du meinst."

Er würde das auf keinen Fall vor Sophia ansprechen. Er wollte nicht, dass sie auf die Idee kam, dass er heiraten wollte. Warum sollte seine Stiefmutter glauben, dass er, nur weil er zum ersten Mal eine Frau mit nach Hause gebracht hatte, nach einer Ehefrau suchte? Er hatte sie nur eingeladen, weil sein Dad darauf bestanden hatte.

Seine Stiefmutter hielt ihm den Teller entgegen. „Nimm dir einen Keks."

„Hat da jemand was von Keksen gesagt?", fragte Angel. Er griff nach einer Serviette und nahm eine Handvoll. „Nico!", rief er, „willst du Kekse?"

Nico kam ebenfalls und nahm sich eine Handvoll. „Ich liebe es, wenn du backst, Ma."

„Mach ich doch gern", sagte seine Stiefmutter. Sie nahm einen Keks und hielt ihn Vince entgegen. Plötzlich fühlte sich der Keks wie die Androhung einer Kette mit Eisenkugel an, die ihn ans Haus fesseln würde, und dafür war er noch nicht bereit.

„Nein, danke", brachte er hervor.

„Komm, nur einen", lockte sie ihn. „Sophia hatte auch einen."

Sophia nickte und lächelte.

„Ich bin auf Diät", sagte er, worauf seine Brüder schallend lachten. Angel verschluckte sich, und Nico klopfte ihm auf den Rücken. „Es ist schon spät. Wir müssen gehen." Er beugte sich hinab und küsste seine Stiefmutter auf die Wange. „Danke für das Essen."

Seine Stiefmutter drückte ihm den Keks mit einem süßen Lächeln in die Hand. „Für unterwegs."

Er ließ seinen Kopf hängen. Was sollte er jetzt mit dem verdammten Ding tun?

„Essen, essen", skandierte Nico.

„Er muss doch auf seine Figur achten", sagte Angel, dann prustete er wieder los.

Sophia erhob sich, sie sah amüsiert aus. „Ich nehme ihn, wenn du ihn nicht möchtest."

Er stopfte ihn in seinen Mund. „Jetzt glücklich?"

Seine Stiefmutter verkniff sich ein Lächeln. Sein Dad kam herein und stibitzte sich ebenfalls einen Keks.

„Danke für Ihre Gastfreundschaft", sagte Sophia zu seinen Eltern. Sie drehte sich zu seinen Brüdern um. „War schön, euch kennenzulernen."

„Finde ich auch", sagten sie gleichzeitig.

Sein Dad schüttelte ihr die Hand. „Ich bin froh, dass Sie so eigenständig sind."

„Danke", sagte Sophia liebenswürdig und voller Klasse, selbst bei dem wenig subtilen Hinweis auf ihren Vater. „Es hat mich auch sehr gefreut, Sie kennenzulernen."

Sie verabschiedeten sich. Seine Stiefmutter unternahm einen letzten Versuch in Vinces Richtung. So in der Art. „Denken Sie an das, was ich gesagt habe, Sophia. Lassen Sie sich von ihm nicht überrumpeln. Er respektiert Stärke."

„Ma, ich stehe direkt neben dir", stöhnte Vince.

Sophia lachte. „Da besteht keine Gefahr."

„Gut. Ich hoffe, wir sehen Sie bald wieder."

Sophia lächelte und nickte. Er bezweifelte, dass sie seiner Familie jemals wieder begegnen wollte. Nicht nach all den peinlichen Kommentaren und den harten Fragen, die sein Dad ihr gestellt hatte. Das war nicht wirklich ein Picknick gewesen. Er führte sie zur Tür hinaus und zu seinem Wagen. Als sie einstieg, legte sie ihren Kopf zurück gegen den Sitz und stieß einen Atemzug aus, schloss ihre Augen.

„Das tut mir leid", sagte er.

„Das mit deinem Dad war schon hart", sagte sie.

„Du hast das sehr gut gemacht." Er sah sie weiter an. Ihre Augen waren immer noch geschlossen, ihre langen Wimpern breiteten sich über ihre glatten Wangen aus. Sie sah beinahe süß aus, wenn sie ihre Augen geschlossen hatte. Ihr würziger Rosenduft zog ihn an. Sie öffnete die Augen und erwiderte seinen Blick. Ein plötzliches Verlangen packte ihn. In ihren Augen war zu viel Feuer. Er war so versucht, einfach –

„Hast du vor, mich den ganzen Tag anzustarren, oder willst du irgendwann den Motor anlassen?", fragte sie.

Er grinste und startete den Motor. „Du hast das gut gemacht, Sophia. Richtig gut. Danke."

„Meinst du, dein Dad lässt uns als Partner an der Bibliothek arbeiten?"

Er fuhr auf die Straße. „Hat er zumindest gesagt, als wir uns unterhalten haben."

„Ich habe den Test bestanden!" Sie hob eine Faust in die Luft. „Woo-hoo!"

Er lachte. „Ja, du hast bestanden. Aber er will nur dich bei dem Projekt. Nicht deinen Dad."

„Kein Problem." Sie schwieg einen Moment. „Du hast eine nette Familie."

„Sie sind in Ordnung."

„Du bist ein guter großer Bruder. Ein guter Sohn."

Das Kompliment wärmte ihn. Niemand hatte bei ihm jemals das Wort „gut" benutzt, obwohl seine Familie ihn heute Abend so sehr gelobt hatte. Wenn auch alles nur wegen Sophia. „Ach, das sagst du mir nur, weil meine Ma dir heute Abend das Ohr abgekaut hat. Niemand hat dir die schlimmen Dinge erzählt."

„Welche schlimmen Dinge?"

Er wurde plötzlich still. Diesen Mist erzählte er niemandem.

„Lass mich raten", sagte sie. „Du bist so eine Art männliche Hure?"

Er grinste. „Das würde ja implizieren, dass ich dafür bezahlt werde."

„Männliche Schlampe?"

„Ich mag Frauen eben. Das ist alles. Ich gebe ganz ehrlich zu im Vorfeld, dass ich nicht auf der Suche nach etwas Ernstem bin." Unglücklicherweise hatte seine Stiefmutter wohl ganz andere Vorstellungen, wenn man an all das Hochzeitsessen dachte. „Jede weiß gleich zu Beginn, worauf sie sich einlässt. Niemand wird verletzt."

„Woher weißt du das?"

Er blieb an einem Stoppschild stehen und sah zu ihr hinüber. „Woher weiß ich was?"

„Woher weißt du, dass niemand verletzt wird? Sprichst du hinterher mit ihnen? Vergewisserst du dich, dass es ihnen gut geht?"

„Pff. Nein. Ich rufe sie nicht an. Sie rufen mich an, wenn sie eine Wiederholung wollen." Er trommelte auf das Lenkrad und trat aufs Gas. „Auch das sage ich ihnen vorher."

„Geschmeidig."

„Danke."

„Ich werde nie eine von diesen Frauen sein."

Er tat überrascht. „Nein! Wirklich?" Sie verzog das Gesicht, und er versuchte angestrengt nicht zu lächeln, denn er bemerkte, dass sie darüber nachgedacht hatte, etwas mit ihm anzufangen. „Das habe ich auch nie gedacht", fügte er vorsichtshalber hinzu.

Lüge. Er hatte viel zu sehr darüber nachgedacht. Warum sollte er einer sehr natürlichen Anziehung nicht nachgeben? Wegen des Geschäfts. Die Worte seines Vaters kamen ihm wieder in den Sinn, *Mach keine Dummheiten, Vince.* Sein Dad erwartete, dass er alles vermasselte, selbst nach der harten Arbeit, die er in die Sache hineingesteckt hatte. Wenn es das war, was er ohnehin erwartete, warum sollte er dann nicht wenigstens auch ein bisschen Spaß haben? Sein Dad würde es ja nicht erfahren müssen. Er konnte Geschäft und Vergnügen voneinander trennen. Wahrscheinlich. Das war ein Gebiet, in dem er sich nicht auskannte, und die Vorstellung, Sophia zu haben, törnte ihn viel zu sehr an, als dass er noch rational hätte denken können.

„Gut", sagte Sophia. „Da bin ich ja froh." Doch er spürte, dass sie überhaupt nicht froh war. Sie klang eingeschnappt.

Vielleicht wollte sie das genauso sehr wie er. Er entschied sich, es auszutesten.

„Erzähl mir mal von diesem fiktiven Lebemann, bei dem du abgehst", sagte Vince und sah zu ihr hinüber.

Sie richtete sich auf. „Ich gehe bei keinen Lebemännern ab."

„Und wobei gehst du dann ab?"

Sie wurde wütend. Er sah das an der Art, wie sie ein paarmal tief Luft holte, und weil ihre Lippen praktisch eine flache Linie bildeten. Er unterdrückte ein Lachen, weil er wusste, dass sie das nur noch wütender machen würde.

„Ich werde nicht diese Unterhaltung mit dir führen", presste sie zwischen zusammengebissenen Zähnen hervor.

Ihm kam der Gedanke, dass sie vielleicht *gar* nicht abging, was besorgniserregend war. Eine schöne gesunde Frau wie Sophia, die niemals Ekstase erlebte?

„Hat dein letzter Freund dich abgehen lassen?", fragte er.

„Das hier ist eine völlig unangemessene Unterhaltung mit jemandem, der nur eine" – sie malte mit den Fingern Anführungsstriche in die Luft – „professionelle Beziehung will. Ende der Geschichte."

Er erkannte seine eigenen Worte vom Abendessen wieder und auch die Anspannung in ihr, von der er wusste, dass er ihr helfen konnte, sie zu beseitigen. „Ich habe doch nur versucht, meine Familie dazu zu bringen, mit den ewigen Geschichten über mich aufzuhören." Er senkte seine Stimme zu einem rauen, leisen Ton. „Und jetzt erzähl, hat dein letzter Freund dich abgehen lassen?"

„Simon?", fragte sie, als wüsste er alles über ihre ehemaligen Freunde.

„Ja", sagte er, nur, damit sie weiterredete.

„Nicht wirklich." Sie sagte das so traurig, dass es wirklich begann, ihn zu stören. Jemand wie Sophia, der niemals Leidenschaft erlebt hatte. Das konnte nicht sein. Sie war voller Feuer. Es war nicht gesund, das nie herauslassen zu können.

„Und was ist mit dem Typen davor?", fragte er.

„Bryan?", fragte sie. Selbst die Namen klangen nach Schickimicki-Arschlöchern.

„Ja."

Sie zögerte. „Fast."

„Fast?" Er stieß einen langen verzweifelten Seufzer aus. Was stimmte nur nicht mit diesen Typen? Was stimmte mit Sophia nicht, dass sie sich mit so wenig zufrieden gab? „Der Typ davor."

„Tim?" Noch so ein Schickimicki-Arschloch-Name. Er entdeckte ein Muster.

„Ja, Tim."

„Nicht wirklich."

„Dieser reiche Spender?", fragte er. „Der *Freund*."

„Anonymer Schauspieler. Er, ähm, ist jetzt am anderen Ufer unterwegs." Sie wedelte mit der Hand durch die Luft. „Also, du weißt schon, nein."

Er verkniff sich ein Stöhnen. „Sophia."

„Ich weiß, aber er hat gesagt, dass er eine Weile verwirrt war. Es lag nicht an mir."

Er fuhr an den Rand einer Straße irgendwo in Clover Park. „Hat irgendein Typ jemals dafür gesorgt, dass du Leidenschaft empfunden hast? Ich meine, von der Art, dass man die Finger in die Bettlaken krallt; wilde, sich die Lunge aus dem Leib schreiende Leidenschaft?"

Sie wurde rot, dennoch antwortete sie. „Nein."

Er starrte sie an. Sie starrte zurück, ein trotziges Glänzen in ihren Augen, eine unleugbare Herausforderung.

„Möchtest du, dass ich es dir zeige?", fragte er. *Bitte, lass es mich dir zeigen.* Er wusste, sie wären gut zusammen, und er wollte derjenige sein, *der erste*, der ihr Ekstase zeigte.

Sie wandte sich ab. „Als könntest du das", murmelte sie leise.

Er nahm ihr Kinn und zwang sie, ihn anzusehen. „Ich verspreche dir, dass ich das kann. Eine Nacht."

„One-Night-Stands gibt es bei mir nicht."

„Zwei Nächte", korrigierte er sich und fühlte sich großzügig. Das war das Mindeste, was er tun konnte. Es wäre nicht fair, ihr das Beste zu zeigen, nur, um sie dann gleich wieder in langweilige Mittelmäßigkeit fallen zu lassen.

„Wenn du dich selbst gerade hören könntest, würdest du nicht so grinsen."

„Ich grinse nicht", sagte er. „Ich lächle."

„Bring mich einfach nach Hause, Vince. Ich bin müde."

Er fuhr wieder auf die Straße. „Aber dir entgeht was."

Sie schnaubte. „Wie auch immer."

Verdammt, er hatte wirklich gehofft …

„Es würde unser Geschäft nicht beeinträchtigen", sagte er, für den Fall, dass es das war, was sie zögern ließ. Er entschied in dem Moment, dass es ihn nicht zurückhalten würde. „Wir halten das getrennt. Was im Schlafzimmer passiert, bleibt im Schlafzimmer. Niemand muss davon erfahren."

Die Wahrheit war, er hatte nichts zu verlieren. Sein Vater hielt ihn ohnehin schon für einen Versager. Das hatte er ihm heute Abend reichlich klargemacht. Und je mehr Zeit er mit Sophia verbrachte, desto stärker wurde sein Appetit auf sie. Und merkwürdigerweise, je besser er sie kennenlernte, desto mehr wollte er wissen. Sie machte süchtig. Er sah sie an. Sie schien darüber nachzudenken.

„Warst du jemals verliebt?", fragte sie schließlich. „Ich meine wirklich verliebt, eine Liebe, dass einem das Herz schlägt, Hals über Kopf, dass du nicht mehr geradeaus denken konntest."

„Nein, nie."

„Es klingt, als wärst du deswegen gar nicht unzufrieden."

„Bin ich auch nicht. Was ist mit dir?"

„Nein", sagte sie und klang sehr verloren. „Ich habe es irgendwie aufgegeben."

„Du meine Güte, gib es doch nicht auf, wenn es das ist, was du willst. Wie alt bist du, fünfundzwanzig?"

„Sechsundzwanzig."

„Du bist doch noch jung. Ich bin mir sicher, irgend so ein Schickimicki-Arschloch wartet nur auf dich und brennt darauf, dir seine Liebe zu gestehen."

Sie strahlte. „Ja? Glaubst du das wirklich?"

„Sicher."

„Eins der Stadtratsmitglieder hat einen Sohn, mit dem er mich zusammenbringen möchte."

„Wer?"

„Kennst du Randy? Sein Sohn."

„Kommt nicht in Frage", sagte Vince.

„Warum? Er arbeitet im pharmazeutischen Vertrieb. Stabiler, guter Job und er will sich häuslich niederlassen."

„Erstens, Randy ist ein Lustmolch."

„Ist er nicht."

„Vertrau mir", sagte Vince. „Ich weiß es. Zweitens, ein Pharmavertreter wird dich nicht bekommen. Du hast Besseres verdient."

„Und wen sollte ich deiner Meinung nach daten? Hm? Einen Typen wie dich? Nein, danke."

„Was stimmt denn nicht mit mir?"

„Zwei Nächte!" Sie gestikulierte wie wild. „Das ist ein Fickangebot, kein Date!"

Seine Lippen zuckten. Etwas daran, dass das F-Wort aus ihrem klassischen Mund gekommen war, gab ihm Hoffnung. Da sie scheinbar wieder einmal auf der Suche nach dem nächsten Schickimicki-Arschloch war, wollte er eine Gelegenheit, seinen eigenen Namen in den Ring zu werfen. Er hatte jedoch so gar nichts mit einem Schickimicki-Arschloch gemein. Und obwohl er eigentlich nie wirklich datete, sondern eher Rein-Raus-Treffen hatte, wollte er plötzlich tatsächlich ein Date.

„Möchtest du ein Date mit mir, Sophia?"

„Es wäre schön gewesen, wenn du mich gefragt hättest."

Er überlegte, ob sie das ernst meinte. Sie hatte die Arme verschränkt, und sie sah gereizt zum Fenster hinaus. „Na schön. Möchtest du mit mir zu Abend essen gehen?"

„Wohin?"

„Ich weiß nicht. Egal."

„Nein."

„Warum nicht?"

„Weil ich nicht glaube, dass du wirklich ein Date willst. Du sagst das nur, weil ich wütend war."

Er hätte sich am liebsten die Haare gerauft. Er wurde

einfach nicht schlau aus dieser Frau. Er hatte umgeschaltet von einmal Spaß zwischen den Laken auf klassisches Date, denn er hatte gedacht, dass sie das wollte, und sie sprang immer noch nicht darauf an. Was genau wollte sie dann? Er stellte das Radio an und sagte kein Wort mehr, bis er vor ihrem Haus vorfuhr. Er musterte sie. Sie sah angespannt aus. Das musste all dieses aufgestaute Feuer sein, für das sie kein Ventil hatte.

Er schob eine Strähne hinter ihr Ohr. Ihre Haare waren seidig weich. Er beugte sich vor. „Du sendest irgendwie widersprüchliche Signale. Stehst du jetzt auf mich oder was?"

„Oder was", antwortete sie, stieg aus dem Wagen und knallte die Tür zu.

Da hatte er wohl seine Antwort. Dennoch musste er ihr hinterherblicken, fasziniert davon, wie sich ihre Hüfte wiegte, als sie den Weg zum Haus hinauf ging. Auf keinen Fall würde sie mit Randys Sohn ausgehen. Zum ersten Mal in seinem Leben fragte er sich, ob er jemals die Art Mann sein könnte, mit der jemand länger als nur einmal zusammen sein wollte.

Er hatte so das Gefühl, dass ihm eine Nacht mit Sophia nicht reichen würde.

11

Eine Woche später, am Freitagnachmittag, kam Vince in sein Büro zurück und fand einen Umschlag mit dem unterschriebenen Vertrag für die Clover Park Bibliothek vor. Sein Dad hatte endlich alles unterschrieben. Er rief Sophia auf ihrer Geschäftsnummer an.

„Hey, Vince, was gibt's?"

„Mein Dad hat die Papiere unterschrieben, also volle Kraft voraus."

„Das ist großartig! Ich habe die Pläne meiner Architektin geschickt. Ich wollte hören, ob sie mehr Fenster einplanen kann."

„Und?"

„Sie hat gesagt, das geht."

„Dann schick mir die Pläne rüber."

„Das werde ich. Ich fange nächste Woche mit der historischen Dokumentation an."

Zu seiner Überraschung stellte Vince fest, dass er sich im Augenblick nicht darüber beschweren konnte, mit Sophia zusammenzuarbeiten. Sie war effizient und professionell.

„Dann lass uns über Geld reden", sagte er. „Wie läuft es mit der Spendenaktion? Wie lange noch, bis wir den Grundstein für die Erweiterung legen können?"

„Ich habe nächste Woche einen Termin mit dem Komitee

für die Spendenaktion. Wir haben schon siebzig Prozent des Spendenziels erreicht."

„Mit Hilfe deines anonymen Spenders?"

„Ja. Er hat zwei Millionen beigesteuert."

Vince stieß einen leisen Pfiff aus. „Können wir den Grundstein legen, bevor wir die hundert Prozent erreicht haben? Ich würde wirklich gerne anfangen. Wir könnten beide die finanziellen Mittel gebrauchen."

„Ich treffe mich nächste Woche mit dem Bürgermeister und dem Stadtrat."

„Und du hast vergessen, mich zu diesem Meeting einzuladen?", fragte er angespannt. „Nett, dass du das hinter meinem Rücken machst."

„Der Termin musste eben vereinbart werden", erwiderte sie ruhig. „Das Projekt geht voran. Das wolltest du doch, oder nicht?"

„Ich dachte, wir sind Partner." Es war, als traute sie ihm nicht zu, diesen Job zu erledigen. „Und wer zum Teufel ist dieser private Spender?"

„Wir *sind* Partner."

„So fühlt es sich aber nicht an. Es fühlt sich an, als würdest du ohne mich durch die Gegend rennen, Termine wahrnehmen und Spender bezirzen."

„Mein Freund möchte anonym bleiben", sagte sie.

Es gefiel Vince gar nicht, außen vor gelassen zu werden. Das hieß, dass sie ihm nicht traute.

Sie fuhr fort. „Ich hoffe, dass wir in sechs Wochen anfangen können. Dreißig meiner besten Männer werden kommen und unter deiner Aufsicht arbeiten."

Er wippte auf seine Fersen zurück. „Und was wirst du tun?"

„Auf der Denkmalschutzseite beraten, wie wir es besprochen haben."

Vince ließ nicht locker. „Wer ist der Boss?"

„Was meinst du?"

„Ich meine, wenn eine Entscheidung für dieses Projekt getroffen werden muss, wer trifft sie?"

„Wir beide."

„Falsch. Das mache ich."

„Vince, ich dachte, wir arbeiten zusammen."

„Ja, unter meiner Führung."

„Das erscheint mir aber nicht fair."

Er spürte, dass er gewonnen hatte, und entspannte sich. „Du brauchst mich."

„Das heißt aber nicht–"

„Wir haben eine Vereinbarung", erinnerte er sie.

Sie seufzte. „Ich habe doch gesagt, dass Postreicheln nicht zählt."

Er verkniff sich ein Lächeln. „Was dann?"

„Jetzt willst du mich nur aufziehen."

„Ich will dich sehen." Er hatte die Worte ausgesprochen, bevor ihm wirklich klar geworden war, dass er das wollte.

„Warum?"

„Ist einfach so."

„Wann?"

„Heute Abend."

„Wo?"

So weit hatte er noch gar voraus gedacht. „Was würdest du denn gerne machen?" Er hoffte nur, dass er sich dabei nicht zu viel bewegen musste. Er hatte die ganze Woche hart auf diesem Shoppingcenter-Dach gearbeitet.

„Wollen wir was trinken gehen?", fragte sie.

„Magst du Chicken Wings?"

„Wer mag die nicht?"

„Dann Drinks und Wings im Garner's. Das ist in Clover Park. Ich komme um sieben vorbei, um dich abzuholen. Gib mir deine Handynummer, für den Fall, dass ich mich verspäte."

Sie diktierte ihm die Nummer.

„Hab sie. Bis dann", sagte er und legte auf.

Sophia legte das Handy auf den Tisch und dachte darüber nach, wozu sie gerade zugestimmt hatte. Wollte Vince mehr als nur eine Arbeitsbeziehung? Wollte sie das? Den Rest des

Tages konnte sie sich nicht konzentrieren und war ganz fahrig. Schließlich fuhr sie nach Hause, zog ihren Anzug aus und entschied sich für eine Jeans und eine schlichte Bluse. Vince kam pünktlich, frisch geduscht und köstlich duftend.

Er hielt ihr die Wagentür auf. Als sie einstieg, sagte er: „Hast du deinem Dad gesagt, dass wir zusammenarbeiten?"

„Nein. Das wird er gar nicht mitbekommen."

„Er wird nicht mitbekommen, dass du meine Männer bezahlst?"

„Nur, wenn er die Bücher einsieht. Er war schon seit mehr als einem Monat nicht mehr im Büro."

„Er wird dich enterben."

„Er braucht mich viel zu sehr. Außerdem habe ich gerade das Haus in Greenport auf den Markt gebracht, um die Firma zu sanieren. Er wird froh sein, wenn er nichts mehr damit zu tun hat."

Vince hob eine Braue. „Weiß er, dass du das Haus verkaufst?"

„Das werde ich ihm sagen, wenn wir ein akzeptables Angebot bekommen."

Er schüttelte den Kopf. „Du bist gerissen."

„Einfallsreich."

„Hmmm ..."

Sie betrachtete sein Profil, diese scharfen Wangenknochen, das kantige Kinn, ein perfektes Holzfällermodelgesicht. „Vince?"

„Ja?"

„Ist das ein Date?"

„Möchtest du, dass es eins ist?"

„Ich weiß nicht."

„Wäre es so schlimm, mit mir auszugehen?", fragte er mit gespielt beleidigtem Tonfall.

„Du bist der Feind."

„Ach so? Ich will dir gegenüber ehrlich sein. Ich bin nicht für Beziehungen gemacht. Doch wenn du nur ein bisschen Spaß haben willst, dann bin ich dein Mann dafür. Wenn nicht, dann gehen wir nur was trinken."

„Dann also nur was trinken."

„Okay."

Sie wurde ganz still. Dann hatte sie ihren schönsten Push-up-BH und das passende Höschen wohl vergebens angezogen. Denn was kam nach ein bisschen Spaß? Es wurde unangenehm. Und die Geschäftsbeziehung würde noch angespannter werden. Nein, danke.

„Bist du dir sicher, dass dein anonymer Spenderfreund am anderen Ufer unterwegs ist?", fragte er.

„Warum fragst du das?"

„Weil jemand, der so kurzfristig eine solche Summe aufbringt, sich dir stark verbunden fühlen muss."

Sie faltete die Hände auf dem Schoß. „Wir sind im Guten auseinandergegangen. Wir sind Freunde."

„Er will dich immer noch."

„Ich sagte doch, wir sind nur Freunde."

„Männer bleiben nicht Freunde, es sei denn, sie wollen noch ein bisschen mehr Action zwischen den Laken."

Sie schnitt eine Grimasse. „Du meinst, du machst das nicht."

„Ich meine, dass *kein* Mann das macht."

„Vielleicht weißt du eben nicht alles."

Er grinste. „Ich weiß, wie Männer denken."

„Das weiß ich auch."

Er sah sie an. „Das bezweifle ich ernsthaft."

„Ich bin sehr intuitiv."

„Und was denke ich jetzt gerade?"

„Du denkst, ich kann es nicht abwarten, ein Bier zu bekommen."

„Du bist gut."

„Hab ich doch gesagt."

Er blieb an einer roten Ampel stehen und fesselte sie mit einem heißen Blick und einem langsamen, sexy Lächeln. Ihr Magen flatterte. Sie zwang sich zurückzulächeln.

„Mache ich dich nervös?", fragte er. „Denn das war gerade ein ganz merkwürdiges Lächeln, das du mir geschenkt hast."

Ihr Bein wackelte. „Überhaupt nicht."

„Gut. Bei mir bist du sicher."

„Hmmm …"

Er trat aufs Gas. „Wirklich."

„Du hast meinen Po gestreichelt", erinnerte sie ihn.

„Ach was. Ich hab doch nur gespielt."

„Spiel nicht mit mir."

Er schmunzelte. „Aber es macht solchen Spaß, sich mit dir anzulegen."

„Ich meine es ernst, spiel nicht mit mir."

„Okay, okay."

Sie kamen an der Bar an, und Vince suchte ihnen zwei Plätze in der Nähe des großen Fernsehgerätes. Er bestellte Chicken Wings und zwei Bier. Sophia machte sich gleich darüber her. Vince blickte zum Fernseher. Die Sox spielten heute Abend. Sie sah auch hin. Sie mochte Baseball. Während einer Pause drehte er sich zu ihr um. „Ach, hey, entschuldige. Das Spiel hat mich abgelenkt."

„Kein Problem."

„Wie war dein Tag?", fragte er und sah tatsächlich interessiert an ihrer Antwort aus.

„Ätzend. Musste ein paar dringende Probleme lösen. Die Unterlagen für ein Projekt waren verschwunden, und ich musste alles neu machen, und zwar sofort." Sie nippte an ihrem Bier. „Und wie war dein Tag?"

„Hatte viel zu tun. Dachdecken." Er streckte die Hand aus und strich mit seinem Daumen über ihren Mundwinkel, womit er sie überraschte. „Sauce."

„Oh."

Er nahm die Hand herunter und starrte ihren Mund an. „Hey, hast du Lust, dir den Rest des Spiels bei mir zu Hause anzusehen?"

„Um ein bisschen Spaß zu haben?"

Seine Hand glitt hinten unter ihrer Bluse empor, streichelte ihren nackten unteren Rücken. Er sah ihr in die Augen und schenkte ihr ein langsames, verführerisches Lächeln. „Wenn du möchtest."

„Nein, danke."

Er nahm seine Hand herunter. „Möchtest du nach Hause gehen?"

„Nach dem siebten Inning."

Er machte große Augen. „Du magst das Spiel wirklich?"

„Ja." Das Spiel ging weiter, und sie wandte ihre Aufmerksamkeit wieder dem Fernseher zu.

„Wow", murmelte er leise. Dann packte er sie und zog sie auf seinen Schoß. Sie quietschte. Er legte seine Arme um ihre Taille. „Ich glaube, du könntest mein Traummädchen sein", flüsterte er in ihr Ohr.

„Vince." Sie musste unwillkürlich lachen. „Verschon mich." Sie wand sich, um von seinem Schoß zu kommen, doch seine Hände hatten sich um ihre Taille gelegt und hielten sie fest.

„Mach es dir einfach bequem", sagte er, legte sein Kinn auf ihre Schulter und sah sich das Spiel an.

Das tat sie. Zum ersten Mal seit langer Zeit fühlte sie sich leicht und unbeschwert, sicher gehalten in seinen Armen.

12

Sophia traf sich mit Vince und der Architektin bei der Bibliothek, um sich das Gelände anzusehen. Es war früh am Montagmorgen. Die Bibliothek würde erst in ein paar Stunden öffnen. Sie hatte lange arbeiten müssen, um für ihren eigentlichen Job alles zu erledigen, doch wenigstens konnte sie den Großteil der Woche von zu Hause aus arbeiten. Bald würde die Bibliothek schließen und einen Teil der Sammlung vorübergehend woanders unterbringen müssen. Doch zunächst war erst einmal alles wie bisher – muffig und mit Büchern und DVDs überladen.

Vince nickte in ihre Richtung. „Hey."

Auch sie nickte, um sein Machogehabe nachzuahmen. „Hey."

Er grinste und schüttelte den Kopf. Nachdem sie sich das Spiel angesehen hatten, hatte er sie nach Haus gefahren und sie zur Tür begleitet. Als sie ihm mit einem festen Händedruck eine gute Nacht gewünscht hatte, hatte er lachen müssen, dann war er gegangen. Er war ehrlich ihr gegenüber gewesen, als er gesagt hatte, dass er keine Beziehung wollte. Sie nahm ihn beim Wort. Was brachte es da, wenn sie ihn begehrte? Sie konnte jemanden finden, den sie begehrte und ebenfalls eine Beziehung wollte.

Vince wies die Architektin auf eine ganze Reihe von Problemen im ältesten Teil der Bibliothek hin, als sie durch die Räumlichkeiten gingen. Er begann bei den altertümlichen Stromkabeln bis hin zum absackenden Fundament und dem undichten Dach. Nichts, was sie nicht schon selbst gesehen hatte. Sie sah sich die Originaleinbauten an, die sie gerne bewahren wollten, den Mosaikfußboden im Foyer, die Eingangstür und besonders den Kamin im vorderen Besprechungsraum. Sie arbeiteten sich zum hinteren Teil der Bibliothek vor, als eine Stimme erklang: „Da ist er ja! Der verlorene Sohn!"

Sophia wirbelte herum und sah ihren Vater da stehen, der mit in die Hüften gestemmten Händen Vince wütend anstarrte. Ihr Dad näherte sich mit der Haltung eines Filmschurken, zumindest soweit ein Mann in seinen Sechzigern das konnte, wenn er einem Holzfällermodel in der muskulösen Perfektion eines Vince Marino gegenüberstand. Vince sah sie kurz an, und sie warf ihm einen entschuldigenden Blick zu. Sie musste sich immer wieder für ihren Dad entschuldigen. Vince kam ihrem Vater auf halbem Weg entgegen.

Der ältere Mann verzog das Gesicht. „Wenn man Sie so sieht, ist es, als würde man vor Vinny stehen." Er sagte *Vinny*, als hätte es einen widerlichen Beigeschmack. Ihr Dad mit seinen buschigen Brauen und dem energischen Kinn war ein sehr maskuliner Mann, doch nicht gutaussehend. Ihre Mom hatte immer gesagt, dass sie ihn geheiratet hatte, weil er so sexy war, worauf Sophia sich immer gewünscht hatte, dass ihre Mom sie mehr wie eine Tochter und weniger wie eine Freundin behandelt hätte, denn, mal im Ernst, wer wollte schon so etwas über seinen Dad wissen?

„Danke", sagte Vince.

Sophia kam herbeigeeilt. „Dad, was machst du denn hier? Ich habe doch gesagt, dass ich mich um alles kümmere." Hitze kroch ihren Hals empor. Die Architektin zog sich zurück, um ihnen ihre Privatsphäre zu lassen.

„Verzieh dich, Vince", sagte ihr Dad und deutete mit dem Daumen in Richtung Ausgang. „Ich übernehme jetzt."

„Ich leite dieses Projekt", sagte Vince. „Und ich werde nirgendwo hingehen."

„Nein, jetzt leite ich es. *Also verzieh dich.*" Ihr Dad war gute fünfzehn Zentimeter kleiner als Vince, hatte eine drahtige Statur, doch natürlich musste er sein übliches Pitbullgehabe an den Tag legen.

„Dad, bitte", sagte Sophia. „Ich mach das schon."

„Nein, eben nicht", blaffte ihr Dad. „Denn dann würdest du keine Befehle von diesem Typen entgegennehmen." Er nickte in Vinces Richtung.

„Ich nehme keine Befehle entgegen", erwiderte sie ruhig. „Wir sind gerade erst angekommen. Wir machen eine Begehung."

Ihr Dad runzelte die Stirn. „Du kannst gehen, Sophia." Die Bemerkung tat weh. Sie war gut genug, sie für das totale Chaos hinzuzuziehen, wenn er sich in Selbstmitleid badete, doch sobald er sie nicht mehr für nützlich hielt, hieß es nur noch *du kannst gehen.* Sie blinzelte. Damit hätte sie rechnen sollen.

„Sprechen Sie nicht so mit ihr", blaffte Vince.

Ihr Dad schob seine Brust vor. „Oder was?" Und dann spuckte ihr Dad Vince herausfordernd vor die Füße. Wie peinlich!

Vince ignorierte es, wandte den beiden den Rücken zu und machte mit der Architektin auf der anderen Seite des Raums mit der Begehung weiter.

Ihr Dad schüttelte seine Faust in seine Richtung. „Feigling! Ich werde deinen Dad anrufen! Mal sehen, was er von dieser Farce hält!"

Vince ignorierte ihn weiter. Sophia wäre am liebsten im Erdboden versunken. Ihr Dad trat gegen einen Mülleimer, in dem Plastik für Recycling gesammelt wurde, und stürmte davon.

„Sophia, kannst du bitte mal herkommen", sagte Vince. „Wir brauchen deine Expertise."

Ihre Stimmung hob sich, weil er sie so unbeschwert miteinbezog. Sie kehrte zu Vince und der Architektin zurück. „Entschuldige bitte diese Szene. Ich werde mit ihm reden."

„Ich bin froh, dass du aussiehst wie deine Mom", sagte Vince und schenkte ihr einen warmen Blick.

Sie musste unwillkürlich lachen. Sie setzten die Begehung ohne weitere Unterbrechungen fort, und Vince brachte sie zu ihrem Wagen.

Er blieb stehen und legte eine Hand an das Wagendach. „Denk daran, mein Dad hat dieser Sache nur zugestimmt unter der Bedingung, dass dein Dad sich raushält. Sorge dafür, dass er begreift, dass ich hier der Bauleiter bin."

„Das bist du nicht", konterte sie. „Wir teilen uns die Leitung."

„Du kannst denken, was du willst, doch das ändert nichts an den Tatsachen."

„Was an Team verstehst du nicht?", sagte sie.

Er verkniff sich ein Lächeln. „Mein Traummädchen würde meine Alphaposition nicht hinterfragen."

Sie grinste. „Vielleicht bin ich nicht dein Traummädchen."

Er trat zurück und betrachtete sie von Kopf bis Fuß. „Der Rock gefällt mir."

Unter seinem Blick wurde ihr ganz heiß. „Danke, dass du dich nicht auf einen Streit mit meinem Dad eingelassen hast."

„Ich suche mir aus, mit wem ich mich anlege."

„Das ist schlau."

„Ich bin nicht für meine Schlauheit bekannt."

„Und wofür bist du bekannt?"

Er hob ihr Kinn, hielt es einen Moment und beugte sich vor, sein Atem breitete sich auf ihrem Gesicht aus. „Würdest du das gerne wissen?"

Und dann ging er und ließ sie wieder voller Begierde zurück. Verdammt.

Als Sophia an jenem Abend nach Hause kam, parkte das Auto ihres Vaters in der Auffahrt. Das Zu-Verkaufen-Schild hatte er auf die Wiese geworfen. Sie ging ins Haus und wappnete sich auf die Konfrontation.

„Ich werde das Haus nicht verkaufen", verkündete er.

„Dad, wir brauchen das Geld. Und du brauchst diesen riesigen alten Kasten nicht.“

„Wie kannst du es wagen, es zum Verkauf anzubieten, ohne mich zu fragen!“

„Ich bin diejenige, die hier wohnt. Ich mache hier alles, während du dich mit Pizza vollstopfst und im Bademantel Bier trinkst. Was soll ich denn deiner Meinung nach bitte tun?“

„Ich ziehe wieder hier ein“, schrie er. „Du brauchst mich an der Spitze. Ich entziehe dir hiermit die Leitung des Clover Park Bibliotheksprojekts.“

Sophia seufzte. „Dad, ich lasse mir das Projekt nicht wegnehmen. Ich habe einen guten Deal ausgehandelt. Unsere Firma kümmert sich um die historische Bausubstanz, Marino kümmert sich um den Neubau.“

„Marino! Auf gar keinen Fall. Wir machen selbst Neubauten. Es gibt keine Subunternehmer, Sophia! Auf wessen Seite stehst du eigentlich?“ Er tigerte im Wohnzimmer auf und ab.

„Auf unserer Seite. Ist doch wohl offensichtlich. Wer hat sich denn die ganze Zeit den Arsch aufgerissen, um uns über Wasser zu halten? Und das, während ich mich noch um meinen eigenen Job kümmern musste. Mein Boss ist nicht gerade glücklich darüber, dass ich mir so viel freigenommen habe, um das Projekt an Land zu ziehen. Ich kann von Glück sagen, wenn er mich nicht rausschmeißt! Ist ja nicht so, als würdest du mich bezahlen.“

Er blieb stehen und starrte sie an. „Okay, okay. Aber jetzt ist ja alles wieder gut. Ich bin zurück. Und Marino ist raus.“

„Wir haben einen Vertrag mit ihm.“

Er schüttelte den Kopf. „Darum kümmere ich mich. Das hier war schon immer unser Baby. Sobald die ersten Gelder fließen, setze ich dich auf die Gehaltsliste.“

Sie war sich nicht sicher, ob sie Vollzeit für ihren Dad arbeiten wollte. „Ich muss darüber–“

„Hast du in letzter Zeit von deiner Mutter gehört?“

Sie hatte mehrere Nachrichten von ihrer Mom bekommen, in denen sie ihr erklärte, dass sie nicht schwanger war, sondern scheinbar tatsächlich vor der Menopause stand und einfach nur eine Periode übersprungen hatte. Auch das war wieder einmal zu viel Information für ihren Geschmack. „Ja, ihr geht es gut, und sie ist nicht schwanger."

Ihrem Dad fielen fast die Augen aus dem Kopf. „Ist sie nicht?"

„Nein."

Er pumpte eine Faust in die Luft. „Ich bekomme sie zurück!" Er eilte zur Tür, drehte sich dann noch einmal um und murmelte etwas von einem Koffer.

„Dad, flieg nicht nach Florida. Bitte. Sie hörte sich an, als hätte sie sich entschieden, dort zu bleiben." Mit Manuel, dem Hottie von einem Poolboy. Er sah gut aus, wenn man auf hübsche brasilianische Typen mit ausgeprägter Libido stand. Wieder einmal zu viele Informationen von ihrer Mom. Ein Besuch würde ihren Dad nur wieder in das nächste Loch stürzen. Und das, nachdem er sich doch endlich vom Sofa im Haus seines Bruders aufgerafft hatte.

Er ging auf und ab und blieb schließlich vor ihr stehen. „Okay, okay. Ich warte, bis sie mich mehr vermisst. Zurück zum Geschäft. Wir müssen eine Möglichkeit finden, Marino aus diesem Projekt zu bekommen. Denk nach, Sophia."

„Dad", sagte sie geduldig, „*Capello Construction* wäre nicht einmal ansatzweise in der Lage, das Projekt durchzuziehen, wenn sie keine Partnerschaft mit uns eingegangen wären."

„Einer Partnerschaft habe ich nie zugestimmt."

„Ich aber."

„Und ich vermute, Vince hat anstelle seines Vaters zugestimmt?"

„Ich habe mich mit seinem Dad getroffen, und er hat unterzeichnet."

„Ich werde dieses feige Arschloch anrufen!", schrie ihr Dad und stürmte in die Küche zum Telefon. Es war eines dieser altmodischen wandmontierten Dinger aus den Achtzigern mit langem Kabel. Er benutzte ungern sein Handy, da er Angst hatte, einen Hirntumor zu bekommen. Er hatte es nur für die Baustellen.

„Dad, nicht. Lass uns nur dieses eine Projekt machen. Es muss ja keine Dauerlösung sein. Nur ein Versuchsprojekt."

Mit dem Telefon in der Hand hielt er inne. „Stehst du auf ihn? Seinen Sohn meine ich."

Ihre Wangen brannten. „Es ist nur ein Projekt. Aber Vince weiß, was er tut. Mehr als ich."

„Ich weiß auch, was ich tue. Und ich bin zurück!"

Damit wählte er die Nummer von Vinces Dad (aus irgendeinem Grund schien er die Nummer auswendig zu kennen), schrie zehn Minuten lang ununterbrochen und legte dann auf.

„Was hat er gesagt?", fragte sie.

„Wir werden sehen. Ich habe eine Nachricht auf dem Anrufbeantworter in seinem Büro hinterlassen."

„Zehn Minuten lang?", fragte sie ungläubig.

„Naja, es hat gepiept, aber ich vermute, danach läuft es noch etwas weiter. Was machst du zum Abendessen?"

„Salat."

„Bah. Hast du Prosciutto?"

„Ja, ich habe Prosciutto."

„Machst du mir einen Teller? Bitte."

„Du weißt, wo die Teller sind", sagte sie.

Er stapfte aus der Küche. Sie seufzte. Vielleicht sollte sie zurück in ihre Wohnung in Brooklyn ziehen. Es war nicht einfach, mit ihrem Dad zusammenzuleben. Andererseits wollte sie wirklich an dem Clover Park Projekt arbeiten, und das war einfacher vom Haus ihrer Eltern aus als von Brooklyn. Und sie hatte schon eine Menge Zeit in das investiert, was sich als wirklich interessantes Projekt herausgestellt hatte. Natürlich war sie jetzt, da ihr Dad zurück war, nicht mehr so sicher, ob sie noch beteiligt war. Ihr Dad würde bei der Firma, die sie gerade gerettet hatte, keinen Blumentopf gewinnen.

Vince beendete später am Abend sein Gespräch mit seinem Dad und rieb sich den Nacken. Seit Sophia in sein Leben geplatzt war, war alles kompliziert geworden. Sein Dad war aufgebracht wegen eines Anrufs von Joe Capello. Scheinbar wollte Joe *Marino & Sons* aus dem Projekt kicken, doch Vinces Dad stellte sich stur und sagte Vince, dass sie dieses Projekt unter keinen Umständen aufgeben würden. Sie hatten einen Vertrag unterschrieben, und das Projekt war wie geplant angelaufen.

Er wollte außerdem, dass Vince zurückschlug und Joe loswurde. Das bedeutete eines – er musste an Sophia appellieren. Er wählte ihre Nummer und erklärte ihr die Situation. Ihre Stimme, die sowohl besorgt als auch aufrichtig war, sorgte fast sofort dafür, dass er sich entspannte. Sie konnte ja nichts dafür, dass ihr Dad verrücktspielte.

„Es tut mir so leid", sagte sie. „Gott, ist mir das peinlich. Ich werde mir was bei meinem Dad einfallen lassen. Er wird unsere Zusammenarbeit nicht verhindern."

„Und wie sieht dein Plan aus, mit dem du den Pitbull zurückpfeifen willst?"

„Ich werde mir was einfallen lassen. Mach dir keine Sorgen. Ich habe mittlerweile viel Erfahrung darin, mit meiner Familie klarzukommen."

„Hast du schon über meinen Vorschlag nachgedacht?", fragte er, denn seit einer Woche hatte er an nichts anderes denken können.

Sie hielt inne. „Was für einen Vorschlag?"

„Spiel nicht die Dumme."

„Nein."

„Nein, du willst nicht zwei Nächte lang deine Finger in die Bettlaken krallen, oder nein, du hast nicht mehr daran gedacht?"

„Hast du?"

Ich kann an nichts anderes denken. „Gerade eben."

„Ist mir auch gerade erst wieder eingefallen."

„M-hmm. Und, was meinst du?"

„Ich glaube, ich möchte keine weitere Frau in der langen Reihe deiner Eroberungen sein."

„Es ist ungesund, all diese Leidenschaft nicht herauszulassen, Sophia."

Sie senkte ihre Stimme zu einem Flüstern. „Ich habe meine Leidenschaft nicht unterdrückt."

„Und wie. Vertrau mir."

„Ich vertrau dir kein bisschen."

„Warum nicht?"

„Weil du andere Motive hast."

Er merkte, dass er lächelte. „Und welche?"

„Offensichtlich mit mir zu schlafen."

„Und dir geht es um …"

Stille.

„Ich habe dir ein gutes Angebot gemacht", sagte er.

„Fick dich."

Er grinste. „Na also, du hast es also doch begriffen."

Sie legte auf. Er schüttelte den Kopf. Er hatte sie nicht wütend machen wollen. Er wollte sie nur aufziehen. Es war krank, wie sehr er sie wollte.

Ach was, es war besser so. Sophia bedeutete nur Ärger. Sie würde auch außerhalb des Schlafzimmers Ansprüche erheben, und er wusste nicht, wie er damit umgehen sollte.

Er würde sie enttäuschen.

Er seufzte. Und war das nicht eigentlich die Geschichte seines Lebens? Er enttäuschte die Menschen. War nie genug.

Doch er konnte nicht aufhören, an sie zu denken. Es war, als wäre er infiziert. Und das einzige Heilmittel war Sophia.

13

Sophia hatte gehofft, sie würde ein paar Wochen nichts mit Vince zu tun haben. Er war einfach zu gut darin, sie aufzuregen, und ihre Abwehr wurde schwächer, je mehr Zeit sie mit ihm verbrachte. Es war nun zwölf lange, unruhige Nächte her, seitdem er ihr zwei Nächte ungezügelter Leidenschaft vorgeschlagen hatte, und die Idee hatte sich unglücklicherweise in ihrem Kopf festgesetzt. Sie sehnte sich nach dem, was er beschrieben hatte, und doch wusste sie es besser, als eine Weitere in einer langen Reihe von Frauen für ihn zu werden.

Da sie auf ein paar Genehmigungen warteten und sie immer noch daran arbeitete, die Papiere für den historischen Baubestand durchzugehen, gab es für Vince keinen Grund, am Samstag in der Bibliothek aufzutauchen. Sie hatte ein paar Freiwillige organisiert, die den Bestand der Bibliothek vorübergehend in der Episcopal Church unterbrachten, wo die Bücher dann der Öffentlichkeit zugänglich sein würden, bis der Bau der neuen Bibliothek vollendet war.

Er trug ein T-Shirt, das sich über seine breiten Schultern und die Brust spannte bis hinunter zu seiner Jeans, die abgewetzt war und wie angegossen saß. Als er auf sie zu ging, nahm sein selbstbewusster Gang den Raum zwischen ihnen ein, und sie widerstand dem Drang, davonzulaufen. Stattdessen wappnete sie ihre Knie gegen die jetzt bereits vertraute Woge von Lust auf sein italienisches Holzfälleraussehen. Es war die Person im Inneren, die zählte. Sie wollte jemanden, mit dem sie tiefschürfende Unterhaltungen führen konnte. Nicht jemanden, der sie aufzog und der ihr das Gefühl gab, dass sie etwas verpasste, weil sie sich nie in Ekstase gewunden hatte.

Er setzte ein Lächeln auf, zog sie an sich und küsste sie auf die Wange. „Wir sind hier, um zu helfen."

Sie wurde rot und bemerkte jetzt erst, dass Vince ein paar Jungs mitgebracht hatte. „Hi, Nico."

„Hallo, *bella*", erwiderte Nico.

Ein großer Mann mit aschblondem, ungekämmtem Haar, stoppeligem Kinn und einem Lächeln mit Grübchen streckte ihr seine Hand entgegen. „Ich bin Vinces Bruder Jared. Hi, nett dich kennenzulernen, Sophia."

Sie drehte sich zu Vince um. „Ihr musstet heute nicht kommen. Die Freiwilligen von den Freunden der Bibliothek helfen mir." Sie deutete auf die rund zwanzig Leute, die die Bücher in Kisten verpackten und Karren benutzten, um sie in einen gemieteten Umzugswagen zu laden. Sie hatten bereits zwei Stunden produktiv gearbeitet.

Vince stemmte seine Hände in die Hüften. „Ich fasse es nicht, dass du nicht mit mir darüber geredet hast."

„Warum sollte ich?", fragte sie. „Hier geht es doch nicht ums Bauen."

„Sophia, sieh dich doch um. Das hier sind hauptsächlich alte Leute." Er machte eine ausladende Geste. „Miss Smith ist uralt und nicht mal eins fünfzig groß!"

„Pssst!" Sie packte seinen Finger und zog ihn hinunter. Miss Smith war die pensionierte Bibliothekarin und wollte, nachdem sie fünfzig Jahre lang in der Clover Park Bibliothek gearbeitet hatte, helfen.

Vince schüttelte den Kopf. „Du brauchst uns, und wir helfen gern. Du kannst mich mit einem Abendessen bezahlen."

Und damit gab er seinen Brüdern ein Zeichen, und sie begannen, die schweren Kisten auf die Sackkarren zu laden.

Sophia holte alte Bände des Clover Park Chronicle vom Regal und legte sie in eine Kiste. Als Vince an ihr vorbei ging, zwinkerte er ihr zu.

„Ich werde dich nicht zum Abendessen einladen, Vince."

„Schön, dann zahle ich eben."

Sie knirschte mit den Zähnen. Abendessen mit Vince war für ihn nicht mehr als ein Vorspiel. Sie weigerte sich, in den Sog dieses Verführungsspiels zu geraten.

Er ging davon und begann, die Freiwilligen zu dirigieren. Bald schon waren die älteren Freiwilligen damit beschäftigt, die Kisten zu beschriften und zuzukleben, während die jüngeren, stärkeren Freiwilligen die Bücher stapelten. Er und Nico schleppten die Kisten und stapelten sie auf die Karren. Jared blieb beim Truck und kümmerte sich ums Verladen. Sie konnte nicht leugnen, dass das ein effizientes System war, doch es nervte sie, wie er hier einfach die Führung übernahm.

Bis zum Mittagessen waren sie gut vorangekommen. Sophia bestellte Pizza und Sandwiches für alle. Sie hatte gerade ein Stück auf einen Pappteller gelegt, als sie Vince rufen hörte: „Hey, Sophia, hier drüben."

Sie biss die Zähne aufeinander. Er war so … einfach so … Vince. Sie drehte sich langsam um. „Was?"

Er klopfte auf den Boden neben sich. „Komm, setz dich zu mir."

Mehrere Freiwillige sahen interessiert zu. „Schon gut."

Er hob die Brauen. „Sonst komme ich zu dir!", rief er.

Einige Leute tuschelten. Ihre Wangen brannten. Nico lachte und stupste sie mit dem Ellbogen an. „Er kann einfach nicht anders. Geh und bring ihm Manieren bei."

Mit erhobenem Haupt ging sie dorthin, wo er saß, und starrte auf ihn herab. „In Zukunft würde ich mich über eine nette Einladung freuen. So was wie *Sophia, hättest du Lust, mir Gesellschaft zu leisten? Sophia, iss doch mit mir zum Mittag. Ich habe dir einen Platz freigehalten.* Kein *Hey, Sophia* durch den ganzen Raum. Und keine Drohung, dass du kommst, um mich zu holen."

Er sah sie an. „Bist du fertig?"

Sie dachte darüber nach. „Ja."

„Dann schwing deinen Hintern neben mich." Er griff bereits nach ihrem Teller und der Wasserflasche. „Bitte."

Sie stieß einen Seufzer aus und setzte sich neben ihn auf den Boden.

„Ich bin kein Schickimickifreund, der dir Honig um den nicht vorhandenen Bart schmiert." Er biss einmal in die Pizza, wobei er gleich das halbe Stück verputzte.

„Nico hat mir gesagt, ich solle dir Manieren beibringen", sagte sie. „Er hat recht."

„Vergiss Nico", sagte er mit vollem Mund, kaute und schluckte schnell. „Er wird dich auf keinen Fall anrühren."

„Nicht jede Unterhaltung ist ein Vorspiel. Aber ich habe so das Gefühl, er könnte mich auf sehr nette Art und Weise einladen und würde mich nicht so herumkommandieren, wie gewisse schlecht erzogene Männer es tun."

Vince schmunzelte. „Denkst du immer noch darüber nach?"

„Nein", erwiderte sie schnell. Sie biss in ihre Pizza und versuchte angestrengt, Vinces langes, dick muskulöses Bein, das sich an ihres drückte, zu ignorieren. Ihre Jeans war nicht in der Lage, die Hitze abzuhalten. Sie rutschte beiseite.

Vince rückte wieder näher, berührte sie jetzt von der Hüfte bis zum Knie und beugte sich zu ihrem Ohr hinunter. „Warum hast du mich wegen der Bücher nicht angerufen?", fragte er leise. „Ich musste es vom Bürgermeister erfahren, als ich ihm begegnet bin und er mich gefragt hat, wie viele Leute ich mitbringen kann. Hast du nicht gedacht, dass ich kommen würde?" Er klang beinahe verletzt.

„Nein. Es ist nur, ich, naja, wir können hierfür nichts zahlen, und ich wollte dich damit nicht belasten. Ich hatte ja schon Freiwillige."

„Wenn ich es früher gewusst hätte, hätte ich mehr Leute mitbringen können."

Er richtete sich auf und trank einen langen Schluck Wasser. Sie beobachtete, wie sein Adamsapfel an seinem muskulösen Hals auf und ab tanzte. Warum törnte sie das an? Er war einfach so … so massiv, so … solide. Ganz anders als die Männer, mit denen sie ausgegangen war.

Er drehte sich zu ihr um, und seine dunkelbraunen Augen sahen in ihre. „Ich bin vielleicht nicht der ideale Mann für dich, wenn es um, ich weiß nicht, feines Getue geht, aber ich bin ein Mann, auf den du dich verlassen kannst. Du brauchst mich für irgendwas, ich bin da, ohne Fragen zu stellen."

Ihr Hals fühlte sich eng an. Kein Mann war je für sie da gewesen. Nicht ihr Dad, auch nicht ihr Bruder, keiner ihrer Schickimickifreunde, wie er sie nannte. „Das ist, ähm, nett."

Er zog einen Mundwinkel in die Höhe. „Das ist nicht nett. Das ist eine Tatsache. Ich dachte, du solltest es wissen." Dann nahm er seinen leeren Teller und die Wasserflasche und stand auf. „Zurück an die Arbeit."

Sie erwischte sich dabei, dass sie ihm hinterherblickte. Der selbstbewusste Gang, der breite Rücken, der knackige Po. Er war umwerfend.

Er sah über seine Schulter, erwischte sie beim Starren und grinste. „Ich freue mich schon auf unser Essen heute Abend."

„Du bekommst Mittagessen", sagte sie. „Und du hast es gerade gegessen."

„Wir werden ja sehen." Dann stolzierte er davon.

Was konnte sie dagegen sagen? Ein Nein akzeptierte er nicht als Antwort. Warum wollte er überhaupt mit ihr Abendessen gehen? Sie hatte ihm gesagt, dass sie keinen One- oder Two-night-stand wollte. Er wollte keine Beziehung. Was hatte das Abendessen dann für einen Sinn? Sie aß ihre Pizza auf und machte sich wieder an die Arbeit.

Nico unterhielt sich mehrfach mit ihr, lächelte und scherzte. Er war lustig und charmant. Doch sie spürte weiter, wie Vinces Blicke ihr ein Loch in den Rücken brannten, und sie konnte sich nicht entspannen.

Endlich waren sie fertig damit, die Bücher in den Kirchenanbau zu transportieren. Sie würden morgen wiederkommen, um die Kisten für die provisorische Bibliothek dort auszupacken. Ihre Freiwilligen waren erschlagen. Sie auch. Es war ein anstrengender Tag gewesen. Ein Teil des Bestandes ging ins Lager der Gemeinde. Vince überwachte auch das und fuhr mit seinen Brüdern dorthin, um beim Ausladen zu helfen.

Merkwürdig enttäuscht fuhr sie nach Hause, weil er das Abendessen ganz vergessen zu haben schien.

~

Eine Stunde später fuhr Vince mitsamt Abendessen bei Sophia vor. Er hätte wahrscheinlich zuerst duschen sollen, doch er hatte es eilig gehabt, zu ihr zu kommen, bevor sie selbst etwas aß, denn dann hätte er keine Ausrede mehr gehabt, sie zu besuchen.

Sophia machte große Augen, als sie die Tür öffnete. „Vince! Was machst du denn hier?"

Er hielt die Tüte hoch. „Du schuldest mir ein Abendessen."

Sie starrte ihn an. Er betrachtete ihr weites V-Ausschnitt-T-Shirt, die Leggins und die nackten Füße. Ihr Pyjama?

„Hast du schon gegessen?", fragte er.

„Nein, ich komme gerade aus der Dusche."

Er schob sich an ihr vorbei, und ihr würziger Rosenduft folgte ihm. Er blieb stehen, als sie ihm nicht folgte. Sie verschränkte die Arme vor ihrer Brust, als wäre sie nervös, mit ihm allein zu sein.

„Sophia, du bist bei mir sicher. Das verspreche ich. Ich würde mich einer Frau nie aufdrängen."

Sie hob ihr Kinn. „Ich habe mir keine Sorgen gemacht. Ich war nur überrascht, dich zu sehen. Ich dachte, ich hätte Nein zum Abendessen gesagt."

„Und ich habe Ja gesagt. Wo ist die Küche?"

Sie seufzte und ging ihm voraus. Er folgte ihr und beobachtete, wie ihre langen Haare das Licht auffingen, Schatten von Karamell und Schokolade. Verdammt, er hatte Hunger.

„Was hast du denn mitgebracht?", fragte sie, während sie Teller herausholte.

„Jemand hat mir Pete's Fish and Chips empfohlen."

Sie drehte sich um. „Hast du etwa die Lobsterbrötchen gekauft?"

Er grinste. „Ja. Ich musste doch mitnehmen, wofür sie berühmt sind."

„O mein Gott, ich liebe dich!" Er zuckte zusammen bei dem merkwürdigen Gefühl, das ihre Worte in seiner Brust auslösten. Das L-Wort hatte noch nie jemand außerhalb der Familie zu ihm gesagt. Sie setzte sich ihm gegenüber, nahm ihr Brötchen aus der Tüte, wickelte es aus und biss herzhaft hinein. Sie schloss die Augen in Lobsterbrötchen-Ekstase. „Mmm ... So gut."

Vince zupfte diskret seine Hose zurecht. Es hatte etwas eigenartig Erotisches an sich, wie sie dieses Lobsterbrötchen aß.

Sie öffnete die Augen. „Willst du denn gar nicht essen?"

„Doch." Er setzte sich ihr gegenüber, wickelte schnell sein Brötchen aus und biss hinein. „Ziemlich gut."

„Gut? Das ist großartig! Etwas Besseres wirst du nicht finden. Pete macht immer alles frisch. Die Lobster werden einmal die Woche direkt aus Maine geliefert." Sie biss noch einmal hinein und verdrehte die Augen orgasmisch. Er hätte am liebsten weggesehen, doch er war wie in Trance. Wieder schloss sie ihre Augen, und er beobachtete sie, stellte sich sie im Bett vor, wie ihr langes Haar auf dem Kissen ausgebreitet wäre, wie sie stöhnte, sich wand –

Abrupt stand er auf und ging zu den Schränken, um sich ein Glas zu holen. Er füllte es mit Eis aus dem Spender in der Kühlschranktür und goss sich Wasser ein.

„Geht es dir gut?", fragte sie. „Du hast ja fast nichts gegessen."

„Alles gut", brummte er. Er blieb in gewissem Abstand stehen und trank gierig das Eiswasser.

Sie zuckte mit der Schulter, und ihr Ärmel verrutschte und entblößte glatte, glänzende Haut. Ohne BH-Träger. Sein Blick wanderte sofort auf ihre Brust, doch sie schien bedeckt zu sein. Vielleicht hatte sie einen trägerlosen BH an. Das hier war eine dumme Idee gewesen – sie beide allein bei ihr zu Hause.

Er kam zurück an den Tisch und verschlang sein Brötchen. „Danke für das Abendessen. Ich sollte jetzt besser gehen."

Sie lächelte. „Ich sollte ja wohl besser dir für das Abendessen danken. Wohin willst du denn so eilig? Hast du ein heißes Date?"

„Nein", blaffte er. Dann zerknüllte er seine Serviette und suchte nach dem Mülleimer. Er musste hier raus, bevor er sein Glück zu sehr herausforderte. Wie machten andere Männer das nur mit dem Daten? Die Lust war überwältigend. Er war es gewohnt, sich einfach darauf zu stürzen.

Sie leckte sich die Finger sauber.

Ihm brach der Schweiß aus.

Sie lächelte ihn an. „Hast du Lust, dir das Play-off Spiel anzusehen? Wir haben ein ziemlich cooles Heimkino oben unter dem Dach. Großbildfernseher, Armlehnsessel, riesige Sitzsäcke. Ich könnte uns Popcorn machen."

Die Sox hatten es in die Play-offs geschafft. Natürlich wollte er das sehen. In seiner Eile, zu ihr zu kommen, hatte er das Spiel fast vergessen. Er war sich nicht ganz sicher, wie viel von dem Spiel er tatsächlich allein mit ihr sehen würde, doch … sie hatte ihn eingeladen zu bleiben. Er war hier einge-drungen, und hatte verlangt, dass sie mit ihm aß, doch jetzt fühlte es sich so an, als gefiele ihr diese Date-Sache auch.

Er hob eine Braue. „Dann *ist* das hier also doch ein Date."

Sie zerknüllte ihr Sandwichpapier. „Ich dachte, du datest nicht."

„Tue ich auch nicht."

„Dann ist es keins." Sie erhob sich und räumte den Tisch ab. „Vergiss es."

Er folgte ihr an die Spüle. Er hätte nichts lieber getan, als seine Arme um ihre Taille zu legen, das lange Haare aus dem Weg zu schieben und ihren Hals zu kosten. Doch er berührte sie nicht. Überhaupt nicht. Denn er wusste nicht, wie er das tun sollte, ohne sich gleich alles zu nehmen. Verführung war einfach. Einfach nur mit ihr zusammen zu sein war das Schwierigste, was er je getan hatte.

„Sophia." Er liebte ihren Namen.

„Was?", fragte sie leise.

„Ich würde gern die Play-offs mit dir ansehen."

„Als Freunde?"

„Nein."

Sie atmete zittrig aus, und er ließ es zu, sie zu berühren, streichelte ihr langes Haar und schob es über ihre Schulter.

Das Pochen ihres Pulses an ihrem Hals zog ihn an, und er drückte einen sanften Kuss auf die Ader. Sie neigte ihren Kopf, ein stilles Angebot, und er nutzte es voll aus, küsste ihren Hals, heiß und mit offenem Mund, kostete sie, und schmeckte Rosen und Würze und Sophia. Sie drehte sich in seinen Armen um und sah zu ihm auf, mit sanften Augen, geröteten Wangen und geöffneten Lippen. Er beugte sich zu ihr herunter, um ihren Mund zu erobern, als sie ihre Hand auf seine Brust klatschte.

„Ich werde dieses Date mit dir haben, wenn es nichts Körperliches gibt", sagte sie.

„Was? Es hat dir doch gefallen." Er legte locker seine Arme um ihre Taille. „Sag mir nicht, dass es nicht so ist."

„Es war angenehm."

Er nahm seine Hände herunter. „Angenehm!"

„Und nach diesem nicht körperlichen Date werde ich dich nicht anrufen. Du musst mich anrufen. Und nur, wenn du ein zweites, nicht körperliches Date möchtest."

Er konnte es nicht fassen. Was für eine Art von Daten war denn das? Er hätte genauso gut mit seinen Brüdern rumhängen können. Mochte sie es nicht, wenn er ihren Hals küsste? Er musterte sie. Ihre Wangen waren gerötet. Er hatte sie definitiv nicht kalt gelassen.

„Aber das Körperliche ist doch das Lustige daran", sagte er und stöhnte beinahe.

Sie verschränkte die Arme. „Das sind meine Bedingungen."

„Wann hast du das letzte Mal mit jemandem geschlafen?"

„Wann hast du das letzte Mal mit jemandem geschlafen?", feuerte sie zurück.

„Ich habe damit aufgehört, als ich dich kennengelernt habe." Mist. Er hatte nicht alle Karten so offen auf den Tisch legen wollen.

„Vince", sagte sie, „wirklich?" Sie legte ihre Arme um seine Taille. Wenigstens berührte sie ihn.

„Keine konnte mit dir mithalten", gestand er und hoffte, dass sie ihn weiter berühren würde.

Sie schmiegte ihre Wange an seine Brust, umarmte ihn

und seufzte. Es fühlte sich überraschend gut an, sie nur zu halten.

Sie löste sich von ihm und blickte zu ihm auf. Wie sollte er diesen köstlichen Mund nicht für sich fordern? Und dieser Körper.

„Vince, das ist so süß. Ist das auch wahr?"

„Natürlich ist das wahr", brummte er.

Sie umarmte ihn noch einmal und sah viel zu glücklich angesichts seines zölibatären Zustands aus. Es war peinlich. Er wünschte sich, es wäre nicht so. Er hatte sogar versucht, eine Frau in einer Bar abzuschleppen, doch er hatte nur an Sophia und ihre feurige Natur denken können.

Er schob sie von sich. „Kein Umarmen mehr. Durch dich werde ich noch zum Weichei."

„Entschuldigung." Sie schmunzelte verschmitzt.

„Dafür schuldest du mir ein bisschen Leidenschaft." Er hatte Hunger auf sie, sehnte sich nach ihr, und all dieses Umarmen machte das Verlangen nach ihr nur noch schärfer. Den verdammten Drang. Es fühlte sich falsch an, sich dagegen zu wehren. „Komm. Gib mir ein bisschen. Irgendwas. Bitte." Er fühlte sich so sehr wie ein Schwächling, weil er so bettelte, doch er war machtlos, von ihrem Zauber gefangen. „Nur einen Kuss."

Sie hob einen Finger. „Und keine Hände."

„Du bist eine toughe Verhandlungspartnerin", sagte er, während er sie gegen die Wand schob und sich an sie presste. Er brauchte keine Hände. Seine Lippen, seine Zunge und seine Zähne konnten alles tun, was nötig war. Er küsste sie, die Hände an beiden Seiten neben ihr an der Wand, wodurch sie gefangen war. Sie legte ihre Arme um seinen Hals. Er knabberte an ihrer Unterlippe und sie schnappte nach Luft. Dann schob er seine Zunge in ihren köstlichen Mund und küsste sie mit all der aufgestauten Leidenschaft, die er seit dem Moment verspürt hatte, als er sie kennengelernt hatte, und sie stöhnte tief in ihrem Hals. Sie bewegte ihre Hüfte gegen ihn, war sich vielleicht nicht einmal bewusst, dass sie das tat, doch er freute sich verdammt nochmal darüber. Er rieb sich an ihr.

Die Haustür öffnete sich und wurde zugeknallt. „Sophia, bist du zu Hause?", rief eine Stimme.

Sophia zuckte zusammen und schob ihn von sich. „Das ist mein Dad. Er darf dich nicht sehen. Geh zur Hintertür raus."

Er sah hinüber zu besagter Hintertür. „Ich bin mir sicher, dass er meinen Wagen gesehen hat."

„Sophia? Hast du Besuch?", rief ihr Dad.

„Wir müssen das geheim halten!", zischte sie. „Ich werde dich nicht verraten. Geh!"

Er trat einen Schritt zurück, damit er sie nicht in einer verfänglichen Position sehen würde, doch auf keinen Fall würde er sich wie ein Schuljunge zur Hintertür hinausschleichen.

Ihr Dad blieb abrupt in der Küche stehen und kniff die Augen zusammen. „Was zum Teufel haben Sie hier zu suchen?"

„Wir haben gerade zu Abend gegessen", sagte Vince.

„Verlassen Sie auf der Stelle mein Haus!", polterte ihr Dad.

„Dad!", protestierte Sophia.

Vince drehte sich zu Sophia um. „Ich ruf dich an."

Sophia verzog das Gesicht. „Er meint wegen der Arbeit. Wir haben heute zusammen den Bestand der Bibliothek abtransportiert."

„Halten sie sich von meiner Tochter fern!", schrie ihr Dad und schüttelte eine Faust in Vinces Richtung.

„Bis dann, Sophia", sagte Vince, beugte sich vor, um ihre Wange zu küssen, und sprach leise in ihr Ohr. „Es gefällt mir ohne Hände."

„Was hat er gesagt?", donnerte ihr Dad.

Sophia strich ihre Haare hinter ihre Ohren. „J-ja. Das klingt gut."

Er konnte hören, wie ihr Dad weiter herumschrie, doch es war ihm egal. Das war ein verdammt guter Kuss gewesen, und selbst ohne Hände konnte er noch eine Menge mehr tun. Würde er noch eine Menge mehr tun.

14

———

Vince holte Sophia am folgenden Samstagabend für ihr zweites Date ab. Er hatte vor, mit ihr zum Bowling zu gehen, denn darin war er gut. Er hatte hin- und herüberlegt zwischen Bowling und Battingcages, weil sie doch Baseball mochte, hatte sich dann aber fürs Bowlen entschieden, weil sie gleichzeitig auch etwas essen konnten.

Sie öffnete die Tür in einem violetten, trägerlosen Kleid und einer weißen Pashmina um ihre Schultern. Sie sah so schön aus. Viel zu schön. Als würde sie zu einem eleganten Date mit einem eleganten Typen gehen.

„Ist dein Dad zu Hause?", fragte er, da er lieber vorbereitet war.

„Nein."

„Was dachtest du denn, wohin wir gehen?", fragte er.

„Ich wusste es ja nicht. Ich dachte, in irgendein nettes Lokal zum Essen."

Er ließ den Kopf hängen. Was zum Teufel wollte sie bloß mit einem Mann wie ihm? Und wie konnte er sie bitten sich umzuziehen? Er starrte auf ihre schönen, zarten Füße in den schwarzen Stilettos. Diese Füße gehörten nicht in geliehene Bowlingschuhe.

„Vince? Geht es dir gut?"

Er sah ihr in die Augen. „Warum hast du zu heute Abend

ja gesagt?"

„Unser erstes nicht körperliches Date hat mir Spaß gemacht."

Er seufzte.

Sie lächelte. „Auch wenn du geschummelt und mich geküsst hast."

„Aber ohne Hände", erinnerte er.

„Ohne Hände", nickte sie.

Er wippte auf seinen Fersen vor und zurück. Er trug T-Shirt und Jeans. Es war ein neues T-Shirt, aber trotzdem. Er fühlte sich wirklich dumm, weil ihre Pläne und Erwartungen so gar nicht zueinander passten. Offensichtlich wusste er so wirklich nichts darüber, wie man eine Frau wie Sophia datete. „Was für Dates bist du denn gewohnt?"

„Stimmt etwas nicht?"

„Ich glaube ..." Er zog sich zurück. „Ich glaube, du bist an den Falschen geraten."

„Was meinst du? Wohin gehst du?"

„Ich lasse dich in Ruhe."

Sie stampfte mit dem Fuß auf. „Einen Teufel wirst du tun. Du hast mich eingeladen, und du wirst mit mir ausgehen."

Er blieb stehen. „Ich wollte mit dir bowlen gehen. Mit Bier und Nachos." Er deutete auf ihre Kleidung. „Nichts, was so hübsch wäre. Nicht, wie du es verdienst."

Sie schlüpfte aus ihren Schuhen, drehte sich um und ging zurück ins Haus. Wahrscheinlich war sie seiner Meinung. Sie schloss leise die Tür hinter sich, und er ging den Weg zurück.

„Hey, Vince!"

Er erstarrte und musste lächeln. Er drehte sich um.

Sie steckte den Kopf zur Haustür heraus. „Schwing deinen Hintern hier rein und setz dich brav hin, während ich mich umziehe."

Er neigte den Kopf. „Bist du dir sicher?"

„Brauchst du eine schriftliche Einladung?", fragte sie und hörte sich fast an wie er selbst.

Er ging die Stufen hinauf, sein Herz voller Hoffnung und etwas ganz Zartem. Er legte eine Hand an ihre Wange und streichelte sie mit seinem Daumen. „Du bist großartig."

~

Bowling mit Sophia war zum Schießen. Sie war grottenschlecht, doch selbst, wenn sie nur einen Kegel umwarf, führte sie einen kleinen Siegestanz auf und jubelte. Dadurch fühlten sich seine Neuner fast so an, als wären sie gar nicht passiert. Sie trank sein Bier und stibitzte die besten Nachos mit dem meisten Käse darauf. Er amüsierte sich prächtig, bis sie nach Hause fuhren und sie ihm etwas sehr Unangenehmes mitteilte.

„Du weißt schon, dass wir für die neue Bibliothek viel mehr Platz haben werden?", begann sie.

„Ja, das weiß ich. Ich bin ja schließlich der, der sie baut."

„Mit meiner Hilfe."

Er brummte. Die Grundsteinlegung sollte in drei Wochen stattfinden, und er konnte es nicht abwarten, dass sein Dad ihn dort vor einem großen Schild sah, auf dem *Marino & Sons* stand. Er hatte zwei Schilder bestellt, die sie vorne und an der Seite des Bibliotheksgrundstücks aufstellen würden, um damit Werbung für ihre Firma zu machen.

Sophia fuhr fort. „Naja, wir werden mehr Bücher für die Bibliothek brauchen, und das heißt mehr Geld. Mein Spenderfreund – Armie – findet, dass ein Galadinner eine großartige Idee wäre, um Geld zu sammeln. Um ehrlich zu sein, ich glaube, er möchte nur, dass sein Name damit in Verbindung gebracht wird. Er braucht gute Publicity nach irgendeinem Video, das von ihm aufgetaucht ist, in dem er nach einer betrunkenen Nacht im Club Touristen mit Kartoffelchips bewirft. Frag nicht."

„Armie wer?"

„Armie Zephyr." Vince kannte den Namen. Er war ein junger Schauspieler, der das Glück gehabt hatte, die Hauptrolle in einem neuen Superhelden-Film zu landen. „Mein anonymer Spender hat sich entschieden, nicht mehr anonym zu sein. Er ist der, von dem die große Spende für die Bibliothek stammt."

„Du meinst den Typen, der jetzt am anderen Ufer unterwegs ist, nachdem er mit dir geschlafen hat."

Sie schnaubte. „Ich meine den Schauspieler, mit dem ich kurz zusammen war."

„Er hat Leute mit Chips beworfen?"

„Ja. Ein paar Touristen wollten, dass er diese typische Kickbewegung macht, du weißt schon, die des Helden aus den *Blue Metro* Filmen?"

„Ja, ich weiß."

„Und im wahren Leben macht er es nicht gern. Er sagt, er fühlt sich dann wie ein trainierter Affe, der eine Show abzieht." Sie seufzte. „Ich weiß, es ist dumm. Jedenfalls will er, dass ich als sein Date mitgehe. Nur zur Show."

„Vielleicht ist er bi. Vielleicht steht er immer noch auf dich."

„Das ist vorbei. Ich dachte nur, ich erwähne es, da wir irgendwie … naja, daten. Ein bisschen. Vielleicht ist es aber auch egal. Vielleicht bist du mich schon leid."

„Ich bin dich nicht leid."

„Oh. Okay."

„Wann ist denn dieses Galadinner?" *Und wo ist meine Einladung?* Glaubte sie nicht, dass er sich bei einem eleganten Galaevent benehmen könnte?

„Drei Wochen nach der Grundsteinlegung."

Langsam wurde er wütend, denn sie hatte ihn immer noch nicht eingeladen. Im Gegenteil. Sie summte zum Radio mit, als wäre es egal. Er trommelte mit den Fingern auf dem Lenkrad herum und verkrampfte seine Kiefermuskeln, um nicht zu explodieren. Endlich, als er in ihre Einfahrt bog, fragte er sie direkt und mit möglichst ruhiger Stimme: „Bin ich eingeladen?"

„Ach, du willst hingehen? Ich dachte nicht, dass das was für dich ist. Armie und ich dachten, wir laden nur Leute ein, die, du weißt schon, große Geldgeber sind. Es ist schließlich eine Spendenaktion."

„Wie viel kosten die Tickets?", fragte er durch zusammengebissene Zähne.

„Tausend Dollar. Sehr förmlich. Ich habe es nur erwähnt, damit du dir keine Sorgen machst. Armie und ich sind nur Freunde."

„Ja, den Teil habe ich gehört."

„Du kannst kommen, wenn du willst. Du musst nichts bezahlen. Ich dachte nur nicht, dass du hingehen willst."

„Nein, warum sollte ich das auch wollen? Warum sollte demjenigen, der diese verdammte Bibliothek baut, etwas daran liegen, wie sie finanziert wird? Ist ja nicht so, als würde ich lesen, richtig?"

Sie bekam große Augen. „Worüber regst du dich denn so auf? Ist doch nur ein langweiliges Essen. Ich hab es dir nur aus Höflichkeit erzählt."

„Höflichkeit. Richtig. Spar dir deine geschliffenen Manieren für Armie."

„Ich verstehe wirklich nicht, warum du plötzlich so wütend bist. Bist du eifersüchtig?"

„Nein."

„Hattest du das Gefühl, außen vor gelassen zu werden?"

„Nein."

„Was dann?"

Wie konnte er erklären, dass er so gar nicht ihre Liga war? Vielleicht war sie mit ihren Schickimickifreunden, die tatsächlich gerne zu so eleganten Events gingen und über historische Bauten diskutierten, besser dran. Vielleicht war es das, was sie antörnte.

Und doch hatte sie gesagt, dass sie bei keinem von ihnen je so richtig abgegangen war.

„Hast du dich mit dem Date auf mein Niveau herabgelassen, Sophia?", fragte er endlich.

„Ich habe keine Ahnung, wovon du sprichst."

„Ich habe nicht studiert. Mit eleganten Events habe ich nichts am Hut. Du hast gesagt, dass du mir noch Manieren beibringen musst."

„Nico hat das gesagt. Und er hat recht."

Er ließ die Schultern hängen. Sie streichelte seinen Arm. „An den anderen Sachen liegt mir nichts. Ich habe ein paar richtige Arschlöcher mit Doktortitel kennengelernt. Was zählt ist das, was da drinnen ist." Sie legte ihre Hand auf seine Brust und ließ sie auf seinem pochenden Herzen liegen. „Du hast ein gutes Herz, Vince."

Er bekam feuchte Augen. Verdammt. Er legte seine Hand auf ihre, sein Hals war plötzlich wie zugeschnürt. Ihm fehlten die Worte, und selbst, wenn er welche gehabt hätte, hätte er sie nicht aussprechen können.

Sie beugte sich vor und ihre Brust drückte dabei gegen seinen Arm. Dann küsste sie ihn auf die Wange. „Ruf mich für unser drittes Date an."

Er drehte sich zu ihr um. Sie wollte wirklich nochmal mit ihm ausgehen? Nachdem er mit ihr bowlen und nicht zu irgendeinem schicken Event gegangen war? „Bist du dir sicher?"

„Verdammt sicher." Sie war so niedlich, wenn sie fluchte.

Langsam zeigte sich ein Lächeln. „Beim dritten Date könnte es körperlich werden."

Sie schenkte ihm ein sexy Lächeln, und als sie ihn küsste, schoss ihre Zunge hervor und berührte seine. Er übernahm die Kontrolle über den Kuss und labte sich wie ein Verhungernder an ihrem Mund. Süß und heiß und sein, alles sein.

Er löste sich von ihr. „Ohne Hände geht es dann aber nicht mehr", warnte er sie. „Meine. Überall auf dir."

Er küsste sie erneut und kam gerade erst in Fahrt, als sie sich von ihm löste.

„Wenn du darauf bestehst", sagte sie schmunzelnd, dann öffnete sie die Tür und stieg aus.

„Und ob ich darauf bestehe!", rief er.

Sie lehnte sich durch das offene Fenster und lächelte ihn strahlend an. Sein Herz setzte einen Moment lang aus, bevor es schmerzhaft weiter pochte. „Gute Nacht, Vince."

„Gute Nacht. Warte! Ich begleite dich zur Tür." Er löste seinen Gurt. Seine Manieren waren ihm zu spät eingefallen.

„Mach das nicht. Mein Dad ist zu Hause. Mir ist wirklich gerade nicht nach einer Konfrontation zumute. Er sagte, er würde seinen Knüppel rausholen, wenn er dein Gesicht nochmal hier sieht."

„Blutrünstig."

„Das ist er, nicht ich." Sie hauchte ihm einen Kuss zu, und er fing ihn auf wie ein dummer, verknallter Teenager.

15

Sophia machte sich für ihr drittes Date mit Vince fertig und summte vor Nervosität. Sie kannte ihn nach einem Monat gut genug, um zu wissen, dass er es so meinte, wenn er sagte, dass es körperlich werden würde. Und als er versprochen hatte, dass er ihr Ekstase zeigen würde, hatte sie ihm geglaubt. Sie konnte es genau genommen nicht abwarten. Doch sie war realistisch, erwartete nicht, dass er nach heute Nacht noch viel mit ihr zu tun haben wollte. Sie hatte auf ein paar nicht-körperliche Dates bestanden, weil sie sich an den Gedanken an etwas Körperliches mit ihm erst einmal gewöhnen musste. Und sie wollte nicht, dass er sie für leicht zu haben hielt, obwohl seine Worte *von der Art, dass man die Finger in die Bettlaken krallt; wilde, sich die Lunge aus dem Leib schreiende Leidenschaft* ihr ununterbrochen durch den Kopf gegangen waren, seitdem er sie ausgesprochen hatte.

Sie musste wissen, was sie all diese Jahre verpasst hatte.

Denn ihr Sex war immer ein wenig merkwürdig gewesen und vorbei, bevor sie auch nur die Chance hatte, so richtig erregt zu werden. Sie trug ihre Haare offen, zog ihren violetten Lieblings-Spitzen-BH mit passendem Höschen an und entschied sich für ihr dateerprobtes Kleines Schwarzes. Sie wusste, dass er es mochte, wenn sie Kleider trug.

Was immer nach heute Nacht passierte, es wäre in

Ordnung, sagte sie sich, während sie sich sorgfältig schminkte. Vince und sie waren nur selten gleichzeitig auf der Baustelle. Sie hatte ihre Pläne für den Erhalt des historischen Bauteils eingereicht. Der Großteil des restlichen Auftrags lag in Vinces Händen. Er würde damit beschäftigt sein, statische Gutachten einzuholen, bevor der in den 1960er Jahren errichtete Anbau abgerissen werden konnte.

Bald würde sie wieder in ihr Apartment nach Brooklyn zurückkehren. Sie hatte in der Stadt einen neuen Kunden, und es war an der Zeit, dass sie ihrem eigentlichen Job wieder mehr Aufmerksamkeit schenkte, bevor sie ihn noch verlor. Ihr Vater war jetzt wieder ganz zu Hause eingezogen und brauchte sie nicht mehr als Haussitterin. Außerdem vermisste sie ihr Gesellschaftsleben in New York. Hier in Greenport hatte sie keine Freunde mehr, und Abend um Abend mit ihrem Dad zu verbringen, wurde schnell langweilig. Ihr wöchentliches Date mit Vince war das Highlight ihrer Woche. Nicht, dass sie ihm das jemals sagen würde. Sie ließ ihn in dem Glauben, dass sie auch ohne ihn viel Spaß hatte.

Es klingelte an der Tür, und sie eilte hin, bevor ihr Dad Vince irgendwelche Drohungen ausstoßen konnte. Es würde ihr schwerfallen, den Abend zu genießen, wenn er mit einer Demütigung begann.

„Ich geh schon!", rief sie. Heute Abend wollten sie in ein nettes italienisches Restaurant in Eastman gehen, das war Vinces Idee gewesen. Er wohnte in Eastman, also wäre es nur eine kurze Fahrt zu ihm, und sie konnte es kaum erwarten, endlich die obere Etage des alten Kutschenhauses, das er sein Heim nannte, zu sehen.

„Wer ist es?", rief ihr Dad.

„Warte nicht auf mich, Dad. Ich schlafe heute bei einem Freund."

„Wer ist dieser Freund?"

Sie schoss zur Tür hinaus.

„Hey", sagte Vince und schluckte sichtlich, während er sie von oben bis unten betrachtete. „Du siehst großartig aus."

„Danke. Du auch." Er hatte eine marineblaue Stoffhose angezogen, jedoch auf ein Jackett verzichtet. Sie legte eine

Hand auf seinen Arm. „Lass uns gehen, bevor mein Dad noch rauskommt."

Er legte seine Hand über ihre, führte sie zu seinem Wagen und öffnete ihr die Tür.

„Solch gute Manieren", neckte sie ihn.

„Einen diskreten Wink mit dem Zaunpfahl verstehe ich schon", sagte er lächelnd. Sein Blick war warm und zärtlich, und sie spürte, wie sie sich in diesem Lächeln sonnte. Als betete er sie an und nur sie. *Fang erst gar nicht damit an, so verrückt zu denken.* Vince war sehr ehrlich gewesen damit, was es hieß, sich auf ihn einzulassen.

„Wie war deine Woche?", fragte er, nachdem er eingestiegen war.

„Gut. Ich warte noch auf Rückmeldung wegen der Denkmalschutzunterlagen für die Bibliothek. In der Stadt arbeite ich an einer Kirche mit einem ziemlich alten Glockenturm, den sie erhalten wollen."

„Cool."

„Ja, das ist es tatsächlich. Und bei dir?"

„Kann mich nicht beschweren."

„Und wie geht's deiner Familie? Was macht dein Patenkind?" Sie hörte immer gerne von seinen Brüdern und was in deren Leben los war. Und sie wusste, dass er gerne über das Baby erzählte.

Er strahlte. „Der Familie geht's gut. Mein Patenkind wächst, bewegt sich wie verrückt. Seine Mom sagt, er tritt wie ein echter Kicker. Er wird sicher Sportler werden."

„Ich bin mir sicher, dass du ein großartiger Patenonkel sein wirst."

Er schwieg. Durch das Fenster sah sie die vorbeiziehende Landschaft an, überrascht darüber, wie ruhig sie war, wenn man davon ausging, was sie heute Abend erwartete.

„Willst du mal Kinder haben, Sophia?"

Sie riss den Kopf herum, überrascht, dass ausgerechnet von ihm diese Frage kam – von dem Mann, mit dem man Spaß hatte. „Klar, eines Tages. Aber erst muss ich den richtigen Mann treffen und heiraten. Du weißt schon, das volle Programm. Wie ist es mit dir?"

Er antwortete nicht. Wahrscheinlich hatte er gehofft, dass sie keine wollte. Nicht den sprichwörtlichen Mühlstein am Hals.

Sie gingen zum Abendessen, und Vince war äußerst höflich und respektvoll. Es nervte sie ein bisschen. Sie hatte das Gefühl, bei einem Date mit jemandem zu sein, den sie nicht kannte. Das Necken und die wilde Anziehung waren verschwunden. Er hielt ihr die Tür auf, half ihr aus dem Mantel, rückte ihr den Stuhl zurecht, fragte sie, was sie essen wollte und bestellte dann für sie.

„Ist alles in Ordnung?", fragte sie.

„Warum fragst du?"

„Du bist beinahe schon zu höflich."

„Erst sagst du, ich muss noch Manieren lernen, und jetzt bin ich zu höflich. Was willst du eigentlich von mir?"

„Ich will einfach, dass du du selbst bist."

„Das strahlst du aber nicht aus." Er verzog das Gesicht. „Ich gebe mir große Mühe, nicht mehr der dumme alte Vince zu sein."

„Du bist nicht dumm!" Sie dachte schnell nach. Sie konnte nicht zulassen, dass zwischen ihnen alles den Bach hinunter ging, bevor sie die Gelegenheit gehabt hatte, die Leidenschaft zu erfahren, die er ihr versprochen hatte. „Bitte, sei nicht böse. Ich habe mich wirklich auf den heutigen Abend gefreut."

Er verschränkte seine breiten, muskulösen Arme, und der Stoff spannte sich über seinem gewölbten Bizeps. „Warum?"

Nervös benetzte sie ihre Lippen und senkte ihre Stimme. „Wegen der Sache, die du erwähnt hast."

Er nahm seine Arme herunter und beugte sich über den Tisch. „Gib mir einen kleinen Tipp. Für mich ist das alles neu. Und der weibliche Verstand ist ein Buch mit sieben Siegeln für mich."

„Die Finger-in-den-Laken-verkrallen-Sache", flüsterte sie.

Er zuckte zusammen. Dann sah er sich im Restaurant um.

Sie trank einen langen Schluck von ihrem Wein und beobachtete ihn. Dann wandte er sich ihr wieder zu, und seine dunkelbraunen Augen brannten sich in ihre. „Bist du dir da sicher, Sophia?"

Erleichtert wäre sie beinahe zusammengesackt. „Ja, ich bin mir sicher. Sehr sicher."

Er nahm ihre Hand, hob sie an seinen Mund und drückte ihr einen warmen Kuss auf den Handrücken. „Ich kann es nicht erwarten."

~

Sophia überraschte Vince heute Abend. Sie hatte sich so große Mühe gegeben, ihn auf Abstand zu halten. Er konnte es kaum fassen, dass sie bei ihrem dritten Date bereit für mehr war. Verdammt, was wusste er schon? Vielleicht war es immer das dritte Date, bei dem sie mit jemandem schlief. Er war nie über ein erstes Date hinausgekommen, es sei denn, die Frau rief ihn für eine Wiederholung an. Und selbst dann war es zweimal gewesen und fertig. Ein drittes Mal war nie passiert. Er hatte auch nie gewollt, dass es passierte, doch Sophia war anders. Ja, sie war schön, aber es war mehr als das. Sie war klug mit all ihrem Geschichtswissen, eine echte Lady, eine Dame mit Stil, aber auch mit einem feurig leidenschaftlichen Naturell. Er wusste immer noch nicht, was sie mit jemandem wie ihm wollte, doch er machte gerne mit.

Sie aßen zu Ende, und sie wurde schweigsam. Vielleicht kamen ihr nun doch Zweifel.

Nachdem er bezahlt hatte, führte er sie zur Tür hinaus zu seinem Auto. „Weißt du, Sophia, wir müssen nicht ... für mich ist es okay, wenn–"

Sie drehte sich um und legte zwei Finger an seine Lippen. „Versuch nicht, mir das auszureden. Ich hab es mir in den Kopf gesetzt."

Er musterte sie und wusste einzuschätzen, warum sie rot war. Sie war nervös. Er nahm ihre Finger und küsste sie. „Dann lass uns fahren."

Sie atmete zitternd aus. Himmel, was dachte sie denn, was er mit ihr machen würde? Es war doch nur Sex. Er stand nicht auf irgendwas Ausgefallenes. Er half ihr in den Wagen und fuhr nach Hause.

Sie war auf der Fahrt so ungewöhnlich still und angespannt, dass er eine Riesenlüge vom Stapel ließ, um sie zu beruhigen. „Ich fahre jetzt mit dir zu mir nach Hause, aber wir werden uns nur unterhalten. Vielleicht ein Glas Wein. Dann fahre ich dich nach Hause."

„Wenn du das tust, werde ich nie wieder mit dir reden!", explodierte sie.

Er lachte schallend.

„Ich meine es so!"

„Okay, okay."

„Du schuldest mir Finger-in-den-Laken-verkrallen!", verlangte sie, woraufhin er sich verdammt albern vorkam. Vielleicht war sie nervös, aber sie war ganz sicher auch entschlossen. Es lag ihm fern, einer Frau wie Sophia zu verweigern, was sie wollte.

„Schon gut, schon gut, du hast mich überzeugt."

„Gut."

Er verkniff sich ein Lächeln. In seinem Haus angekommen, wanderte Sophia durch sein Wohnzimmer, berührte die rustikalen Steinquader des alten Kamins und sah sich alles andere an, nur nicht ihn. Er ging zu ihr, half ihr aus dem Mantel und hängte ihn an den Haken an der Tür, dann war sie wieder unterwegs und sah sich alles in dem Raum an. Normalerweise ging er mit seiner Eroberung einfach direkt nach oben. Bei Sophia wollte er nicht so sein.

„Ich hole uns Wein", sagte er.

Sie erschrak, als hätte sie ganz vergessen, dass er da war. „Okay, danke."

Er musste langsam vorgehen. Sie wollte es, er musste sie nur erst ein wenig lockerer machen. Er ging zur Küche, öffnete eine Flasche Merlot, die Angel vor einer Weile zu einem Familientreffen bei Vince mitgebracht hatte, und goss ihnen beiden ein Glas ein. Er ging zurück ins Wohnzimmer und hätte den Wein beinahe fallen gelassen.

Sophia stand nur in einem violetten trägerlosen BH,

Höschen und diesen Fick-mich-Stilettos da. „Ich warte", schnurrte sie.

„Verdammt", murmelte er und stellte schnell den Wein ab.

Er ging zu ihr, schlang seine Arme um sie und küsste sie. Sie sank an ihn, ganz weich, seidenglatte Haut, die vage nach dem Wein vom Abendessen und purer Sünde schmeckte. Sein Puls rauschte in seinen Ohren. Seine Hand glitt unter ihr Bein, hob es hoch, öffnete sie für ihn. In dem Moment, als seine Scham ihre berührte, stöhnte sie, und er hätte beinahe die Beherrschung verloren. Von dem Bedürfnis getrieben, sie zu nehmen, verband sich sein Mund mit ihrem, während seine Hände sie überall berührten, wie er es hatte tun wollen, seit er sie kennengelernt hatte. Sie hielt sich an ihm fest. Ihre Zunge tanzte mit seiner, und er hob sie hoch. Sie schlang ihre Arme und Beine um ihn, und er trug sie geradewegs hinauf zu seinem Bett.

Vorsichtig setzte er sie ab, während er sich beeilte, ihren Vorsprung einzuholen, indem er seine Krawatte abnahm und sein Hemd aufknöpfte, doch seine Finger fummelten hilflos, weil Sophias Hände überall an ihm waren. Auf seiner Brust, an seinem festen Bauch, und sie glitt noch tiefer, um seinen Gürtel zu öffnen. Er zuckte, denn er hatte bereits das Gefühl, sich nicht mehr zurückhalten zu können. Er packte ihre Hand und wich einen Schritt zurück. „Zieh deinen BH aus", befahl er.

Das tat sie. Gott. Ihre Brüste waren voll, ihre Nippel klein und hart. „Vince, ich möchte dich berühren."

Schnell entledigte er sich seiner restlichen Kleidung und kletterte zu ihr aufs Bett. „Lass mich dich berühren. Lass mich dir zeigen, wonach du dich sehnst." Er wartete erst gar nicht auf eine Antwort, sondern senkte seinen Mund auf ihren, heiß und gierig, während seine Hand zu ihrer vollen Brust wanderte. Sein Finger kratzte über ihren erigierten Nippel, und sie stöhnte in seinen Mund. Langsam, sagte er sich, während sein Körper ihn drängte, sie hart und schnell zu nehmen. Sie wand sich unter ihm. Er verteilte Küsse ihren Hals hinunter zu ihrer Brust, an der er fest und hungrig saugte. Sie hob ihre Hüfte von der Matratze. Verdammt, sie sprach so gut auf ihn an. Wie konnte solche Leidenschaft etwas Neues für sie sein?

Er wandte sich der anderen Brust zu und schenkte ihr die gleiche Zuwendung, während seine Finger ihren anderen Nippel drehten und daran zupften. Sie stöhnte, ihre Hände legten sich in sein Haar, ihre Hüfte war unruhig. Er schob seine Hand an ihrem weichen Bauch hinab, ließ seinen Finger unter das Gummi ihres Höschens gleiten, neckte sie mit einer vorsichtigen Berührung am ganzen Gummisaum entlang. Sie riss ihr Höschen hinunter und aus. Er konnte kein deutlicheres Signal bekommen. Seine Finger tauchten in ihre heißen, feuchten Falten, und sie schrie. Der Schweiß brach ihm auf der Stirn aus, denn nie zuvor hatte er so unbedingt bis zur Besinnungslosigkeit zustoßen wollen. Doch er würde das hier nicht überstürzen. Das hatte er Sophia versprochen. Er wollte, dass sie mehr empfand, als sie je zuvor empfunden hatte, und sie sollte wissen, dass es nur seinetwegen war.

Er zog seine Hand zurück und küsste sie wieder, während er auf seiner Seite lag. Sie schmiegte sich an ihn, legte einen Arm und ein Bein über ihn, zog an ihm und versuchte, ihn dazu zu bringen, sich auf sie zu rollen. Er hätte gelacht, wenn er nicht in einer solch verzweifelten Lage gewesen wäre. Er grub eine Hand in ihr Haar und hielt ihren Kopf, wartend, dass sie die Augen öffnete. Sie öffnete sie langsam, ihr Blick sanft und fokussiert.

„Sophia, wir werden es langsam angehen lassen. Ganz langsam, darum empfehle ich, dass du dich einfach zurücklegst–" er drückte sie auf den Rücken „– und nimmst."

Sie wimmerte und griff erneut nach ihm. Er nahm ihre Hände, verflocht seine Finger mit ihren, hob sie über ihren Kopf und hielt sie da. Dann machte er sich daran, sie von ihrer Stirn zu ihren geschlossenen Augenlidern zu küssen, ihre weichen Wangen, ihr Kinn, und schließlich nahm er ihren Mund. Sie öffnete ihn mit einem leisen Seufzen. Nichts hatte sich je so gut angefühlt.

Er ließ ihre Hände los und küsste an ihrem Körper hinab, benutzte seine Hände und den Mund, um alles an ihr zu berühren, doch besonders ihre Brüste und die Innenschenkel, wo er sie neckte, bevor er sich zwischen ihren Beinen niederließ und ihre Klitoris in den Mund saugte. Ihre Hüfte schoss vom Bett empor, und er nutzte es, schob seine Hände unter ihren Po und hielt sie da. Da wurde sie laut, stöhnte und schrie seinen Namen, was ihn nur noch mehr anspornte. Sie schmeckte wie Honig, und er konnte nicht genug bekommen. Sie grub ihre Nägel in seine Schultern. Er hielt inne und sah sie an, blies vorsichtig über ihre Scham.

„Jetzt kannst du die Finger in die Laken graben", sagte er, denn er hatte das Gefühl, dass sie ihn gleich blutig kratzen würde.

Sofort krallte sie ihre Finger in die Laken. Er fühlte einen gewissen Stolz, weil er ihr genau das gab, was sie wollte, und dann drängte er sie weiter, denn er wollte nicht nur ein leises Wimmern und seinen Namen von ihr. Er wollte alles – ekstatisches Schreien aus voller Kehle. Er berührte sie langsamer, und sein Mund erkundete sie in der Nähe dessen, wo sie ihn wollte, doch nicht ganz. Seine Finger glitten tiefer, kreisten um ihre Öffnung. Darauf verspannte sie sich, und dann drang er endlich mit dem Finger ein.

„Vince!", schrie sie. Das war mehr als eine Aufforderung.

Er lächelte mit dem Mund an ihr. Dann verteilte er sanfte Küsse hinauf und hinab, hielt inne, um sie in festen, breiten Zügen zu lecken, während seine Finger langsam in sie hinein pumpten. Sie begann zu zittern.

Er hielt inne, um sie anzusehen. Sie hatte den Kopf in den Nacken gelegt und die Augen geschlossen. Ihre Hände krallten sich in das Laken. Sie hob die Hüfte und flehte leise um Erlösung. Nie hatte er etwas so Schönes gesehen. „Sophia."

„Vince!", stöhnte sie. „Der Himmel steh mir bei, wenn du nicht–"

Er brachte sie mit seinen Lippen, der Zunge und den Zähnen zum Schweigen und hatte gerade erst angefangen, als sie aufschrie und sich gegen seinen Mund aufbäumte. Verdammt, das war schnell. Doch er ließ sie noch nicht los, denn zu spüren, wie sie unter seinem Mund kam, so vollkommen, so hilflos, brachte ihn nur dazu, mehr zu wollen. Er machte weiter, küsste und leckte sie, während sie unter ihm bebte.

„Vince, Vince, ich bin schon gekommen", stöhnte sie.

Er grinste – als ob er das nicht wüsste! „Und gleich wirst du nochmal kommen."

„Oh-h-h", keuchte sie mit zittriger Stimme. Dann presste er seinen Mund erneut auf sie, und sie erschauerte. Er machte weiter, und sie verlor sich, wand sich unter ihm und stöhnte. „Oh, oh, oh."

Als er aufblickte, stellte er fest, dass sie wieder ihre Finger in die Laken gekrallt hatte. Gut. Er machte weiter, für sie genauso wie für sich selbst. Er konnte von ihrem Geschmack nicht genug bekommen. Dann kam sie wieder, bäumte sich gegen ihn auf und schrie seinen Namen. Er presste einen letzten Kuss auf ihre Scham, und sie seufzte und schmiegte sich an seine Seite.

Er gönnte ihr eine Pause, um ein Kondom zu holen. Dann gesellte er sich wieder auf dem Bett zu ihr und drehte sie wieder auf den Rücken. „Spreiz deine Beine, Darling."

Das tat sie sofort, ohne auch nur einmal die Augen zu öffnen. Nachdem er sie schon liebkost hatte, zog sich sein Herz zusammen, als sie so willig reagierte. Er streichelte ihr Haar, dankte ihr im Stillen dafür, dann erhob er sich über sie und küsste ihren vollen, sinnlichen Mund, während er tief in sie eindrang. Als sie nach Luft schnappte, hielt er inne. Wahrscheinlich hätte er langsamer machen sollen, doch sie hatte so bereit gewirkt. „Geht's dir gut?"

Sie öffnete die Augen. Sie waren glasig vor Leidenschaft. „Mir geht's besser als gut", sagte sie mit belegter Stimme, bei der er in ihr pulsierte.

Er bewegte sich langsam und tief, versuchte, es so sehr in die Länge zu ziehen, wie er nur konnte. Sie sahen einander in die Augen, und er spürte, dass er in diesen tiefbraunen Augen ertrinken konnte. Sie nahmen ihn auf, hielten ihn fest, liebten ihn. Er bewegte sich schneller, überwältigt von der Tiefe seiner Gefühle, und schloss die Augen. Ihre Nägel kratzten über seinen Rücken, und als sie seinen Po packte, verlor er die Kontrolle und pumpte hart in sie hinein.

„Komm nochmal. Für mich", drängte er.

Er hob ihre Hüfte, während er zustieß. Er bebte angesichts seines Verlangens nach Erlösung, und dann schrie sie, und er ließ los, erschauerte und pumpte noch ein paarmal in sie hinein, bis er sich leer fühlte. Einen Moment lang lag er da, immer noch erschüttert von dieser Erfahrung, dann stützte er sein Gewicht auf die Unterarme, um sie nicht zu erdrücken. Sie lag einfach da, die Augen geschlossen, Arme und Beine in vollkommener Hingabe geöffnet, woraufhin er lächeln musste.

Er rollte sich von ihr herunter und seufzte. Er fühlte sich unglaublich gut. Für gewöhnlich war er nur ein paar Augenblicke lang besinnungslos, doch das hier war etwas anderes. Ein mächtiges Nachglühen. Er nahm ihre Hand und verflocht seine Finger mit ihren.

„Du hattest recht", sagte sie.

„Womit?" Er konnte kaum sprechen.

„Du weißt wirklich, was du tust."

Er lachte schallend.

Sie rollte sich auf die Seite und stützte sich auf seine Brust. „Was ist denn so lustig?"

„Nichts. Du wusstest es aber auch."

„Ich habe ja nichts anderes getan, als mich zurückzulegen und zu nehmen, wie du gesagt hast. Die guten Sachen hast du alle gemacht."

Er öffnete die Augen und wollte, dass sie verstand, dass das hier mehr war als nur seine Technik. Ihr Haar war zerzaust, ihre Wangen gerötet, ihre Lippen geschwollen von seinen Küssen. Unglaublicherweise regte sich sein Schwanz erneut. „Sophia, so gut ist es auch für mich noch nie gewesen. Das waren wir."

„Wirklich?" Sie klang, als glaubte sie ihm nicht.

„Etwas ist anders mit dir."

Sie schmiegte ihre Wange an seine Brust, und er schlang einen Arm um sie. „Was?", fragte sie.

Er suchte nach Worten. Er wusste nicht, was es war. Es war einfach so. „Ich weiß es nicht."

Sie hob ihren Kopf. „Ich sollte gehen."

„Bitte bleib." Er war noch nicht fertig mit ihr. Noch lange nicht. „Das hier war kein One-Night-Stand."

Ihre Lippen formten sich zu einer flachen Linie. „Ich weiß. Zwei Nächte."

Er stöhnte. „Nein. Sophia–"

„Drei."

„Hör auf zu zählen. Nur–" Er drückte ihren Kopf an seine Brust und drückte sie fest an sich. „Hör einfach auf", beendete er den Satz.

Sie rührte sich nicht, und er hielt den Atem an. Endlich schob sie einen Arm über seine Brust und ihr Bein über seins. Er legte seine Hand an ihre Wange und strich ihr die Haare aus dem Gesicht. Sie stieß ein leises Seufzen aus, bei dem ihm die Brust schmerzte. Er hielt sie einen Moment, bis ihre Atmung langsamer wurde, und erst dann entspannte er sich, denn er wusste, dass sie bleiben würde.

16

Sophia erwachte am nächsten Morgen, am Samstag, mit einem zufriedenen Lächeln. Vince hatte nicht zu viel versprochen. Sie streckte sich. Er hatte sie sogar mitten in der Nacht für einen weiteren explosiven Orgasmus geweckt. Er war umwerfend. Er hatte ihr eine völlig neue Welt eröffnet, und sie hatte vor, das ausgiebig auszunutzen. Er hatte gesagt, dass es kein One-Night-Stand war. Sie öffnete die Augen und sah gerade noch, wie Vince zur Tür hinausging, eine Sporttasche in der Hand. Ihre albernen Gefühle lösten sich in Wohlgefallen auf.

Sie setzte sich auf und sah auf die Uhr. Es war erst halb neun. „Wohin gehst du denn so früh an einem Samstag?"

Er blieb stehen und sah schuldbewusst aus. „Ich muss nur wohin."

Sie sah auf seine Sporttasche. „Du kannst nicht ein Workout ausfallen lassen, was? Die Muskeln sind zu wichtig?" *Wichtiger als ich*, fügte sie in Gedanken hinzu.

Er lachte. „Ja. Bis bald. Oh, hey." Er zog seinen Geldbeutel heraus und legte ein paar Zwanziger auf das Nachtschränkchen. „Fürs Taxi." Er schüttelte den Kopf. „Hätte ich fast vergessen. Ruf mich an, okay?"

„Werde ich nicht."

„Na schön, dann werde ich dich anrufen."

Sie ließ sich wieder fallen. „Mach dir nicht die Mühe."

Sie schloss die Augen, als Tränen zu brennen begannen. Diese Genugtuung würde sie ihm nicht geben. Sie hätte wissen sollen, dass er sie genauso achtlos behandeln würde wie jede seiner Eroberungen. Letzte Nacht hatte er nur versucht, sie einzulullen.

Das Bett knarzte unter Vinces Gewicht, als er sich neben sie setzte. Er drückte ihr einen schmatzenden Kuss auf den Mund. „Dann sehe ich dich heute Abend."

Sie starrte ihn finster an.

„Bist du wütend?", fragte er.

„Nein, Vince, ich liebe es, wenn Männer zur Tür hinauslaufen, nachdem sie mit mir geschlafen haben."

„Ich laufe nicht weg. Ich habe dir doch gesagt, dass ich wohin muss."

„Wohin?"

Er stand auf und nahm seine Tasche. „Ich ruf dich an."

Sie warf ein Kissen nach ihm. „Ich will kein Liebesgesäusel! Vielleicht einfach nur ein bisschen Kuscheln nach einer Nacht wie dieser!"

Er seufzte und blickte zur Decke, dann endlich sah er ihr in die Augen. „Ich habe dich gestern Nacht ganze sieben Minuten lang gehalten."

Ihr blieb der Mund offen stehen. „Du hast auf die Uhr gesehen?"

„Die stand genau in meiner Blickrichtung!"

Grr.

„Hör zu, Sophia, wenn du eine zweite Runde willst, sehe ich dich heute Abend."

„Das ist genau das, was du allen Mädchen sagst", spie sie aus.

„Was willst du denn von mir? Ich habe dich über Nacht hierbleiben lassen. Ich habe noch nie jemanden bleiben lassen."

Sie stützte sich auf einen Ellbogen. „Du bringst sie danach also einfach nach Hause?"

„Ja."

„Sind sie wütend?"

„Nein.“

„Woher weißt du das?“

„Keine hat je gesagt, dass sie wütend ist.“

War er wirklich so naiv? „Waren sie still?“

„Naja.“ Er grinste. „Ich lauge sie ja auch aus.“

Es faszinierte sie, wie dumm er in dieser Hinsicht zu sein schien. Vince, der selbstbewusste Playboy, hatte keine Ahnung von Frauen. Überhaupt keine.

„Knallen sie die Autotür zu?“, fragte sie.

„Nein. Ich öffne die Tür für sie und schließe sie auch. Warum?“

„Und was passiert dann?“

„Dann begleite ich sie zur Tür und sage ihnen, sie sollen mich anrufen, wenn sie eine zweite Runde wollen.“

Sie stand aus dem Bett auf und war zufrieden, als sie sah, wie er ihren nackten Körper mit hungrigen Blicken verzehrte. Sie ging auf seine Seite. „Zeig es mir.“

Er stöhnte, legte einen Arm um ihre Taille und zog sie an sich. „Sophia, du bist nicht wie sie.“

„Tu es! Genau, wie du es sonst tust.“

Er verdrehte die Augen und schnaubte. Was für ein Mann.

„Na schön. Er legte seine Hand an ihre Taille, ging mit ihr zur Schlafzimmertür und blieb stehen. „Es war großartig, Sophia.“ Er küsste sie kurz. „Ruf mich an, wenn du eine zweite Runde willst.“ Er klatschte ihr auf den Po und ging davon.

„Wofür war denn der Klaps auf den Po?“, fragte sie ungläubig.

„Du weißt schon. Gut gemacht. Wie beim Basketball, wenn jemand einen Punkt macht oder einfach gut spielt.“

„Hmm … Wie viele rufen dich für eine zweite Runde an?“

Er zuckte die Schultern.

„Zehn? Fünfzehn?“

„Ich weiß nicht. Vielleicht drei.“ Er verschränkte die Arme. Wurde er etwa rot? Seine Ohren waren tatsächlich rot. Er nahm seine Tasche und nickte ihr zu. „Ich ruf dich an, okay?“

„Nicht okay.“

Er ließ seine Tasche fallen und ging auf sie zu. Sie quietschte und eilte zurück zum Bett. Er holte sie ein, warf sie um, presste sie an den Schultern auf die Matratze und küsste sie. Dann stand er wieder auf. „Ich ruf dich an, Sophia. Das hier ist noch nicht vorbei."

„Wage es ja nicht, mir einen Klaps auf den Po zu geben."

Er grinste. Im nächsten Moment lag sie mit dem Gesicht nach unten auf der Matratze, seine große Hand hielt sie an der Schulter unten. Dann gab er ihr einen Klaps auf den Po. „Das Streicheln hat dir aber gefallen, als wir den Deal abgeschlossen haben." Jetzt streichelte er sie.

„Hat es nicht."

„Und warum bist du dann so heiß?"

„Argh!"

Und dann ließ er sie zurück, heiß und erregt und allein.

Wer zweimal denselben Fehler macht, dachte Sophia bitter. Am Sonntagmorgen lag sie nach einer weiteren verrückten Nacht voller Leidenschaft in Vinces Bett, und Vince hatte sich wieder frühzeitig davongemacht. Keine Nachricht, kein Abschied. Er war einfach weg. Wenigstens war sie mit ihrem Auto da, es lag also kein Zwanzig-Dollarschein auf dem Nachttisch. Sie stöhnte. Das hier war ihre eigene Schuld. Nur, weil sie noch nie so was empfunden hatte wie beim Sex mit ihm. Sie zog sich eilig an und kam gerade noch rechtzeitig nach unten, um zu sehen, wie Vince die Einfahrt hinunter fuhr, in Hemd und Krawatte. Wohin fuhr er denn so schick gekleidet?

Sie nahm ihre Handtasche und lief zur Tür hinaus. Sie fühlte sich armselig, doch sie musste wissen, wohin er sich davonschlich. War sie seine Eroberung für die Nacht, und irgendwo anders hatte er eine Eroberung für den Morgen? Doch woher er diese Konditionen nahm, wusste sie nicht. Letzte Nacht hatten sie es dreimal gemacht. Nur einmal im Bett. Hitze durchströmte sie, als sie daran dachte. Er war nicht gerade sanft gewesen – hatte sie hierhin und dorthin gedreht, sie vornüber gebeugt, sie umgedreht, sie getragen und bewegt, wie es ihm gefiel.

Und es hatte ihr gefallen.

Sie wurde feucht. Verdammt. Er konnte sie nicht so behandeln. Sie nach Belieben nehmen und sich dann davonschleichen.

Sie eilte zu ihrem Wagen, fuhr die Auffahrt hinunter und folgte ihm in gewisser Distanz. Er verließ Eastman und fuhr nach Clover Park, wo er schließlich auf dem Parkplatz der katholischen Sankt Josephs Kirche anhielt. Hier war sein großes geheimes Treffen, für das er sich aus dem Bett schlich? Sie wäre doch mit ihm gegangen, wenn er sie gefragt hätte. Sie war katholisch, obwohl er das natürlich nicht gewusst hatte, weil sie sich zu selten einfach nur unterhielten. Sie sah zu, wie er aus dem Wagen stieg, die Krawatte zurechtrückte und entschlossen in die Kirche marschierte.

Sie wartete ein paar Minuten, bevor sie ihm hinein folgte. Er saß fast ganz vorne, neben einer schönen Frau, lächelte und plauderte. Was zum Teufel, ähm – nein, falscher Ort für Flüche –, was sollte das? Sie wartete, während immer mehr Leute hereinkamen. Niemand setzte sich zu ihnen. Nur Vince und eine mysteriöse Frau, die zur Kirche gingen. O mein Gott. War er verheiratet? War das Kutschenhaus nur der Ort, an den er seine zahlreichen Geliebten brachte? Kein Wunder, dass es so spärlich möbliert war. Sein richtiges Haus war irgendwo anders und er teilte es sich mit seiner schönen Frau.

Sie blieb die Messe über sitzen, fühlte sich irgendwie merkwürdig, aber er war entschlossen herauszufinden, was zum Piep hier vor sich ging. Auf seinem Weg nach draußen ging er an ihr vorbei, bemerkte sie in der Menge aber nicht. Sie folgte ihm und ging geradewegs auf ihn zu, als sie draußen waren, während er immer noch mit dieser schönen Frau sprach. Sie war umwerfend. Lockeres Haar, das luftig über ihre Schultern fiel, schlank, hohe Wangenknochen. Genau die Frau, die Vince wollen würde.

Vince hatte sie immer noch nicht bemerkt. Sie knuffte ihn in die Magengegend und traf auf steinharte Bauchmuskeln.

„Hey!", rief er. Seine Augen fielen ihm fast aus dem Kopf.

„Wer ist das?", verlangte Sophia zu wissen.

„Sophia!", rief er, sah ganz schuldbewusst aus. „Bist du mir gefolgt?"

„Wer ist sie, hm?" Sie deutete mit dem Daumen in Richtung der Frau, die vielleicht Vinces Ehefrau war oder auch nicht. „Schleichst dich zur Tür hinaus, um dich mit ihr zu treffen?"

Die Frau schmunzelte. „Ich bin Jasmine, die Schwester seiner Schwägerin, und ich bin verheiratet. Sie sind aber ein Temperamentsbündel."

Ihre Wangen brannten.

„Fahr nach Hause, Sophia", sagte Vince. „Ich sehe dich dann nächstes Wochenende."

Als wäre sie sein braves Mädchen, das er benutzte, um seinen Spaß zu haben, und für sein restliches Leben brauchte er sie nicht – nein, danke. *Fahr nach Hause.* Lief das bei ihr nicht immer so? Sobald sie nicht mehr gebraucht wurde, durfte sie sich verziehen.

Sie machte auf dem Absatz kehrt und eilte davon, während ihr unerwartet die Tränen kamen.

„Hey, Sophia!", rief der Idiot ihr hinterher.

Sie ging weiter. Er holte sie ein, packte sie an der Taille und hob sie einfach vom Boden. „Jasmine sagt, ich soll mit dir reden."

Am liebsten hätte sie ihm vors Schienbein getreten. Doch sie wollte auf dem Parkplatz der Kirche keine Szene machen. Sie seufzte, und er stellte sie ab und drehte sie um, damit sie ihn ansehen musste.

„Du musst nicht nach Hause fahren", sagte er. „Jasmine ist der Meinung, dass das grob und unangemessen von mir war."

„Oh, danke, Vince. Gut zu wissen."

„Ich wollte nur nicht, dass du mich hier siehst."

„Warum? Das ist eine Kirche! Was ist denn falsch daran?"

„Nichts. Es ist einfach nur etwas, das ich privat mache."

„Das ist überhaupt nicht privat. Du sitzt mit Jasmine da."

„Sie ist die Patentante. Wir müssen aktive Gemeindemitglieder sein, wenn wir Taufpaten werden wollen. Gabe und Zoe gehen in die spätere Messe."

„Und warum kann ich nicht gehen? Ich bin katholisch. Du willst mich nur in deinem Bett–" Er legte ihr die Hand auf den Mund.

Er sah sich in alle Richtungen um. „Könntest du bitte leise sein? Ich kenne die Leute hier, und Pater Munson läuft immer nach der Messe hier draußen herum und hält Ausschau nach Sündern."

Sie blinzelte.

„Jetzt wein' bitte nicht, Sophia." Er nahm seine Hand herunter. „Ich habe doch gesagt, wir sehen uns nächstes Wochenende."

„Bye, Vince", presste sie heraus.

„Ich ruf dich an."

Sie ging zurück zu ihrem Wagen und fuhr nach Hause. Was hatte sie erwartet? Sie wusste, dass er planlos war, wenn es um Frauen ging. Sie hatte jedoch nicht erwartet, dass es so weh tun würde.

～

Vince rief Sophia nicht an. Er wusste, dass er so nicht sonderlich weit kommen würde. Stattdessen tauchte er am folgenden Freitagabend mit einem Strauß roter Rosen vor ihrer Tür auf.

Sie presste die Lippen aufeinander. „Du meinst, Blumen machen es wieder gut, dass du nur mit mir spielst–"

Er packte und küsste sie. Sie versteifte sich einen Moment lang in seinen Armen, doch dann gab ihr Mund nach. Er wusste, wie er ihr Lust bereiten konnte. Er küsste sie, hart und fordernd, bis sie sich an ihn sinken ließ.

„Wo ist dein Dad?", fragte er.

„Er ist bei meinem Onkel."

„Gut." Dann warf er sie über seine Schulter, eine Hand auf ihrem Po, und trug sie hinauf. Sie war heiß bei der Berührung und schwieg.

Heiß war gut. Eine schweigende Frau – darauf hatte sie

letztes Wochenende hingewiesen, als sie sich zum ersten Mal gestritten hatten – war nicht immer gut.

„Sag mir, was du gerade denkst", sagte er.

„Ich denke gerade, dass du ein Idiot bist."

Er rieb ihren Hintern. „Welches Zimmer?"

„Das Zweite auf der rechten Seite."

Er grinste. Er war vielleicht ein Idiot, aber dieser Idiot hier würde sich heute Nacht mit dieser schönen, bald nackten Frau vergnügen. Er betrat ihr Schlafzimmer, nahm sie von seiner Schulter und schloss sie in seine Arme. „Hallo, meine Schöne."

Sie schenkte ihm ein kleines Lächeln. Er schwang sie über dem Doppelbett. Sie kreischte, und beim dritten Mal ließ er sie fliegen. Lachend prallte sie von der Matratze ab. Sie liebte es, wenn er ein bisschen grob mit ihr umging, was gut war, denn er liebte es, härter zuzupacken. Er ging immer noch vorsichtig mit ihr um und hielt sich ein wenig zurück, damit er ihr nicht wehtat, doch mit ihr machte es schon verdammt viel Spaß. Immer lachte oder stöhnte sie, abhängig davon, was er gerade tat.

Heute Nacht würde er sie vollkommen und ganz unterwerfen. Dann würde sie sich keine Sorgen mehr machen müssen, was er ohne sie tat. Denn seine Wochenendaktivitäten am frühen Morgen gingen sie nichts an.

Und auf keinen Fall würde er zulassen, dass sie ihn verkleidet sah.

17

Sophia prallte von der Matratze ab. Vince hatte sie wie einen Sack Kartoffeln aufs Bett geworfen. Nicht wirklich so romantisch, wie sie es fast erwartet hatte, nachdem er sie die Treppe hinaufgetragen hatte, was noch ein wenig romantischer hätte sein können, wenn er sie sich gerade nicht über die Schulter geworfen hätte, doch es hatte trotzdem Spaß gemacht. Sie stützte sich auf ihre Ellbogen und wartete darauf, dass er sich zu ihr gesellte. Stattdessen nahm er ihre Schuhe und zog sie ihr aus. Dann packte er ihre Leggins und ihr Höschen am Bund und zerrte sie mit einer abrupten Bewegung hinunter. Er war gerade erst zur Tür hereingekommen, und sie war bereits halb nackt. „Ähm, Vince."

Er zog sie hoch, packte ihre Bluse, zog sie ihr über den Kopf und warf sie beiseite. „Was?", fragte er, während er ihren BH öffnete und auch den beiseite warf.

„Ist dir schon mal in den Sinn gekommen, dass ich vielleicht gerne langsam verführt werden möchte?" Sie saß vollkommen nackt da, während er noch angezogen war.

Er betrachtete sie von oben bis unten. „Nein."

Und dann war er auf ihr und küsste sie, seine Hände waren überall, machten sich über ihre heißen Stellen her, all ihre erogenen Zonen, bis sie sich fiebrig fühlte, schwach wurde und sich ihm hingab. Sie lag einfach da und ließ ihn tun, was immer er wollte. Er drehte sie auf die Seite, schob ihre Haare beiseite und küsste ihren Nacken. Er drehte sie sonst nie, stieß sie hin und her. Letztes Wochenende hatten sie die plötzlichen Positionswechsel noch überrascht. Jetzt hatte sie ihn einfach akzeptiert.

Seine Stimme grollte in ihrem Ohr. „Du magst es, wenn ich grob zu dir bin, stimmt's?"

„Du meinst, mich unsanft bearbeitest?"

Er biss in ihren Hals, und sie stöhnte leise. Seine Zunge beruhigte das Brennen. „Unsanft bearbeiten", lächelte er. „Ja. Du lässt dich gerne bearbeiten."

„Tue ich nicht", protestierte sie gehaucht, denn sie wollte ihm keinen Vorteil zugestehen.

Schnell entledigte er sich seiner Kleidung. „Du lügst." Und dann bewies er es ihr, indem er sie in diese und in jene Richtung drehte wie eine Puppe, mit ihrem Körper spielte, sie neckte, sie berührte, sie *bearbeitete*. Als sie rittlings auf ihm saß, während er sie küsste und sie mit seinen rauen Händen liebkoste, wand sie sich und rieb ihre Scham an ihm, denn sie brauchte ihn in sich. Doch er war noch nicht fertig mit ihr. Er legte sie auf den Rücken, ihre Seite, ihren Bauch, seine Hände immer rau und hart, wodurch sie sich selbst vergaß und sich ihm unterwarf.

„Du gehörst mir, Sophia", flüsterte er, während er sich aufsetzte und sie mit sich zog. Sein Arm lag um ihre Taille, als er sich an das Kopfteil des Betts zurücklehnte. Er zog sie auf seinen Schoß. „Du gehörst mir, und ich kann mit dir tun, was ich will." Ihr Rücken lag an seiner Brust, seine dicke Erektion presste gegen ihren Po, und sie sehnte sich fast verzweifelt nach Erlösung. Er biss in ihren Hals, seine Finger rollten und zupften ihre Nippel.

„Vince", stöhnte sie.

Er verteilte Bisse ihren Hals hinab. Er hielt sie fest, während seine Hand an ihrem Bauch immer weiter hinunter wanderte. „Du bist so feucht für mich."

Sie bebte, als seine rauen, schwieligen Finger ihre Schamlippen teilten und sie liebkosten. Vinces Einfluss auf sie war überwältigend. Etwas wie das, was er mit ihr tat, hatte sie noch nie erlebt. Die Orgasmen waren geradezu bewusstseinserweiternd. Und er hörte nicht nach einem auf. Er machte weiter, bis sie absolut nichts mehr zu geben hatte.

„Bitte", flüsterte sie.

„Bitte ist gut", sagte er. Seine teuflischen Finger glitten in sie hinein und kamen dann heraus, um unerwartet zuzukneifen. Sie schrie auf, und er streichelte die hypersensible Stelle ganz sanft. „Wie wäre es mit einem Dankeschön?"

Seine Hände wanderten an ihr empor, um in ihre Nippel zu zwicken, und sie bog ihre Hüfte zurück, musste ihn in sich spüren. Er schob ihre Hand an ihrem Körper hinunter, und sie spürte selbst, wie feucht sie war. „Komm, berühr dich, während ich das Kondom hole."

Sie nahm ihre Hand weg. Er schob sie zurück und bewegte ihre Hand mit seiner. Seine Finger führten sie, kreisten, schnippten, liebkosten. Sie stöhnte und schloss die Augen.

Schließlich ließ er ihre Hand los. „Mach weiter."

Sie kam sich seltsam vor, tat aber, was er verlangte, und genoss die Berührung mehr, als sie gedacht hätte. Vince hob sie von seinem Schoß und setzte sie mitten aufs Bett.

„Es macht mich so heiß, wenn du das tust", sagte er. Sie hörte das Knistern der Kondomverpackung. „Und jetzt ich."

Sie hielt ihre Augen geschlossen, wusste, dass Vince sie in jede Position bringen würde, in der er sie haben wollte. Sie spürte seine Hitze, sein großer Körper presste sich an sie, und dann zog er sie hinunter, sodass sie flach auf ihrem Rücken lag. Er schob ihre Hand beiseite und spreizte ihre Beine. Sie wartete auf den ersten harten Stoß und war überrascht, als sich stattdessen sein Mund auf ihre glühende Scham senkte. Sie wand sich und versuchte ihm zu entkommen, weg von seinem Mund, diesem gnadenlosen Mund, der sie weiterdrängte als nur zu einer Erlösung, doch er zog sie wieder hinunter, und seine Lippen, seine Zähne, seine Zunge sagten ihr, dass diese Bewegung nicht richtig gewesen war, denn jetzt zeigte er keine Gnade mehr, keine Pause, nur unnachgiebiges Saugen und Lecken und hin und wieder ein Zupfen mit den Zähnen. Sie begann zu zittern und flehte ihn an, in sie einzudringen.

„Oh nein", flüsterte er und leckte sie langsam. „Wenn du zitterst, heißt das, du wehrst dich. Ich will, dass du das nicht mehr tust. Ich will, dass du dich mir vollkommen unterwirfst."

Sie verkrampfte sich, während er sich an ihr labte. Schließlich brach sie hilflos zusammen und rieb sich an seinem Mund, der erneut begonnen hatte zu saugen. Er machte weiter, brachte sie um den Verstand, ließ sie hecheln wie ein Tier. Sie war klitschnass geschwitzt, in einem erregenden freien Fall, der drohte, sie ganz hinunterzuziehen. Alle Grenzen waren verschwunden, sie war allein der Gnade dieses Mannes ausgeliefert, der einfach nicht aufhören wollte. Das letzte Bisschen ihrer Kontrolle war dahin, und sie folgte ihm über eine Klippe und die nächste, ohne sich zu verkrampfen, ohne sich zu wehren, ging völlig in der Lust auf. Als er endlich abließ von ihr, eine lange, fieberhafte Weile später, war sie erschöpft und schien keine Knochen mehr im Leib zu haben.

„Nochmal", sagte er, als er endlich in sie hineinstieß. Sie kam sofort. Sie klammerte sich an ihn, erwartete einen langen Ritt, doch er stieß nur ein paarmal hart und schnell zu, bevor er in ihr mit einem heiseren Stöhnen explodierte und auf ihr zusammenbrach.

Einen Moment später rollte er von ihr herunter. Er zog sie an seine Seite und musste sie erst gar nicht dazu auffordern, ihren Kopf an seine Brust und ihren Arm und ihr Bein um ihn zu legen. Sein Herz pochte, was ihr sagte, dass er sich vielleicht bemüht hatte, ihre Welt in den Grundfesten erzittern zu lassen, selbst jedoch auch nicht unberührt geblieben war. Sein Atem wurde ruhig und tief, als er einschlief, und auch sie spürte, wie sie davondriftete. Sie hoffte wirklich, dass sie nicht wieder in einem leeren Bett aufwachen würde. Nicht nach dieser Nacht. Sie fühlte sich erschüttert, wund und verletzlich, und Herzschmerz konnte sie jetzt gar nicht gebrauchen.

~

Sophia erwachte, als sie spürte, wie Vince aus dem Bett aufstand. Sieben Uhr morgens an einem Samstag. „Vince?"

Er erstarrte. „Oh, hey. Ich wollte dich nicht aufwecken."

„Warum die Eile?"

„Ich muss nach Hause. Mich fertig machen. Hab ein paar Sachen zu erledigen."

„Du wirst mir nicht sagen, was?"

„Ich ruf dich an, und ich seh dich dann heute Abend, wenn du Zeit hast."

„Ich bin also nur für die Nächte gut? Nur, wenn du jemanden fürs Bett brauchst?"

„Bitte, Sophia. Es ist viel zu früh für einen Streit. Manchmal habe ich eben was zu tun."

„Was zum Beispiel?"

Er schwieg. Sie seufzte. Vince wollte sie ganz offensichtlich nicht in seinem Leben. Sie hätte längst wieder in ihr Apartment in Brooklyn zurückkehren sollen, doch wegen Vince war sie hiergeblieben. Es war Zeit weiterzuziehen. Das hier war nicht sie, immer nur für Sex gut. Sie brauchte mehr als das.

Er wandte sich zum Gehen. „Ich ruf dich an", sagte er über seine Schulter.

Ihr tat das Herz weh wegen eines Mannes, der sie außer sich brachte, sie erschütterte und sie dann in kühler Eile verließ.

„Heute Abend bin ich beschäftigt", sagte sie.

Er drehte sich um. „Womit?"

„Ich muss packen. Ich ziehe nächstes Wochenende um."

Sein Gesicht wurde rot vor Wut. Sie nahm ihren Bademantel und verschwand ins Bad.

Vince stellte sich in die Tür. „Was meinst du damit, du ziehst um?", polterte er.

„Es wird Zeit für mich, mein Leben weiterzuleben", sagte sie ruhig. „Mein Dad braucht mich nicht mehr zum Haussitten. Und das Bibliotheksprojekt läuft unter deiner Aufsicht ganz gut." Sie zuckte die Schultern. „Du kannst jetzt gehen."

„Wie du willst", blaffte er. „Ich werde hier duschen." Er stellte das Wasser an und begann, sich wieder auszuziehen. Sie betrachtete seine massiven Schultern, die ungehobelte Stärke und Kraft, die er ausstrahlte, und spürte, wie sie weich wurde, wieder feucht und heiß.

Sie drehte sich um, bürstete sich die Haare und band sie mit einem Haarband zu einem lockeren Knoten hoch. Er legte von hinten seine Arme um sie. „Ich will mich nicht streiten." Seine Stimme, tief und rau, ließ ihr Innerstes einen köstlichen Purzelbaum schlagen. Er öffnete ihren Bademantel und schob ihn von ihren Schultern. Dann verteilte er Küsse ihren Hals hinab, während ein starker Arm sich um ihre Taille legte und an ihn presste. „Komm unter die Dusche."

Sie gab nach. „Hol ein Kondom."

„Ich will nur mit dir zusammen sein. Ich werde dich waschen."

Ihre Knie wurden weich. Gerade, als sie gedacht hatte, sie wäre schlau aus ihm geworden, sagte er so was. War da tatsächlich ein Teddybär in diesem Holzfällerkörper verborgen?

Bevor sie noch zu lange darüber nachdenken konnte, zog er sie in die Glaskabine und machte sich daran, sie auf grobe, aber effiziente Art zu waschen. Wahrscheinlich wusch er sich selbst auch so– Arme, Achseln, Brust, Bauch, Rücken, Scham, Beine. Dass sie nach Luft schnappte, als er ihre empfindlichen Stellen berührte, kümmerte ihn nicht. Er stellte sie unter die Brause, um die Seife abzuwaschen, drehte sie um und machte sich dann daran, sich auf die gleiche Art zu waschen. Er spülte die Seife ab, stellte das Wasser aus und verließ die Dusche. Dann nahm er ein Handtuch und schlang es sich um die Taille. Ihr Handtuch.

„Handtuch, bitte", sagte sie. „In dem Schrank da."

Er nahm eines heraus, und sie griff danach, doch er hielt es gerade außer Reichweite.

„Gib her!"

Er zog sie aus der Duschkabine und begann, sie auf seine effiziente Art abzutrocknen. „Wohin ziehst du?"

Sie zuckte zusammen, als das Handtuch auf dem Weg

ihren Bauch und die Hüfte abzutrocknen, über ihre äußerst empfindlichen Nippel schabte. „Zurück in mein Apartment in Brooklyn."

Er brachte das Handtuch zwischen ihre Beine, und ihre Knie gaben nach. Er zog es hoch, ließ sie es reiten wie eine Hängematte, und das hartnäckige Pochen kehrte zurück. „Vince." Sie wusste, dass sie nicht mit ihm diskutieren sollte. „Bitte."

Er hielt das Handtuch fest, worauf sie sich wand und mehr wollte. „Und du hast nicht daran gedacht, mir zu erzählen, dass du mehr als eine Stunde weit wegziehst? Das musst du doch schon eine ganze Weile lang geplant haben."

Sie konnte nicht anders. Sie stöhnte. Er ließ das Handtuch fallen, und sie stand nackt und erregt da, wollte verzweifelt, dass er blieb und ihrem Körper gab, wonach er sich jetzt so sehnte. Sie legte ihre Arme um seine Taille. Seine Erektion presste gegen ihren Bauch. „Das ist mein Zuhause", sagte sie.

„Dein Zuhause ist bei mir." Dann hob er sie auf seine Arme, brachte sie zurück ins Schlafzimmer und warf sie aufs Bett. Sie öffnete ihre Arme und Beine für ihn und bot sich ihm bereitwillig an. Er brauchte keine weitere Einladung. Wie ein Blitz war er auf ihr, und nahm und nahm und nahm, bis es schien, als wäre sie schon immer sein gewesen.

Und dann ging er, ohne ihr zu sagen, wohin oder was er tat. Sie vergrub ihr Gesicht ins Kissen und schrie. Doch das erinnerte sie zu sehr an Vince und an das, was er mit ihr getan hatte, darum raffte sie sich auf und ging hinunter in die Küche, um Kaffee zu trinken. Das Dutzend roter Rosen stand auf dem Sofatisch.

Sie seufzte. Was sollte sie bloß mit einem Mann wie Vince tun?

18

„O mein Gott, nein." Die Worte waren nur ein ersticktes Flüstern, als Sophia dastand und fassungslos auf den Anbau der Episcopal Church starrte, der lichterloh brannte. Der Großteil des Bibliotheksbestands von Clover Park, darunter Erstausgaben und historische Stadtdokumente, wurden dort gelagert. Die Männer der freiwilligen Feuerwehr kämpften gegen die Flammen, ertränkten das Gebäude mit Wasser, und sie siegten. Sophia schlug sich eine Hand vor den Mund, als ihr Tränen in die Augen stiegen. Selbst, wenn das Feuer gelöscht war, würden Rauch und Wasser nicht zu reparierenden Schaden anrichten. Sie konnte es nicht fassen. Sie war von einem der Stadtratsmitglieder angerufen worden und sofort herbeigeeilt, in der Hoffnung, dass irgendwas zu retten war. Doch es würde nichts geben.

Das Schlimmste war, dass sie nicht wusste, wo ihr Dad war. Er war nicht in der Wohnung ihres Onkels. Er war nicht zu Hause. Er ging nicht an sein Handy. Und das Feuer, ausgerechnet im Anbau der Kirche, roch nach Sabotage. Jemand, der nicht wollte, dass die Bibliothek ein Erfolg wurde. Sie wusste, dass ihr Dad nicht glücklich darüber war, dass sie darauf bestand, das Projekt mit *Marino & Sons* durchzuziehen. Würde er ihr wirklich so in den Rücken fallen? Sie wollte sich das nicht einmal vorstellen, doch seitdem ihre Mom gegangen war, war er nicht mehr er selbst. Es gefiel ihr nicht, dass sie überhaupt daran dachte.

Am liebsten hätte sie Vince angerufen und ihm von dieser entsetzlichen Wendung erzählt, doch sie fühlte sich seltsam. Sicher, sie hatten zwei Wochenenden lang unglaublichen Sex gehabt, doch sie hatten alles undefiniert im Vagen gelassen.

Die letzte Flamme erlosch, und sie holte ihr Handy aus der Tasche. Sie verhielt sich lächerlich. Das hier war auch Vinces Projekt. Natürlich musste er es wissen. Vielleicht war es ein Zufall. Sie war paranoid, nur weil sie sich so mit dem verbunden fühlte, was sie verloren hatten. Ihr brannte der Magen. Hundert Jahre alte Dokumente, zu Asche verbrannt. Manche sogar noch älter. Sie hätte es besser wissen sollen. Sie hätte sie in einen feuersicheren Safe legen sollen. Die Geschichte von Clover Park hatte in ihren Händen gelegen, und jetzt war sie verloren.

Vince nahm den Anruf sofort an. „Hey, Sophia." Seine tiefe, melodische Stimme gab ihr Sicherheit. So stark und ausgeglichen.

„Hi", sagte sie.

„Vermisst du mich schon?"

Irgendwie tat sie das tatsächlich, obwohl sie beinahe vierundzwanzig Stunden an seinen Körper gepresst verbracht hatte. „Da war ein Feuer. Der Kirchenanbau–"

„Scheiße. Geht's dir gut? Wo bist du?"

„Mir geht's gut. Ich bin vor der Kirche. Das Feuer ist aus."

„Was ist mit den Büchern? Haben wir sie alle verloren?"

Er hatte *wir* gesagt. Er betrachtete es wirklich als ihr gemeinsames Projekt. Ihr Dad hatte sich vollkommen in Vince getäuscht. Er hatte sie ständig gewarnt, dass die Marinos es an sich reißen und sie rausdrängen würden, doch Vince war überhaupt nicht so gewesen.

„Sophia, sprich mit mir! Nein, warte. Ich bin gleich da."

„Nein! Ich fahre nach Hause. Es ist furchtbar. Ich kann einfach nicht wegsehen." Sie schluckte den Kloß in ihrem Hals herunter. „Das ist alles meine Schuld."

„Das ist nicht deine Schuld. Ich fahre jetzt zu dir nach Hause. Warte da auf mich." Er legte auf.

Sie sah noch ein paar Minuten zu, wie die Lichter der Löschzüge durch die Nacht tanzten. Dann drehte sie sich langsam um und fuhr nach Hause.

Als Vince dort ankam, hatte Sophia Gelegenheit gehabt, sich zu beruhigen. Sie machte sich immer noch Vorwürfe, weil sie nicht mehr getan hatte, die historischen Dokumente zu bewahren, doch der anfängliche Schock hatte sich gelegt. Sie öffnete die Tür, und Vince stürmte herein, zog sie in seine Arme und hob sie hoch.

„Vince." Sie lachte. „Mir geht's gut."

Er stellte sie ab und musterte sie. „Du riechst nach Rauch, und am Telefon hast du furchtbar geklungen. Was genau ist passiert?"

„Komm rein." Sie deutete auf das Sofa und ging hinüber.

„Wie schlimm ist der Schaden dort?"

„Das Dach ist eingestürzt. Die Hälfte der Wände ist weg. Die andere Hälfte ist verkohlt. Es war pures Glück, dass sie die wenigstens erhalten konnten. An der Kirche ist nur eine Wand beschädigt, der Rest ist okay." Sie beugte sich vor und ließ ihren Kopf in die Hände sinken. „Doch es ist unmöglich, dass von der Bibliothek noch irgendwas zu retten ist. Nicht nach dem Feuer, dem Rauch und all dem Wasser. Ich hätte die historischen Dokumente an einen sicheren Ort bringen müssen. Warum habe ich das nicht getan? Jetzt haben wir eine historische Bibliothek und nichts Historisches mehr, was wir da lagern können."

Seine große, warme Hand strich über ihren Rücken. „Wir haben immer noch den Bestand dort. Den Kamin, richtig? Die Originalfenster. Du hast gesagt, du würdest den Lüster vom Dachboden des Rathauses zurückbekommen. Vielleicht haben sie dort auch noch alte Dokumente gelagert. Das Gebäude ist doch voll mit Aktenschranken."

Daran hatte sie gar nicht gedacht. „Vielleicht."

Er strich über ihr Haar. „Es ist nicht deine Schuld."

Sie richtete sich auf. „Ich weiß, ich habe das Feuer nicht gelegt, aber ich hätte mehr tun sollen. Ich weiß doch, wie man Dokumente in einem Archiv lagert. Ich habe nur … Ich schätze, ich habe nicht nachgedacht. Der Anbau der

Episcopal Church sollte ja nur eine vorübergehende Lösung sein."

„Du warst abgelenkt, weil du mit einer Sexbestie zusammenarbeitest."

Widerwillig lächelte sie. „Ach, Vince."

„Weiß man schon, was das Feuer ausgelöst hat?"

„Nein, aber der Pastor war nicht zu Hause. Er wohnt im Haus neben der Kirche. Niemand hat was gesehen, bis Rauch aufgestiegen ist." Sie schüttelte den Kopf. „So viel Rauch." All die alten Dokumente waren ruiniert.

„Ich würde mich gerne mit der Feuerwehr unterhalten. Hören, ob es ein Unfall oder Brandstiftung war."

Als er von Brandstiftung sprach, verspannte sie sich. Sie machte sich Sorgen, dass ihr Dad daran beteiligt gewesen sein könnte. Er war wirklich wütend gewesen, weil sie mit den Marinos zusammenarbeitete, und in letzter Zeit hatte er verrückte Dinge getan. Es war nicht nur die Alpakafarm. Obwohl er sein Handy nicht gerne benutzte, hatte er von dort aus zu Hause auf dem Festnetz angerufen, *während er zu Hause war*, nur, um die Stimme ihrer Mom auf dem Anrufbeantworter zu hören. Er hatte sogar Selbsthilfebücher gelesen. *Wie man seine Ehe rettet für Dummys* und *Eine Superbeziehung für Superpaare*. Ganz zu schweigen von der Tatsache, dass er mit dem Wintermantel ihrer Mom unter dem Kopfkissen schlief. (Sie hatte zwar einen Großteil ihre Kleider mitgenommen, brauchte den Mantel in Florida aber nicht.) Das Letzte, was sie gebrauchen konnten, war, dass gegen ihren Dad ermittelt wurde, nachdem er schon alles Geld aus der Firma veruntreut hatte. Selbst, wenn er unschuldig war, würde eine Ermittlung seinen Ruf ruinieren. Niemand würde mehr mit ihm arbeiten wollen.

„Ich bin mir sicher, dass das Feuer nicht absichtlich gelegt wurde", sagte sie.

„Es könnte jemand gewesen sein, der das Projekt sabotieren wollte", sagte Vince.

„Nein."

„Oder vielleicht jemand, dem das Projekt nicht gefallen hat", sagte er.

Ihr Temperament ging mit ihr durch. „Du meinst meinen Dad!" Es war in Ordnung, wenn *sie* darüber nachdachte. Doch es war etwas vollkommen anderes, wenn Vince ihren Vater verdächtigte.

„Beruhige dich", sagte er, während er seine Hand in ihre Haare schob und ihren Nacken umfasste. „Es könnte sonst wer gewesen sein."

„Was du da andeutest, gefällt mir nicht", sagte sie, bevor er ihren Nacken massierte und ihre Verspannung dort löste. Wenn seine Hände ins Spiel kamen, hatte sie keinen Willen mehr.

„Du bist so verspannt."

„Ich bin traurig! Das Feuer–"

Ehe sie sich's versah, lag sie mit dem Gesicht nach unten auf dem Sofa. Er hatte sie mit einer schnellen Bewegung umgedreht, und sie war der Länge nach auf dem Sofa gelandet. „Vince!", protestierte sie.

Doch dann massierten diese starken Hände ihre Schultern und arbeiteten sich an ihrem Rücken hinab, und sie gab sich der köstlichsten Massage ihres Lebens hin.

Bis Dienstag hatten die Ermittler festgestellt, dass es Brandstiftung gewesen war. Sie hatte mit der Polizei gesprochen, und sie war gezwungen gewesen zuzugeben, dass sie nicht wusste, wo ihr Dad war, als sie ihn nicht erreichen konnte, um ihn zu vernehmen. Man hatte ihr den Zugang zu dem Anbau, um den Lagerbestand zu inspizieren, verweigert, denn die Untersuchung ging weiter, doch von ihrem Blick durchs Fenster war klar, dass nichts vom Bibliotheksbestand übrig war. Sie war zum Rathaus gegangen und hatte Gott sei Dank entdeckt, dass sie dort historische Steuer- und Immobilienberichte verwahrten. Was verloren war, waren Bände mit Gutachten, Originalkarten und eine Reihe von Geschichten, die seit 1920 über die Stadt geschrieben worden waren. Außerdem ein paar Erstausgaben von Autoren der Gegend,

darunter eine von Mark Twain. Sie fühlte sich krank wegen
der ganzen Sache.

Nachdem sie mehrere Tage lang ein Nervenbündel
gewesen war, zu Hause darauf gewartet hatte, dass ihr Dad
zurückkam, und gebetet hatte, dass er nichts mit der Sache zu
tun hatte, gab sie schließlich auf. Er würde nicht nach Hause
kommen. Er war absolut nicht zu erreichen, und es gefiel ihr
gar nicht, dass das auf seine Schuld hindeutete. Es gefiel ihr
nicht, dass sie glaubte, ihr Vater könnte das Projekt sabotieren, für das sie so hart gearbeitet hatte, um das Familienunternehmen zu retten. Wenn es stimmte, war das eine Sache,
die nicht einmal sie geradebiegen konnte.

Ihr Boss saß ihr im Nacken, sie solle zurück in die Stadt
kommen, darum entschied sie sich am Freitag, zurück in ihr
Apartment in dem braunen Ziegelgebäude in Brooklyn zu
ziehen. Ihr Büro war dort, und die meisten ihrer Beratungs-
aufträge waren in der Stadt. Sie würde das Clover Park
Bibliotheksprojekt in Vinces fähigen Händen lassen, bis sie
gebraucht wurde, sobald die Antragstellung für den Denkmalschutz bearbeitet wurde. Ihr tat alles weh, wenn sie daran
dachte, was Clover Park wegen ihr und ihrer Familie verloren
hatte. Das war die beste Entscheidung für alle.

Es war der Tag vor Halloween, und sie hatte geplant, sich
mit Freunden bei einer Kostümparty zu treffen. Alles fühlte
sich fast normal an. Sie würde Vince heute Abend nicht
sehen, was in Ordnung war. Sie führten ihr eigenes Leben. Er
hatte gesagt, dass er heute Abend mit den Jungs was trinken
gehen würde, und am Freitagabend dauerte die Fahrt nach
Brooklyn viel zu lang, darum erwartete sie ihn nicht. Es hatte
ihn nicht gefreut, dass sie umzog, doch sie war sich nicht
sicher, was genau er von ihr erwartet hatte. Ja, sie hatten
großartigen Sex und drei offizielle Dates gehabt (die Male, in
denen sie geradewegs ins Bett gesprungen waren, zählte sie
nicht als Date), aber es war ja nicht so, als hätte sie mit ihm
zusammenziehen wollen. Und sie konnte nicht im Haus ihrer
Eltern bleiben und wie ein Häufchen Elend darauf warten,
dass ihr Dad nach Hause kam.

Sie trug ein Katzenkostüm mit einem schwarzen Bodysuit,

einem Stirnband mit Katzenohren und einem Schwanz. Ihr Mitbewohner, Roger, trug einen schwarzen Smoking mit einem Schild um den Hals, auf dem stand *Es tut mir leid*. Er war eine förmliche Entschuldigung. Sie musste unwillkürlich jedes Mal lächeln, wenn sie ihn sah.

Es klingelte an der Tür.

Sie öffnete, und ihre Hand schoss an ihren Hals. Vince stand da in einem *Marino & Sons* Hemd und einer braunen Lederjacke und sah einfach nur sexy aus. Es war schon überraschend, wie erregt sie war, nur weil sie ihn sah – Herzklopfen, Hitze überall, Feuchtigkeit zwischen den Beinen. So war es ihr noch nie ergangen, nur weil sie jemanden angesehen hatte.

„Was machst du denn hier?", fragte sie. „Ich dachte, du gehst heute Abend mit den Jungs was trinken."

„Ich habe es mir anders überlegt." Er trat ein, legte einen Arm um ihre Taille und zog sie mit sich herein, bevor er ihren Mund eroberte. Die Tür knallte hinter ihm zu.

Seine Lippen waren hart und fordernd, seine Zunge stieß tief in ihren Mund, und sie ließ sich gegen ihn sinken, wachsweich vor Verlangen.

Roger räusperte sich. Vince löste sich von ihr, sah ihn wütend an und wandte sich wieder ihr zu. „Wer zum Teufel ist das?"

„Das ist mein Mitbewohner. Vince, darf ich vorstellen, das ist Roger." Roger war ein sehr süßer Website-Designer mit zerzaustem, aschblondem Haar, einer Brille mit schwarzem Rahmen und einer riesigen Sammlung von Fliegen. Er hatte eine Freundin in Kanada. Zumindest sagte er das. Sophia hatte sie nie kennengelernt.

Roger streckte seine Hand aus. „Schön, dich kennenzulernen."

Vince starrte die Hand an, die er ihm anbot. „Dein Mitbewohner ist ein Kerl!", polterte er.

Sophia verzog das Gesicht. Roger zuckte zusammen. „Wir sind nur Freunde", sagte Roger schnell.

„Und ich bin *ihr* Freund", sagte Vince und zerquetschte beinahe Rogers Hand.

„Verstehe", sagte Roger und schüttelte seine Hand aus, nachdem Vince sie wieder losgelassen hatte. Er drehte sich zu ihr um. „Kommst du immer noch mit zur Party oder ..."

„Natürlich", sagte Sophia. „Ich bin mir sicher, dass es Evelyn nichts ausmacht, wenn ich noch einen Gast mitbringe. Einen Moment." Sie trat ein paar Schritte zurück, um Evelyn vorsichtshalber zu schreiben, und hörte, wie Vince erzählte, dass er in der Baubranche war.

Roger lachte ein wenig zu laut. „Ich schätze, irgendwer muss das ja machen. Ich kann nicht mal ein Regal zusammen-bauen. Ich bin Webdesigner."

„Das muss auch irgendwer machen", sagte Vince.

„Trägst du bei der Arbeit einen Helm?", fragte Roger. „Sitzt du auf einem Balken und isst aus einer Lunchbox?"

Sophia verzog das Gesicht, und als sie aufblickte, bemerkte sie, wie Roger Vince mit dem Ellbogen anstupste, der jedoch mit einer schnellen Bewegung Rogers Arm wegstieß.

Roger fuhr fort. „Hast du schon mal jemanden im Beton begraben?"

„Ich setze einen Helm auf, wenn ich das muss", sagte Vince. „Du siehst wohl viel fern? Denn du hörst dich an wie jemand, der nur Vorurteile über Bauarbeiter kennt. Und nur, weil ich Italiener bin, heißt das nicht, dass ich bei der Mafia bin."

„Nein, nein, natürlich nicht", sagte Roger.

„Hey, Sophia!", rief Vince. Sie zuckte zusammen. Er hörte sich wirklich barsch und ungehobelt an, wenn er sie so rief. „Glaubst du diesem Typen?"

Ihr Handy meldete sich mit einer Nachricht. Für Evelyn war es okay, wenn sie noch einen Gast mitbrachte. Sie sah Vince in seiner Jeans und dem langärmeligen *Marino & Sons* Hemd an. Sie konnte ihm ein Kostüm besorgen. Vielleicht hatte Roger ja was für ihn.

„Sophia?", fragte Vince. Die Unsicherheit in seiner sonst so selbstsicheren Stimme traf sie.

Sie eilte zu ihm. „Evelyn sagt, es ist in Ordnung. Und

Roger, benimm dich. Wir gesetzestreuen Italiener sind beleidigt, wenn man uns mit der Mafia über einen Kamm schert."

„Entschuldige", sagte Roger.

Vince zog sie an seine Seite und küsste sie auf den Kopf. Gleichzeitig hatte sie das Gefühl, grob behandelt und mit diesem Kuss äußerst behutsam berührt zu werden. Doch war das nicht Vince in Kurzfassung? Grob und rau und doch manchmal überraschend umsichtig.

Sie sah zu ihm auf. „Es ist eine Kostümparty. Möchtest du mal nachsehen, ob Roger irgendwas hat, was du–"

„Ich habe diese lustige Brille mit Nase und Schnurrbart von dem einen Mal, als ich als Identitätsdieb gegangen bin", bot Roger an. Das Kostüm bestand nur aus der Brille und einem Kapuzenpullover voll mit *Hallo, mein Name ist*-Aufklebern. Roger hatte einen großartigen Sinn für Humor.

„Nein", sagte Vince. „Ich brauche kein Kostüm."

„Lass mich schnell den Wein holen, dann können wir los", sagte Sophia. Sie schnappte sich die Flasche, und sie gingen den kurzen Weg zu Evelyns Wohnung zu Fuß, während Sophia verzweifelt nach Gesprächsthemen suchte, an denen sich sowohl Vince als auch Roger beteiligen konnten. Roger wollte ihr vom neuesten Tratsch unter ihren Freunden erzählen – wer mit wem zusammen war, wer alte Flammen wieder hatte aufleben lassen –, während Vince ihr das Neueste vom Bau des Bibliotheksprojekts berichten wollte. Sie fielen einander ins Wort und buhlten um ihre Aufmerksamkeit.

„Bitte!", sagte sie. „Ich kann immer nur einem von euch zuhören."

„Entschuldige, Vince", sagte Roger. „Ich habe Sophia so viel zu erzählen. Sie war in den letzten Monaten nicht oft da."

„Sie war bei mir", sagte Vince und legte besitzergreifend seinen Arm um ihre Schulter.

Roger ließ sich nicht von Vinces drohendem Ton beeindrucken und erzählte immer weiter darüber, dass Betsy wieder mit Bob zusammen war und Tilly und Holden ihre nicht enden wollende on/off Beziehung weiterführten.

Sie kamen zur Party. Sie küsste Evelyn auf die Wange, reichte ihr den Wein und stellte ihr Vince vor.

„H-hi", stammelte Evelyn, dann wurde sie leuchtend rot.

„Hallo", sagte Vince mit seiner tiefen, melodischen Stimme. „Danke, dass ich kommen durfte."

Gott sei Dank, seine guten Manieren waren wieder da. Vince überraschte sie und war ganz charmant zu ihren Freundinnen, die alle nur noch rot wurden und vor sich hin stammelten. Jede lobte sein „Bauarbeiterkostüm". Er korrigierte sie nicht und ließ sie einfach weiter für ihn schwärmen. Evelyn betastete sogar seinen Bizeps. Ja, er war umwerfend, doch sie hätte nicht gedacht, dass ihre intellektuellen Freundinnen in seiner Gegenwart zu stammelnden Schulmädchen werden würden. Er zwinkerte ihr zu und lächelte. Den Männern gegenüber war Vince jedoch barsch und beinahe aggressiv, und er demonstrierte ihnen ganz deutlich, dass er *ihr* Freund war.

Das Gespräch wandte sich der Politik zu. Ihre Freunde waren alle Liberale, doch sie diskutierten gerne zum Spaß beide Seiten eines Problems. Vince ignorierte die Unterhaltung und stand stattdessen nur an ihrer Seite. Seine Hand streichelte ihren Rücken, hin und wieder auch ihre Flanke, wodurch sie erhitzt und erregt wurde. Sie konnte nicht wirklich sagen, ob er sich amüsierte oder nicht. Er war so still. Nach etwa einer Stunde schlug Evelyn ein Scharadespiel vor.

„Wann können wir hier verschwinden?", flüsterte Vince in ihr Ohr.

„Amüsierst du dich nicht?"

Er legte einen Arm um ihre Taille, seine Hand auf ihre Hüfte. „Das ist nicht gerade meine Szene."

„Aber es ist meine Szene."

Er zog sie an sich. „Ich will dich."

„Du kannst mich später haben."

Er bewegte seine Hand und spreizte seine Finger auf ihrem Bauch, wodurch all ihre Lieblingsstellen kribbelten. „Ich will dich jetzt."

„Kommt her, Leute!", rief Evelyn fröhlich.

Sophia hob einen Finger. „Einen Moment nur."

Vince drehte sie um, damit sie ihn ansah. Seine dunkelbraunen Augen brannten sich in ihre. „Sophia", sagte er mit leiser, rauer Stimme. „Ich habe mein Versprechen gehalten. Ich habe dir gezeigt, was es bedeutet, die Fäuste in die Laken zu krallen. Jetzt bist du dran."

Alles an ihr pochte. Sie war dran? Bei diesem köstlichen Körper? Zu tun, was sie wollte? Er hatte nie zugelassen, dass sie die Kontrolle übernahm. Er nickte ihr zu, schien ihre Gedanken lesen zu können.

Sie drehte sich um und sah Evelyn an, die lächelte und sie zu sich winkte. Vince legte seine Hand auf ihren Po und drückte zu, heiß und besitzergreifend.

„Wir müssen passen", quietschte Sophia und trat einen Schritt von ihm weg. „Vince muss bald schon wieder nach Hause."

„Es ist doch Freitagabend", sagte Evelyn. „Kommt. Amüsiert euch doch ein bisschen."

Doch Vince zog sie bereits aus dem Raum. „Bye!", rief sie. „Danke!"

„Bye!", rief Vince.

19

———————

Sophia genoss es gründlich, Vince mit heißen Küssen und ein wenig Knabbern hier und da an seinem köstlich muskulösen Körper zu quälen. Er war nackt, lag auf seinem Rücken in ihrem Bett, weil sie darauf bestanden hatte. Er sah aus wie ein Centerfold in einem Magazin, und sie durfte die ganze Nacht mit ihm spielen. Sie hatte bereits seinen Hals erkundet und seine köstliche Brust, hatte kurz innegehalten, um seine riesigen Bizepse zu bewundern. Als sie den Pfad zum Glück hinunterleckte, atmete er schwer. Er zuckte zusammen, als sie ihrem Ziel immer näherkam. Dann saugte sie ihn in ihren Mund und atmete zischend ein. Sie zog sich zurück, leckte mit ihrer Zunge an seiner Länge hinauf und hinab, dann nahm sie ihn wieder tief in sich auf. Er stöhnte, packte ihr Haar und hielt sie auf sich. Noch ein paar Saugbewegungen mehr, und er schoss vom Bett hoch, warf sie auf ihren Rücken und ließ sich zwischen ihren Beinen nieder.

„Vince, du hast gesagt, ich bin dran." Er küsste sie und hob dann den Kopf, um ihr in die Augen zu sehen. „Du warst ja auch dran, Traummädchen. Du bist einfach zu gut darin."

Sie lächelte. „Bin ich das?"

„Ja, und ich möchte nicht wissen, wieso."

„Ich möchte noch mehr dran sein." Sie schmollte.

Er knabberte an ihrer Unterlippe. „Ich habe noch nie zugelassen, dass jemand anderes das Sagen im Bett hatte. Du bist die Erste."

„Dann lass mich weitermachen."

Er verweigerte es ihr nicht, doch er ließ sie auch nicht nach oben. Stattdessen griff er nach einem Kondom und rollte es sich über. Dann hob er ihre Hüfte in den richtigen Winkel und drang tief in sie ein. Sie stöhnte, und er hielt inne. Er strich ihr das Haar aus dem Gesicht. „Ich liebe dich, Sophia."

Sie bekam große Augen. „Wirklich?"

Er hob einen Mundwinkel. „Ist es so schwer, das zu glauben?"

„Nein, ich–" Ihre Antwort wurde von einem Kuss abgeschnitten, und dann war keine Unterhaltung mehr möglich, als ihr Körper auf seinen reagierte, während er von ihr in seinem ganz eigenen Rhythmus Besitz ergriff.

Vince zog Sophia an sich und hielt sie lange fest. Er hatte nie eine solche Intensität gespürt wie bei dem, was er mit Sophia hatte. Er liebte sie, und obwohl es wehtat, dass sie seine Worte nicht erwidert hatte, bereute er es nicht, dass er es zum ersten Mal überhaupt ausgesprochen hatte. Es fühlte sich gut an, jemanden zu haben, den man liebte.

Abwesend streichelte ihre Hand über seine Brust. „Vince, ich mache mir Sorgen."

Er zog sie noch näher an sich, war bereit, ihr zu helfen, was auch immer es war. „Worüber machst du dir Sorgen?"

Eine Weile sagte sie nichts. Er wartete.

„Ich kann meinen Dad nicht erreichen", sagte sie schließlich. „Es ist jetzt schon eine Woche her, seit ich ihn das letzte Mal gesehen habe, und ich weiß nicht, wo er ist." Sie hob ihren Kopf, ihre Augen voller Schmerzen und Sorge, und Vince wollte nichts mehr, als all den Schmerz und die Sorge zu beseitigen. „Was, wenn ihm was passiert ist? Es ist gar nicht seine Art, sich so lange nicht zu melden."

„Schh." Er drückte ihren Kopf an seine Brust. „Ich bin mir

sicher, dass es ihm gut geht. Er ist ein erwachsener Mann. Aber schon ein bisschen ein Pitbull, nicht wahr?"

Sie atmete zittrig aus.

„Schlaf jetzt", sagte er.

„Ich kann nicht. Seit dem Feuer habe ich nicht mehr gut geschlafen." Sie hob wieder ihren Kopf, und der schmerzhafte Konflikt, der ihrem Gesicht anzusehen war, war mehr, als er ertragen konnte. Er wusste, dass sie am Boden zerstört sein würde, wenn ihr Dad hinter dem Feuer steckte. Er würde sie davor beschützen, koste es, was es wolle.

Die bittere Wahrheit war – ihr Dad war der einzige, der ein echtes Motiv hatte. Er wollte nicht, dass sie zusammenarbeiteten, es gefiel ihm nicht, dass Vince Zeit mit seiner Tochter verbrachte, und er hatte versucht, das Projekt an sich zu reißen. Nicht nur das, er hatte auch kein Alibi für den Tag des Brandes und, was besonders verdächtig war, er war nicht auffindbar.

Wenn Sophias Dad am Montag bei der Grundsteinlegung auftauchen würde, wie Vince vermutete, da er so geil auf Publicity war, hatte er sich vorgenommen, mit ihm über die Brandstiftung zu reden und wie man das Problem aus der Welt schaffen könnte. Denn, wenn die Polizei es herausfand, wären beide Firmen ruiniert.

Mit einer schnellen Bewegung drehte er sie auf den Rücken. „Ich werde dafür sorgen, dass du erschöpft bist, Sophia. Dann kannst du schlafen."

„Vince! Nicht alles lässt sich durch–"

Er nahm von ihrem Mund Besitz, liebkoste sie fordernd und entschlossen, und sie beruhigte sich, erhitzte sich an ihm, öffnete sich ihm. Sie war sein, sie zu lieben, sie zu beschützen, und, ja, mit allen erforderlichen Mitteln Probleme zu lösen, von denen sie ihm erzählte.

~

Am nächsten Morgen verblasste der Glanz von Vinces Liebeserklärung und der langen Nacht zärtlichen Liebemachens, als er früh aufstand und aus dem Bad kam. Sophia schloss die

Augen, da die Tränen brannten. Wie konnte er denn behaupten, dass er sie liebte und sich ihr doch nicht öffnen? Vielleicht liebte er sie nicht wirklich. Vielleicht war es ihm nur aus Leidenschaft herausgerutscht.

Sie setzte sich auf, zog das Laken hoch und sah zu, wie er seine Jeans anzog. „Wie heißt es so schön? Reisende soll man nicht aufhalten …"

Er seufzte und drehte sich zu ihr um. „Bist du wütend?"

„Nein."

„Du klingst aber wütend."

Sie war hin- und hergerissen zwischen Wut und dem Versuch, Verständnis aufzubringen dafür, dass er abgesehen vom Sex recht unbedarft war, was Frauen anging. Musste sie es wirklich aussprechen? Man schlief nicht einfach mit jemandem und ging dann. Sie öffnete ihren Mund, um ihm genau das zu sagen, als er sie unterbrach.

„Hör mal, diese ganze Beziehungssache ist neu für mich, also erspar uns beiden doch einfach das Rumgeeiere und sag mir, warum du wütend bist."

„Wir haben eine Beziehung?"

„Wir gehen doch schon seit vier Wochen miteinander aus!", polterte er.

„Schrei mich nicht an!"

„Ich habe gesagt, dass ich dich liebe." Er stemmte seine Fäuste in die Hüfte. „Das ist eine Beziehung. Wie würdest du es denn nennen?"

Er hatte es schon wieder gesagt. Und nicht im Bett. Ihr Herz zog sich zusammen. „Eine Beziehung."

„Danke." Er setzte sich nur in Jeans neben sie auf das Bett. Sie zwang sich, ihn nicht zu berühren, denn das würde jede vernünftige Unterhaltung unmöglich machen. „Und jetzt sag mir, warum du wütend bist."

„Es ist nur die Art, wie du davonrennst, nachdem wir zusammen im Bett waren."

„Ich habe dir doch gesagt, dass ich wohin muss."

Sie seufzte. „Als du das letzte Mal davongerannt bist, habe ich dich in der Kirche gefunden. Lass mich raten, samstags besuchst du kranke Kinder im Krankenhaus."

Seine Ohren wurden rot.

„O mein Gott, du tust das wirklich! Warum hältst du denn all diese guten Dinge vor mir geheim? Versuchst du, deinen Ruf als Playboy zu bewahren?"

Er drehte sich um und sprach in Richtung Wand. „Ich will nicht, dass du mich in meinem Kostüm siehst."

„Deinem Kostüm? Was für ein Kostüm?"

Er stand auf. „Ist doch egal. So, jetzt habe ich es dir gesagt, jetzt kannst du aufhören, jedes Mal auszuflippen, wenn ich gehe."

„Ist es Bibo aus der Sesamstraße?"

Er brüstete sich. „Nein, es ist nicht Bibo aus der Sesamstraße!"

„Naja, groß genug bist du. Was ist es dann?"

Er murmelte etwas vor sich hin, das sie nicht ganz verstand. Sie stand auf und legte ihre Arme um seine Taille. „Sag das noch mal."

Seine Hände begannen, über ihren nackten Rücken zu wandern. „Ein Stachelschwein."

„Ein Stachelschwein?" Sie verkniff sich ein Lachen.

„Du lachst mich aus." Er schob sie von sich und trat einen Schritt zurück.

„Mache ich nicht! Ich war nur überrascht." Sie warf sich ihm wieder in die Arme. „Warum denn ein Stachelschwein?"

Er erzählte ihr von der Bilderbuchreihe, die seine Stiefmutter über ihn und seine Brüder geschrieben hatte – die Huddles und die Cuddles. Plötzlich fiel ihr wieder ein, dass diese Bilderbücher die einzigen Bücher in seinem Regal gewesen waren. Vince erklärte, dass es um Igel (seine Stiefbrüder) und Stachelschweine (Nico, Angel und er) ging, die sich stritten und dann ihre Differenzen beilegten. Offensichtlich war er der Anführer der Stachelschweine.

„Ich möchte dein Kostüm sehen", sagte sie.

„Nein."

„So was tut man nun mal, wenn man eine Beziehung hat", sagte sie mit ernstem Gesicht. „Man sieht den anderen in seinem Kostüm. Du hast mich als Katze gesehen. Ich werde dich begleiten."

Er trat zurück, doch sie hielt ihn fest und ließ ihn nicht entkommen. Er legte seine Hände auf ihren Po und presste sie an sich. „Sophia, ich sehe lächerlich darin aus. Du willst danach nicht mehr mit mir schlafen, wenn du mich so gesehen hast."

Sie lächelte zu ihm auf. „Ich denke, ich werde dich sogar noch mehr wollen."

Er lächelte unsicher. „Ja?"

„Ja."

Er rieb sie an sich. „Wie viel mehr?"

„Wie alles, was du willst mehr."

Sein Blick erhitzte sich. „Alles?"

Sie nickte. Die Wahrheit war, im Bett gehörte sie ihm, und jetzt, da sie wusste, was er wirklich am Wochenende mit seinem Morgen anfing, war es einfach so, dass sie sich mit klopfendem Herzen, Hals über Kopf in ihn verliebte.

Er sah schmerzhaft hin- und hergerissen aus. Sie schlang ihre Arme um seinen Hals und küsste ihn.

Er zog sich zurück. „Manipulierst du mich, Sophia?"

„Und wie. Und ich habe es von den Besten gelernt. Ah!" Er hatte sie gepackt und sie umgedreht. „Vince! Lass mich runter!"

„Wenn du mich in diesem Kostüm auslachst, wirst du dafür bezahlen. Und ich werde keine Gnade kennen."

Er war jemals gnädig mit ihr gewesen? Selbst, während sie kopfüber hing, törnte er sie an. „Ich werde nicht lachen", versprach sie.

Er stellte sie zurück auf den Boden. Sie betrachtete seinen mürrischen Gesichtsausdruck, und die Liebe strömte durch ihr Herz. „Ich liebe dich, Vince."

Er hielt vernehmbar den Atem an. „Als du es letzte Nacht nicht gesagt hast ..." Er packte sie und zog sie an sich. „Ich liebe dich auch."

Sie sprach an seiner Brust, wo sie sich so geborgen fühlte. „Erzähl mir, wie es zu dieser Stachelschweinsache kam."

Er seufzte und sprach über ihre Schulter. „Einer der Jungs in unserem Bautrupp – sein Sohn Jaden war krank. Leukämie. Ich habe angefangen, ihn im Krankenhaus zu besuchen. Ich wusste nicht, was ich dem Kind sagen sollte. Es ist einfach ätzend, weißt du? Darum habe ich ihm die Bücher vorgelesen, die ich als Kind so geliebt habe. Dann wollten mehr Kinder die Huddles und Cuddles Geschichten hören. Eine der Krankenschwestern, Emily, hat mir ein Kostüm genäht."

Sie zog sich zurück, um ihn anzusehen. „Hat es Stacheln?"

Er zog sie wieder an seine Brust, damit sie sein Gesicht nicht sehen konnte. Seine Stimme grollte in seiner Brust „Ja." Sie rührte sich nicht und hoffte, dass er weiterreden würde. „Die Kinder sind durchgedreht. Eine Weile war das ganz gut, weißt du? Es hat Jaden richtig Auftrieb gegeben. Doch sein Zustand hat sich verschlechtert, und er wurde schwächer." Er schwieg, und sie hielt den Atem an. „Er … ist letzten Sommer gestorben." Er klang gequält.

Sie löste sich von ihm, um ihm in die Augen zu sehen, die vor unvergossenen Tränen glänzten. „Das tut mir so leid."

Er blinzelte und wischte sich über das Gesicht. „Da bin ich nicht mehr hingegangen. Emily hat angerufen und gesagt, dass die Kinder mich vermissen, und dass es für sie schrecklich war, nicht nur Jaden, sondern auch mich verloren zu haben. Seitdem besuche ich regelmäßig die Station."

„Ich glaube, meine Eierstöcke sind gerade explodiert."

Er neigte seinen Kopf. „Was?"

„Das ist so schön. Und warum hast du das die ganze Zeit vor mir geheim gehalten?"

„Ich sehe wie ein Idiot aus in dem Kostüm."

„Ich werde dich begleiten."

„Nein."

Sie hielt sein Gesicht in den Händen. „Ich liebe dich. Alles an dir. Die sexy Teile. Die idiotischen Teile. Ich will alles." Seine Hand wanderte auf ihre. „Gib mir alles", verlangte sie.

Ihm traten die Tränen in die Augen. „Was machst du nur mit mir, Sophia?"

„Ich liebe dich."

Er küsste sie und schob sie zurück, bis ihre Knie gegen das Fußende des Betts stießen, dann stieß er sie auf den Rücken. Er lächelte verschmitzt. „Du schuldest mir alles."

„Aber erst, nachdem ich mit dir im Kranken–" Die Worte

erstarben in ihrer Kehle, als Vince langsam seinen Reißverschluss öffnete. Sie schluckte, als seine Jeans und seine Boxershorts auf dem Boden landeten, dann kam er zu ihr aufs Bett
und der Rest war Finger-in-die-Laken-krallen-lassender
Wahnsinn.

20

Vince seufzte und blickte dort, wo er am Schwesternzimmer der pädiatrischen hämatologisch-onkologischen Abteilung des Eastman Krankenhauses stand, zur Decke. Die Frauen machten *Oooh* und *Aaah* wegen seines Kostüms und kicherten darüber, wie niedlich er war. Das passierte *jedes Mal*. Und er bemerkte, dass Sophia versuchte, nicht zu lachen.

Genau darum hatte er das vor Sophia geheim gehalten. Er hatte gewusst, dass sie ihn in seinem Kostüm lächerlich finden würde. Er konnte von Glück sagen, wenn er sie jemals wieder nackt bekam. Und selbst wenn, würde sie ihn sich immer so vorstellen – leuchtend rotes T-Shirt mit einem C aus Fell auf der Brust, einer roten Augenmaske, einer grauen Häkelkappe mit grauem Garn, das überall anstelle von Stacheln herausstand, und einem blauen Cape. Eine Strumpfhose anzuziehen hatte er sich geweigert.

„Hast du auch einen speziellen Namen?", fragte Sophia, die sich ein Lächeln verkniff.

Emily, die Krankenschwester, die ihm das Kostüm genäht hatte, schmunzelte und reichte ihm die Geschenktüte. „Er ist Captain Cuddle. Ich habe für Halloween ein paar Spinnenringe reingepackt."

Er nickte. Heute war Halloween, und die Schwestern hatten dafür dekoriert, doch keines der Kinder in der hämatologisch-onkologischen Abteilung würde um die Häuser ziehen. Für gewöhnlich lagen hier zehn bis zwanzig Kinder, denn Eastman hatte Onkologen mit ausgezeichnetem Ruf, was Patienten aus drei Bundesstaaten anzog.

„Das mit dem Captain war nicht meine Idee", brummte Vince. „Die Kinder haben einfach angefangen, mich so zu nennen."

„Darf ich Co-Captain sein?", fragte Sophia lächelnd, und ihre Augen tanzten amüsiert.

„So was gibt's nicht", sagte er. „Ich muss anfangen, bevor die Besuchszeit zu Ende ist." Er nahm den Stapel Huddle Cuddle Bücher und ging entschlossen los. Er ging immer zuerst in das Zimmer, in dem die Kinder besonders krank waren, weil sie so schnell müde wurden. Sophia folgte ihm langsam.

„Klopf, klopf", rief er.

„Wer ist da?", kicherte Olivia. Wie Jaden war sie an Leukämie erkrankt. Die beiden waren Freunde gewesen. Sie war ausgemergelt, hatte ihre Haare verloren und war erst neun.

Er schob sich in das Zimmer.

„Captain Cuddle!", rief sie.

„Wie er leibt und lebt. Ich habe dir heute meine Freundin Sophia mitgebracht."

Sophia lächelte und winkte, hielt sich aber im Hintergrund.

„Das ist Candace", sagte Olivia und deutete auf ein neues Mädchen im Nachbarbett, das blonde Zöpfe hatte. „Sie hat auch Leukämie. Gerade erst diagnostiziert." Manchmal klang Olivia so viel älter, als sie eigentlich war. Wahrscheinlich, weil sie so viel Zeit im Krankenhaus mit Erwachsenen verbrachte.

„Hi, Candace", sagte er. Hast du schon von den Huddle Cuddle Büchern gehört? Meine Mom hat sie geschrieben."

Er hielt sie in die Höhe. Candace schüttelte den Kopf.

„Kannst du die *Die Huddle Cuddle Wasserbombenschlacht* vorlesen?", bat Olivia. „Das klingt immer nach Spaß. So was habe ich noch nie gemacht."

Vince hatte viele Wasserbombenschlachten hinter sich. Seine Stiefmutter hatte die meisten ihrer Geschichten dem wahren Leben entnommen. Er hatte seine Kindheit nie für etwas Besonderes gehalten, doch als er einige Kinder hier kennengelernt und erfahren hatte, wie ihr tägliches Leben aussah, voller Untersuchungen und Behandlungen oder Operationen, war ihm bewusst geworden, dass seine Kindheit ziemlich idyllisch gewesen war.

Er nahm das Buch vom Stapel und legte die anderen zusammen mit der Geschenketüte auf einen kleinen Tisch. Die Geschenke hob er sich immer bis zum Schluss auf, damit sie noch etwas zum Spielen hatten, wenn er in das nächste Zimmer ging. Er hielt das Cover hoch, damit die Mädchen es sehen konnten, dann drehte er das Buch um, um die Geschichte zu lesen, während sie die Bilder noch sehen konnten. Es war unglaublich, wie kunstvoll seine Stiefmutter das alles gestaltet hatte – detailliert, realistisch, doch mit einem Hauch Magie. Er wusste nicht, was es war, aber die Bilder zogen einen an, und man hat das Gefühl, man könnte in diesem verzauberten Wald leben, in dem Igel und Stachelschweine sprechen und spielen konnten.

„Der Anführer der Huddles war an jenem Tag nicht glücklich", begann er. Er lächelte vor sich hin, denn der Anführer der Huddles war sein Bruder Gabe. Olivia klatschte in die Hände. „Anscheinend war er unerwartet auf dem Weg zu seiner Lieblingsschaukel von einer Wasserbombe getroffen worden. Platsch!"

Die Mädchen kicherten. Er beobachtete Sophia, die sehr ernst wirkte. Er machte sich wieder an die Geschichte und versuchte, mit seiner Stimme die Wasserschlacht so rüberzubringen, dass es interessant blieb. Als er fertig war, forderte Olivia: „Mehr, mehr, mehr!"

„Noch zwei Geschichten, dann muss ich ins nächste Zimmer. Du weißt ja, wie es läuft. Und da Candace hier neu ist, werde ich die Geschichte *Karambolage in der Huddle Cuddle Schule* vorlesen." Diese Geschichte erzählte davon, wie seine Brüder und er neu an die Schule in Clover Park gekommen waren, nachdem ihr Dad ihre Stiefmutter geheiratet hatte. „Ist ganz schön ätzend, der Neue zu sein, stimmt's?"

Olivia kicherte. „Du hast ein böses Wort benutzt."

Hatte er? „Welches?"

„Ätzend!"

„Ach. Das ist doch kein schlimmes Wort. Aber okay, es macht also *keinen Spaß*, der Neue zu sein." Er las die Geschichte vor und fügte noch ein paar blutige Details vom Spielplatzkampf hinzu, die seine Stiefmutter weggelassen hatte, von denen er aber glaubte, dass sie die Geschichte interessanter machten. Zum Schluss las er noch das letzte Buch vor und beide Mädchen flehten ihn an, länger zu bleiben.

„Ladies, nächstes Wochenende komme ich wieder. Und jetzt bekommt ihr noch ein Abschiedsgeschenk." Er öffnete die Geschenketüte. Die Geschenke waren etwas, das er gerne machte, aber er wusste nicht, welche Kinder hier sein würden, darum hatte er einen Deal mit Emily. Er gab ihr jeden Samstag Geld, und sie füllte die Tüte mit kleinen Spielzeugen und Süßigkeiten, von denen sie glaubte, dass die Kinder sie mögen würden. Er betrachtete die Mädchen. „Mögt ihr lieber Armbänder oder Spinnenringe?"

„Armbänder!", riefen die Mädchen im Chor.

Er holte ein paar Armbänder aus Gummi hervor, die mit Smileys und bunten Blumen dekoriert waren. Auf einigen waren Worte wie Stärke und Mut und Hoffnung aufgedruckt. Er bekam einen Kloß im Hals. Diese Kinder hatten alles drei.

Er blieb vor Candace stehen. „Such dir eins aus."

Sie ließ sich Zeit, sich jedes einzelne anzusehen. „Ich nehme das rosafarbene mit den Blumen", sagte sie mit leiser Stimme. „Danke."

Er reichte es ihr und wandte sich an Olivia. „Lass mich raten, lila." Das war ihre Lieblingsfarbe. Alles an ihr war lila – der Schlafanzug, ihre Kuscheldecke, selbst ihr Teddybär trug ein lila Kleid.

Sie nickte und streckte ihre Hand aus. Die blasse Haut ihres Unterarms war vernarbt von all den Infusionen, die sie bekam. Er gab ihr das Armband, und unerwartet umarmte sie ihn und drückte ihn an sich. „Danke, Captain Cuddle."

Unbeholfen streichelte er ihre Schulter. „Gern geschehen,

Olivia." Das Mädchen hing an ihm. „Hey, na, na, geht es dir gut?"

Sie sah mit ihren großen Welpenaugen zu ihm auf. „Du bist das Beste an den Samstagen hier, und jetzt gehst du schon wieder."

„Okay kleine Lady mit den Welpenaugen, du hast gewonnen. Noch zwei Geschichten, das war's dann aber."

Sie grinste und setzte sich im Bett zurück, wartete. Das hier war mit Abstand der schwierigste Teil seines Auftrittes. Die Kinder saßen hier fest, meist allein in ihrem Bett, und warteten verzweifelt auf ein kleines bisschen Spaß in ihrem Leben. Sie schlief ein, bevor er die nächste Geschichte zu Ende gelesen hatte. Übertrieben bedeutete er Candace leise zu sein und ging.

Drei Stunden später war er mit seinem Besuch fertig. Er versuchte es immer so zu halten. Und wenn ein Kind wirklich wollte, dass er länger blieb, dann tat er das. Solange er noch genügend Zeit hatte, alle anderen zu besuchen, bevor die Besuchszeit endete.

Er ging zurück zum Schwesternzimmer, um Emily das Geld für die Spielsachen in der Geschenketüte zu geben, und verabschiedete sich. Sophia ging neben ihm her und sah sehr ernst aus. Er stupste sie mit dem Ellbogen an. „Schlimmer Auftritt, wie?"

„Ich weiß nicht, wie du das machst", sagte sie.

Er runzelte die Stirn. „Für mich ist das ganz leicht. Ich lese ja nur die Bilderbücher vor und gebe ihnen kleine Geschenke. Sie sind krank, sie haben ein bisschen Fröhlichkeit verdient." Er war mit einer kranken Mom aufgewachsen. Es machte ihm nichts aus, Ihnen Zeit zu schenken.

Sie nahm seinen Arm und hielt ihn im Gehen fest. „Danke, dass ich dich so sehen durfte. Es war schön."

„Sogar die Stachelschweinmütze?"

Sie lächelte. „Besonders die Stachelschweinmütze."

Zu Vinces Überraschung war Sophia an diesem Abend immer

noch heiß auf ihn. Sie fuhren zu ihr nach Hause, denn sie wollte mit ihm zum Abendessen in ihr Lieblingsrestaurant in Brooklyn gehen. Ihr Mitbewohner war übers Wochenende weggefahren. Er besuchte seine Freundin in Kanada. Er hatte wirklich gedacht, dass sie das Kostüm albern finden würde, sobald sie ihn darin sah. Er wusste jedenfalls, dass es ihm schwerfallen würde zu vergessen, wenn sie mit irgendeiner merkwürdigen Mütze und einem Cape herumliefe.

Sie war unerwartet aggressiv im Bett, und sie hatten eine wilde Lakenschlacht, denn er war immer aggressiv. Sie passte irgendwie perfekt zu ihm. Zum ersten Mal sah er, wie reizend es war, sich an eine Frau zu binden.

Die Vorstellung, an eine Frau gebunden zu sein, wurde am nächsten Morgen weniger reizend, als Sophia wieder ganz gereizt reagierte, weil er so früh aufstehen musste. Er musste mehr als eine Stunde fahren, um nach Hause zu kommen und sich für seinen pflichtgemäßen Patenonkelbesuch in der Kirche fertig zu machen. Es war nicht so, als vernachlässigte er seine Kuschelpflicht. Letzte Nacht hatte er sie sogar länger als sieben Minuten gehalten.

Sie nahm seinen Arm, als er am Bettrand saß und eigentlich gerade aufbrechen wollte. „Also, was hat das mit der Kirche auf sich?", fragte sie. „Warum kann ich dich nicht begleiten?"

Er stöhnte und zog seinen Arm weg. Sie sprang ihm auf den Rücken, und er wäre wegen der unerwarteten Bewegung beinahe vornübergefallen. Sie schlang ihre Arme und Beine um ihn wie ein Klammeraffe. Er hätte sie mit Leichtigkeit über seine Schulter schmeißen oder sie herumziehen können, doch sie war nackt und fühlte sich dahinten verdammt gut an. Außerdem war es leichter, sich zu unterhalten, wenn er ihr nicht in diese tiefbraunen Augen sehen musste, von denen er wusste, dass sie ihn mitleiderregend ansehen würden. „Das ist doch keine große Sache, Sophia."

Sie sprach mit rauer Stimme direkt in sein Ohr. „Bist du ein Sünder?"

Verdammt, er wollte sie schon wieder. Doch er würde sich verspäten, wenn er jetzt nicht loskam. Auf der Brücke gab es immer viel Verkehr. Er sah sie über seine Schulter an. „Das weißt du doch."

„Ich werde dich begleiten."

„Nein."

„Dann komme ich einfach so mit", drohte sie. „Kannst ja mal versuchen, mit einer nackten Frau auf deinem Rücken in die Kirche zu gehen. Willst du das?"

Er schmunzelte. Das wäre doch mal ein Anblick für Pater Munson. „Ich möchte nicht, dass du mich dort siehst."

„Warum? Ich habe dich als Stachelschwein gesehen. Warum darf ich dich nicht in Hemd und Krawatte sehen?"

Er wollte auf keinen Fall diese Unterhaltung führen. Er wollte schon aufstehen und sie sich über seine Schulter werfen, als sie nach vorne rutschte, diesen köstlichen Körper um seinen wickelte, sich so nah an ihn presste, dass sein Schwanz gegen sie pulsierte.

„Wie wäre es mit einer nackten Frau vorne an dir in der Kirche?", fragte sie mit verschmitztem Grinsen. „Wäre das besser für dich?"

Er schob ihr das Haar zurück, das ihr ins Gesicht gefallen war, ganz zerzaust, als hätten sie gerade Sex gehabt. Was ja auch stimmte. „Du bist wirklich anstrengend."

„Ich weiß." Dann fing sie an, seinen Hals zu küssen, und leckte und küsste mit ihrem heißen Mund drauf los. „Nenn mir das Problem, und ich werde mich darum kümmern."

„Das Problem ist, dass ich dich um den Verstand ficken will, aber ich muss jetzt los, bevor ich die Messe verpasse und dann nicht Taufpate werden darf."

Sie sah ihm in die Augen. „Ich habe dich letzte Woche in der Kirche gesehen. Wie kommt es, dass Jasmine neben dir sitzen darf und ich nicht?"

„Mach dir ihretwegen keine Sorgen. Sie ist verheiratet und gehört praktisch zur Familie. Ihre Schwester hat meinen Bruder geheiratet.

„Ich mache mir keine Sorgen." Sie küsste ihn auf den Mund, und er war froh über die Ablenkung. Er erwiderte den Kuss auf seine übliche aggressive Weise und hoffte, sie würde diese Unterhaltung einfach vergessen. Als er sie endlich von ihm abließ, um Luft zu holen, sah sie verwirrt aus, und ihre Augen waren vor Lust ganz glasig. Er hob sie hoch und setzte sie zurück aufs Bett.

„Ich ruf dich an", sagte er.

Sie rollte sich aus dem Bett und fing an sich anzuziehen. „Ich komme mit."

„Sophia."

„Das ist ein freies Land. Ich kann in jede Kirche gehen, in die ich gehen möchte. Wenn ich zufällig in deine Kirche gehen möchte, während du da bist, dann kann ich das."

„Habe ich wirklich gesagt, dass du mein Traummädchen bist?", knurrte er. „Wohl eher ein Albtraum."

Sie lächelte ihn ein wenig an. „Ich liebe dich auch."

Das traf ihn geradewegs in den Magen. „I-ich auch." Er schluckte, er war diese Liebesbekundungen nicht gewohnt. „Liebe dich, meine ich."

„Zieh dich an", befahl sie. „Wir wollen doch nicht zu spät kommen."

Er seufzte und fuhr sich mit einer Hand durchs Haar. „Ich kann aber nicht zur Kommunion gehen, okay?"

Sie blieb mit dem Pullover in der Hand stehen und stand einfach da in ihrem rosa BH und Höschen. Sie sah aus wie sein feuchter Traum. Das war eine gute Ablenkung davon, dass sich sein Magen langsam umdrehte, wegen der Sache, die er jetzt gestehen würde.

„Warum nicht?", fragte sie.

„Weil ich nicht mehr gebeichtet habe, seit ich neun Jahre alt war." Man musste regelmäßig zur Beichte gehen, um zur Kommunion gehen zu können. Und er musste auf die Taufe vorbereitet sein, und dafür war es Pflicht, zur Kommunion zu gehen. Er war sich gar nicht sicher, ob er es bis Februar schaffen würde, bis zu dem Termin, an dem die Taufe angesetzt war.

Sie zog sich den Pullover an. „Dann geh doch einfach zur Beichte."

Er schüttelte den Kopf. „Ich kann gar nicht so viele Ave Maria beten, dass ich alles wiedergutmachen könnte, was ich getan habe."

Sie runzelte die Stirn. „Was hast du denn getan? So schlimm kann es doch gar nicht sein."

Er starrte auf einen Punkt über ihrer Schulter, und es kam alles in einer einzigen schmerzhaften Woge heraus. „Ich habe gegen die Gebote verstoßen. Ich habe meine Mutter nicht geehrt. Ich bin seit der Beerdigung nicht an ihrem Grab gewesen, um ihr meinen Respekt zu zollen. Ich habe mir eine neue Mom gewünscht, als sie krank war." Sein Hals zog sich zu, und er atmete tief ein. „Ich kann mich nicht mal daran erinnern, wie sie gesund war. Als ich meine Stiefmutter bekam, habe ich Gott für die neue Mom gedankt und gleich angefangen, sie Mom zu nennen. Ich war wütend auf meine kranke Mom, weil sie deswegen so eine schlechte Mom war." Er holte tief Luft und wartete darauf, von ihr zu hören, wie schrecklich er in ihren Augen war.

„Da warst du doch nur ein Kind", sagte sie.

Sein Blick schoss zu ihrem. „Naja, jetzt bin ich vierunddreißig, und ich habe sie immer noch nicht besucht."

Sie schlüpfte in einen Rock. „Dann gehen wir zusammen hin."

„Ich kann nicht." Er wandte sich ab und zog seine Boxershorts und die Jeans an.

„Ich werde dich begleiten."

„Sophia, nein. Genau darum wollte ich dir das nicht erzählen. Ich gehe nicht dahin." Er zog sich das Hemd an und ging den Flur zum Bad hinunter, um sich zu waschen. Sophia folgte ihm und putzte sich neben ihm am Waschbecken die Zähne.

Sie spülte sich den Mund aus und betrachtete ihn im Spiegel. „Wenn du mich heute mit in die Kirche gehen lässt, werde ich die ganze Woche bei dir zu Hause bleiben. Nackt. Morgens zurück in die Stadt zu pendeln ist furchtbar, aber ich werde es tun."

Er hob eine Braue. Nackt bei sich zu Hause klang wirklich gut. Er konnte sie so oft haben, wie er wollte, und musste nicht erst auf das Wochenende warten. Was für eine Verhandlungspartnerin.

Er hörte auf, sich die Zähne zu putzen, und drehte sich zu ihr um. „Willst du mit mir verhandeln?"

Sie legte eine Hand an ihre Hüfte. „Ganz genau."

„Du hast genau fünf Minuten, um zu packen, dann werfe ich dich über meine Schulter, ob du nun eine Tasche hast oder nicht."

Ihre Augen begannen zu strahlen.

„Die Vorstellung gefällt dir, nicht wahr?", fragte er und folgte ihr aus dem Bad zurück ins Schlafzimmer.

„N-nein."

Er grinste und warf sie sich über die Schulter. Sie quietschte. Er trug sie zu dem Ganzkörperspiegel, der an der Rückseite der Tür hing. „Sieh dich an, Affenmädchen. Du bist gerade so angetörnt."

„Bin ich nicht."

Er schob seine Hand zwischen ihre Beine, wo sie heiß und feucht war. Sie stöhnte. Geschah ihr recht, weil sie sich ständig in sein Leben einmischte. Sie konnte ruhig so in der Kirche bleiben, die kleine Verführerin.

Er stellte sie ab. „Pack deine Tasche, bei mir zu Hause werde ich mich dann noch mehr um dich kümmern."

„Zeigst du mir deinen geheimnisvollen Turm?" Sie war versessen auf den Turm des Kutschenhauses, in den er sie nicht hatte gehen lassen, weil er nicht sicher war.

„Ich habe einen Turm für dich."

„Ich meine es auch so."

Genervt seufzte er. „Das ist kein geheimer Turm. Mittlerweile habe ich keine Geheimnisse mehr vor dir." Abgesehen davon, dass dein Dad Brandstiftung begangen hat. Diesen Gedanken schob er beiseite. Er würde sich darum kümmern, bevor sie davon erfuhr.

„Kann ich ihn sehen?"

„Ich habe dir doch gesagt, dass er nicht sicher ist. Die Holzdielen sind morsch. Ich habe mich noch nicht darum kümmern können."

„Ich werde ganz vorsichtig sein." Sie nahm eine Bürste von der Kommode und bürstete ihre langen, seidigen, braunen Haare. So schön.

Er ging zu ihr, nahm ihr die Bürste ab und erledigte das für sie. Er streichelte ihre Haare mit der Hand, nachdem er sie gebürstet hatte, genoss das seidige Gefühl.

„Und wann wird er sicher sein?", fragte sie.

Diese Frau gab aber noch nie auf. Sie war genauso ein Pitbull wie ihr Vater.

„Wenn ich irgendwann mal frei habe", sagte er. „Ich hatte mit der Arbeit zu viel zu tun und damit, dich in Schach zu halten." Er versetzte ihr einen Klaps auf den Po.

„Und damit, ein gutes katholisches Stachelschwein zu sein", neckte sie ihn. Er hielt warnend einen Finger in die Höhe. „Erzähl das bloß niemandem. Sonst werde ich mich bitter rächen." Der einzige, der wusste, dass er Captain Cuddle war, war Jared, weil er im Krankenhaus arbeitete. Vince war ihm unerwartet einmal auf dem Parkplatz begegnet, und Jared hatte darauf bestanden, ihn zu begleiten und es sich kurz anzusehen. Vince hatte mit Kastration gedroht, falls er jemals ein Wort darüber verlöre. Hatte er nicht getan.

Sophia grinste, völlig unbekümmert von seinen Drohungen. „Das werde ich nicht ... solange du dich gut bei mir anstellst."

Was für eine Frau. Lehnte sich gegen ihn auf, drohte gleich zurück. Die meisten, ob Mann oder Frau, waren durch seine Größe und seine unverblümte Art zu reden eingeschüchtert. Er zog sie an sich. „Ich will dich gerade so sehr."

Sie lachte. „Ich weiß."

21

———

Sophia saß neben Vince in der Kirche. Sie hatten es nur zur letzten Messe geschafft, darum hatten sie Jasmine verpasst, die schon in der früheren gewesen war. Vince verspannte sich immer mehr, je näher die Kommunion rückte. Und als die Leute schließlich zur Kommunion gingen, darunter auch Sophia, saß er mit gefalteten Händen und gesenktem Kopf da. Es brachte sie um. Er hatte solch ein großes Herz – das konnte sie jetzt sonnenklar sehen –, und doch war er vor Schuldgefühlen zerrissen, wegen seines dummen, fehlgeleiteten Verständnisses von richtig und falsch. Er war ein Kind gewesen, als seine Mom gestorben war. Natürlich hatte er sich gewünscht, dass alles anders wäre.

Sie kam zurück zu ihrem Platz und nahm seine Hand. Sie schenkte ihm ein kleines Lächeln, das er nicht erwiderte. Sie musste sich darum kümmern. Er konnte nicht jede Woche zur Kirche gehen und sich deswegen so schlecht fühlen. Er hatte nichts Falsches getan, und sie war sich sicher, dass eine Unterhaltung mit dem Priester das klarstellen konnte. Nach der Kirche nahm sie Vinces Hand und führte ihn zu der Reihe von Leuten, die draußen darauf warteten, sich vom Priester zu verabschieden. Sie waren die Dritten in der Reihe.

„Lass uns gehen", sagte Vince und zog an ihrer Hand.

„Nur einen Moment. Ich möchte Hallo sagen." Sie hob

eine Hand und winkte dem Priester zu, damit er wusste, dass sie und Vince warteten. Vince hörte auf zu zerren und stand regungslos da.

Endlich waren sie an der Reihe.

„Hallo, Pater", sagte Vince. „Meine Bekannte Sophia wollte sie gerne kennenlernen. Sophia, das hier ist Pater Munson."

Sie sah Vince von der Seite an. Er wollte sie vor dem Priester nicht einmal seine Freundin nennen? Pater Munson schüttelte ihr herzlich die Hand. „Wie schön, Sie kennenzulernen. Ich hoffe, die Predigt hat Ihnen gefallen."

In der Predigt war es allein um Allerheiligen gegangen, um den Tag, den die Kirche anstelle von Halloween feierte. „Absolut", sagte sie. „Pater, darf ich Ihnen eine persönliche Frage stellen?"

„Natürlich. Sollen wir dafür reingehen?"

Sie nickte. Der Priester verabschiedete sich auf seinem Weg zurück in die jetzt leere Kirche noch von einigen anderen Leuten, und sie folgten ihm.

„Worum geht es, meine Liebe?", fragte Pater Munson.

„Muss man, um seine verstorbene Mutter oder den verstorbenen Vater zu ehren, ihr Grab besuchen, oder reicht es, sie im Herzen zu bewahren?", fragte Sophia.

Vince atmete vernehmbar ein.

„Man muss sie im Herzen bewahren", sagte der Priester mit einem mitfühlenden Blick auf Vince. „Das wissen sie dann schon."

„Danke", sagte Sophia. „Jetzt fühle ich mich schon viel besser."

„Sehr gern."

„Vielen Dank, Pater", sagte Vince. „Ich sehe Sie dann nächsten Sonntag."

Und dann waren sie auch schon zur Tür hinaus. Vince zog sie in alarmierender Geschwindigkeit über den Parkplatz. Sie konnte kaum Atem holen. Endlich blieben sie an seinem Wagen stehen. Er stemmte die Hände in die Hüften und starrte sie wütend an. „Du hast gerade eine Grenze überschritten, Sophia."

Sie stemmte ihrerseits die Hände an die Hüfte und imitierte seine Haltung. „Nächste Woche wirst du zur Kommunion gehen."

„Ich habe nichts gebeichtet!", blaffte er.

„Du hast nichts zu beichten! Du hast gegen kein Gebot verstoßen."

Er verzog das Gesicht noch etwas mehr. Sie streichelte seinen Arm. „Du wirst mir später dafür danken", sagte sie.

Er schüttelte den Kopf und sah sie finster an. „Ich würde dir ja danken, aber ich bin zu sehr damit beschäftigt, mir Möglichkeiten zu überlegen, wie ich dir das heimzahlen kann." Er runzelte die Stirn. „Ich muss trotzdem noch zur Beichte."

„Dann beichte eben wie jeder brave Katholik. Lass die saftigen Details aus, sprich ein paar Ave Maria und leb weiter."

Vince blickte zum Himmel. Dann wandte er sich ihr wieder zu. „Steig ein." Er öffnete die Wagentür, und sie stieg ein.

Er setzte sich auf die Fahrerseite, ließ den Motor an und fuhr los. „Du kannst dich nicht einfach in meine Angelegenheiten einmischen und die Dinge für mich in Ordnung bringen."

„Du gibst also zu, dass ich das Problem in Ordnung gebracht habe."

Er seufzte. „Lass es einfach–"

„Fällt es dir jetzt leichter, in die Kirche zu gehen?"

„Das heißt aber nicht–"

„Ja oder Nein?"

Er seufzte. „Ja."

„Dann habe ich wohl das Richtige getan."

Er verzog das Gesicht. „Du versuchst schon wieder, mich zu bevormunden."

„Ich habe geholfen", beharrte sie. „Weil ich dich liebe."

Er wedelte mit einem Finger in ihre Richtung, öffnete seinen Mund und schloss ihn wieder. Schweigend verging eine Minute.

„Bist du wirklich wütend?", fragte sie.

„*Ich* werde *dich* bevormunden, wenn wir wieder bei mir zu Hause sind. Keine Gnade, Sophia."

Sie wurde feucht. „Das habe ich verdient."

„Aber so was von."

Als Vince Sophia erst einmal zu sich nach Hause gebracht hatte, verlangte er vollkommene Unterwerfung, und sie gab sie ihm. Bei drei verschiedenen Gelegenheiten – einmal im Wohnzimmer, sofort, als sie nach Hause kamen, da er nicht warten konnte; einmal im Schlafzimmer, als sie versuchte auszupacken; und einmal auf dem Esstisch, weil sie immer wieder davon anfing, wie gut er mit Holz umgehen konnte, wodurch er eine Latte bekam. Sie verwöhnte ihn, und abgesehen von der kleinen Sache mit dem Priester heute war er verdammt glücklich, dass er zum ersten Mal in seinem Leben gebunden war. Nicht, dass er ihr das sagen würde. Doch seitdem er Sophia begegnet war, hatte er keine andere Frau mehr angesehen.

Am nächsten Tag war die große Feier zur Grundsteinlegung, und sie würden gemeinsam hingehen. Ein Team. Er hätte seinen Moment im Rampenlicht, würde *Marino & Sons* repräsentieren und endlich seine langersehnte Beförderung bekommen. Dann, wenn ihr Dad sich dort blicken ließ, würde er sich mit ihm befassen und versuchen, die Brandstiftung nicht anzusprechen. Der Abriss war für Ende der Woche geplant; dann konnten sie anfangen, das Fundament für den Neubau zu gießen, bevor der erste Bodenfrost des Winters kam. Sie hatten noch nicht die ganze Spendensumme zusammen, doch es schien, als würde das Galadinner gut besucht werden, und Sophia hatte auch noch ein paar andere Spendenaktionen geplant. Er würde sie unterstützen, wo er nur konnte.

Jetzt führte er sie zum Sonntagsessen zur Haustür seiner Eltern. Er wollte, dass sein Dad vor der Grundsteinlegung erfuhr, dass sie ein Paar waren. Falls er deswegen wütend auf ihn war, wäre es besser, wenn sie das privat hinter sich brachten. Er klopfte an und sah zu Sophia hinüber, die ein elegantes, ihren Körper umschmeichelndes, weinrotes Kleid ausgewählt hatte, von dem er wusste, dass sie es trug, um ihm eine Freude zu machen. Sie lächelte strahlend. Er nahm es wie einen Schlag in die Magengegend wahr. Sie war so schön und strahlte geradezu, wahrscheinlich seinetwegen.

„Du strahlst", sagte er.

„Danke", sagte sie.

Er schob seine Brust vor. „Du solltest mir dafür danken. Es ist nur, weil ich dich gef–"

„Vince! Sophia!", rief seine Stiefmutter. Er hatte gar nicht bemerkt, dass die Tür geöffnet worden war. Er war viel zu beschäftigt gewesen damit, Sophia wie ein verdammter, liebeskranker Idiot anzugaffen und sich zu fragen, wie lange er wohl warten musste, bis er sie das nächste Mal nehmen konnte. „Kommt doch rein."

Sophia warf ihm einen vielsagenden Blick zu und trat ein. Gabe und Zoe waren da, und er fing gleich an, mit Zoes Schwangerschaftsbauch zu reden. „Wie geht's dir, kleiner wilder Mann?", fragte er. „Ich hoffe, du trittst fleißig um dich."

Zoe lachte und umarmte ihn. „Es geht ihm großartig, Vince. Wie geht's dir?"

„Gut. Hey, Gabe. Irgendwelche großen Rechtsfälle?"

„Nur die üblichen Clover Park-Lappalien." Gabe schüttelte lächelnd den Kopf. „Ich reduziere ohnehin meine Stunden. Ich habe mir einen Marketingplan überlegt, sobald Zoe ihr Album fertig hat. Ich werde mich mehr mit der rechtlichen Seite der Unterhaltungsbranche befassen. Du weißt schon, ich möchte die Verträge und sonst alles besser verstehen."

„Hi, ich bin Sophia." Mist. Er hatte seine guten Manieren vergessen. Sie hatte die ganze Zeit dagestanden, doch er war von seinem Patenkind abgelenkt gewesen. Nur noch einen Monat, dann würde er den Kleinen kennenlernen.

„Das ist Sophia", sagte er. „Sophia, Gabe und Zoe." Er deutete auf Zoes Bauch. „Und das ist mein Patensohn, der noch namenlos ist, aber ich bin mir sicher, dass er Vincent heißen wird."

Zoe lachte. „Schön, dich kennenzulernen, Sophia."

„Das ist also das Supermodel", sagte Gabe. „Schön, dich kennenzulernen."

Sophia blieb der Mund offen stehen, und sie sah Vince mit großen Augen an. „Supermodel?"

Vince schlug Gabe auf die Schulter. „Halt die Klappe."

„Hat er dir das nicht erzählt?" Gabe grinste verschlagen.

„Mir was erzählt?", fragte Sophia.

„Ich sagte, halt die Klappe", knurrte Vince und nahm Gabe in den Schwitzkasten, doch der hörte immer noch nicht auf.

„Als du aufgetaucht bist, um dein Angebot für die Bibliothek abzugeben", keuchte Gabe. „Vince hat mir alles darüber erzählt." Er schlug Vince in die Nieren, und Vince war gezwungen, loszulassen. „Er hat geglaubt, du warst Capellos Geheimwaffe. Das Supermodel."

„Ach wirklich?", fragte Sophia mit breitem Lächeln.

Gabe fuhr fort. „Ich habe gesagt, dass du perfekt zu ihm passt, weil er auch ein Supermodel hätte sein können."

„Das war einmal", blaffte Vince.

Zoe meldete sich zu Wort. „Sophia, wusstest du, dass Vince mir in seiner Freizeit kostenlos ein Studio gebaut hat? Das war sein Hochzeitsgeschenk."

Vinces Ohren brannten. Sophia lächelte zu ihm auf. „Das ist ja nett."

„Ich habe versucht, ihn zu bezahlen", sagte Gabe. „Er hat sofort Kehrt gemacht und für unser Baby einen Sparbrief gekauft."

„Das College ist teuer", sagte Vince, um sich zu verteidigen. „Er wird es brauchen."

„Er hat bei meinem Studio solch großartige Arbeit geleistet", sagte Zoe. „Er hat recherchiert und es ist überaus professionell."

„Wisst ihr was?", sagte Sophia und nahm seinen Arm. „Das überrascht mich überhaupt nicht."

„Dann kennst du also unseren Vince", sagte Zoe.

„Ich werde mir ein Bier holen", verkündete Vince. „Redet einfach nur über mich, als wäre ich gar nicht da."

Sophia und Zoe fingen gleich an zu plaudern und zu kichern.

„Das werden wir!", rief Gabe.

Vince zeigte ihm einen Vogel. Kein Respekt.

Das Abendessen verlief besser, als Vince gedacht hatte. Seine Familie verhielt sich halbwegs normal und hörte auf, Sophia peinliche Geschichten über ihn zu erzählen. Nico, Jared und Angel waren gekommen. Luke war geschäftlich in Chicago. Seine Brüder zankten und zogen einander wie üblich auf, und sein Dad schien zufrieden damit zu sein, das alles zu überblicken. Vielleicht merkten sie, dass Sophia ihn liebte, und hatten nicht mehr das Bedürfnis, sie von seinen Tugenden zu überzeugen. Niemand sagte etwas dazu, dass sie am Tisch Händchen hielten, nicht einmal sein Dad. Das Geheimnis war gelüftet – Capello und Marino arbeiteten *und* schliefen miteinander. Doch dann beim Dessert, das wieder aus italienischen Hochzeitskeksen bestand – seine Stiefmutter war so subtil wie ein Wink mit dem Zaunpfahl –, überquerte Sophia erneut die Grenze und begab sich direkt in die gefährliche Zone.

„Vince kann sich nicht an seine Mom vor der Krankheit erinnern", sagte Sophia. „Gibt es Fotos oder irgendwelche Videos?"

Er sah Nicos und Angels überraschten Gesichtsausdruck, drehte sich um und blaffte Sophia an. „Was ist bitte los mit dir? Erst sprichst du mit dem Priester und dann auch noch mit meiner Familie über private Angelegenheiten, von denen du überhaupt nichts weißt!"

„Ich versuche doch nur, dir zu helfen", sagte sie mit leiser Stimme. „Ich dachte, du würdest–"

„Ich brauche deine Hilfe nicht", knurrte er. „Mir geht's gut."

„Ich habe ein Foto von ihr zu Hause", sagte Angel. „Von dem Tag, an dem ich geboren wurde."

Er sah Angel an, den jüngsten, der erst fünf gewesen war,

als ihre Mom gestorben war. Das Bild war wahrscheinlich das einzige, das er von sich und seiner Mom besaß. „Nein, behalte es. Was Sophia gesagt hat, war unangebracht."

„Erzählt mir von den Fortschritten der Bibliothek", sagte sein Dad, und die Unterhaltung über seine verstorbene Mutter, die Liebe des Lebens seines Vaters, war damit abgehakt.

Sophia begann gleich mit einem ausführlichen Bericht über das Projekt, und Vince lehnte sich zurück und ließ sie reden. Er wusste ja, dass sie es gut meinte, doch man brachte das Gespräch nicht einfach beim Dessert auf eine tote Mutter, während ihre drei Söhne und ihr Witwer dabeisaßen. Und dabei hatte er geglaubt, *er* hätte Probleme, sensibel genug zu sein. Den ganzen Weg nach Hause, was nur eine zehnminütige Fahrt war, hielt er ihr eine Standpauke darüber, dass sie Respekt zeigen und sich nicht in die Angelegenheiten anderer einmischen solle. Und er ließ sie nicht zu Wort kommen, denn sie musste das ein für alle Mal verstehen.

Als sie sein Haus betraten, war er endlich fertig.

„Vince, deine Stiefmutter hat mir das hier gegeben, als ich ihr mit den Tellern geholfen habe." Sie zog ein gerahmtes Bild aus ihrer Handtasche und reichte es ihm.

„Was ist das?", fragte er, doch er wusste es. Sein Herz raste, und er begann zu schwitzen, als das Adrenalin durch seine Adern schoss. Es war seine Mutter, jung und lächelnd und gesund, wie er sie nie zuvor gesehen hatte. Und doch wusste er, dass sie es war. Die Ähnlichkeit zwischen ihr und Angel war nicht zu leugnen.

„Sie fand auch, dass es schön wäre, wenn du ein Foto hättest", sagte Sophia.

Er wollte keine Erinnerung an das, was er nie gehabt hatte. Was er niemals geehrt hatte. Er drehte sich um und schleuderte es durch den Raum. Das Glas splitterte, als der Rahmen gegen die Wand krachte.

Sophia schnappte nach Luft.

„Verdammt, Sophia!", donnerte er.

„Es tut mir leid! Deine Stiefmutter dachte auch, es wäre

schön, wenn du eine Erinnerung an sie hättest. Ich weiß, wie viel deine Familie dir bedeutet. Ich dachte–"

„Dann denk besser nicht!" Er schob sich eine Hand ins Haar und wich einen Schritt zurück. „Versuch nicht, meine Probleme zu lösen. Wenn ich kaputt bin, lass mich einfach so."

Sie schüttelte den Kopf. „Du bist nicht kaputt. Das ist deine Art, sie zu ehren, sie in deinem Herzen zu bewahren, wie Pater Munson es heute gesagt hat." Sie legte eine Hand auf seinen Arm. „Es tut mir so leid. Ich hätte mich nicht einmischen sollen. Ich bin es nur gewohnt, Probleme zu lösen, und ich schätze, ich habe gedacht, dass es helfen würde."

Er zog sich zurück. „Mir gefällt diese ganze Liebessache nicht. Vor allem nicht, wenn du dich in jede Kleinigkeit einmischst. Ich muss ein bisschen raus. Du kannst tun, was du willst."

„Vince, Komm."

Er ignorierte sie und ging weiter.

„Ich habe doch gesagt, dass es mir leid tut", sagte sie mit leiser Stimme, doch er ging ohne ein weiteres Wort.

Dieses ganze Gebundensein-Ding funktionierte für Vince nicht. Er fuhr lange durch die Gegend, aufgebracht, weil Sophia sich derart in seine Angelegenheiten einmischte und ihm auf der Nase herumtanzte. Schließlich kam er zum Haus seines Bruders Gabe. Wenn irgendjemand wusste, was Liebe war, und ob es die Mühe wert war, dann Gabe. Er war schon vorher einmal verlobt gewesen und hatte sich dann ein zweites Mal Hals über Kopf in Zoe verliebt.

Er klopfte an die Tür und wartete lange. Das Haus war dunkel. Vielleicht schliefen sie. Doch sollte er wirklich nach Hause fahren, obwohl er nicht wusste, was zu tun war? Er zog sein Handy aus der Tasche und rief Gabe an.

„Hallo?" Seine Stimme klang müde.

„Hey, ich bin auf deiner Veranda."

„Was ist denn los?", fragte er und klang besorgt. „Vince? Ist was mit Dad?"

„Nein, ihm geht's gut. Ich muss dich nur was fragen."

„Jetzt? Ich habe schon geschlafen."

„Es ist zehn Uhr."

„Zoe ist immer so müde wegen der Schwangerschaft."

Hieß das, dass Gabe dann auch ins Bett gehen musste? Er schüttelte den Kopf, als ihm der Grund, weswegen sein Bruder sich natürlich zu seiner Frau ins Bett legen wollte, bewusst wurde. Wie funktionierte das denn mit diesem riesigen Bauch? Vince hätte Angst, das Baby zu erdrücken. Vielleicht, wenn sie oben war, aber dann war immer noch so viel Bauch zwischen ihnen.

Vince seufzte. „Kannst du einfach kurz runter kommen?"

Gabe brummte irgendetwas und legte auf. Vince wartete. Ein paar Minuten später wurde die Tür aufgerissen. „Was ist denn so wichtig?"

Vince trat ein. „Woher wusstest du, dass das mit Zoe das Richtige ist und nicht nur ein Fall von Lust und Magenflattern?"

Gabe rieb sich den Nacken. „Magenflattern", lächelte er.

„Ja. Sophia treibt mich in den Wahnsinn. Es ist furchtbar."

Gabe lächelte. „Wirklich?"

„Ich werde dir dieses Lächeln aus dem Gesicht prügeln", drohte er. Gabe versuchte, nicht zu lächeln. „Sie hat mit Pater Munson über mich gesprochen." Er gestikulierte wild. „Und du hast beim Abendessen gehört, als sie von meiner Mom angefangen hat."

Gabe nickte. „Sie meint es doch nur gut."

„Woher wusstest du, dass es das Richtige war? Denn so langsam denke ich, ich sollte einen Schlussstrich ziehen."

„Wirklich?"

„Ja." Er konnte einfach dieses quälende Gefühl, dass sein Innerstes nach außen gekehrt wurde, nicht mehr ertragen.

Gabe fuhr sich mit der Hand durchs Haar. „Okay. Es ist was, das du ganz tief in dir spürst und … du weißt es einfach."

„Weiß was?"

„Du weißt, dass sie die Frau ist, die für dich geschaffen ist. Und du bist bereit, jeden zu töten, der versucht, sich zwischen euch zu stellen."

Er dachte darüber nach. Er wollte nicht, dass sie einen anderen traf. Trotzdem. Er ging im Flur auf und ab. Dann blieb er schließlich stehen und drehte sich zu Gabe um. „Sie quält mich ständig und stochert in Erinnerungen rum, die man besser nicht anfassen sollte. Wie die Sache mit meiner Mom."

Gabe gähnte. „Dann sag ihr doch einfach, dass sie das lassen soll."

„Das habe ich, und sie hat gesagt, dass es ihr leidtut, aber dass sie es einfach gewohnt ist, Probleme zu lösen."

Gabe wedelte mit einer Hand durch die Luft. „Dann ist ja gut. Gute Nacht."

„Was, wenn sie es noch einmal tut?"

„Wovor hast du denn Angst?"

„Nichts", blaffte er.

„Sei einfach streng mit ihr."

„Du meinst eine strenge Hand?", fragte Vince, nur um sicher zu gehen.

„Ja."

„Wie den Hintern versohlen?"

Gabe machte große Augen. „Was? Nein." Es verging ein Moment. „Willst du ihr den Hintern versohlen?"

Er winkte ab. „Nein, du hast recht. Das würde ihr viel zu sehr gefallen. Okay. Danke."

„Was wirst du jetzt tun?", fragte Gabe.

Er wedelte mit der Hand durch die Luft. „Ich werde ihr sagen: Keine anderen Typen."

Gabes Lippen zuckten. Er hätte ihm eine runtergehauen, wenn er nicht so dankbar für seinen Rat gewesen wäre. „Klar, das ist ein Anfang. Und sag ihr, sie soll nicht wieder von deiner Mom anfangen."

„Ich möchte nicht unhöflich sein. Ich meine, sie hat sich schon zweimal dafür entschuldigt."

Er nickte. „Na dann, viel Glück."

„Ich brauche kein Glück. Ich hab das im Griff." Er ging

und hatte das Gefühl, dass ihm eine große Last von den Schultern genommen worden war, denn er war nicht wirklich erpicht darauf gewesen, Sophia abzuservieren, und Gabe hatte ihm gerade gesagt, dass er das auch nicht musste. Er musste nur konsequent sein.

Als er nach Hause kam, war er erleichtert, als er sah, dass Sophia noch da war. Sie saß auf dem Sofa im Wohnzimmer und sah fern.

„Hey", sagte er.

„Hey." Sie schaltete den Fernseher aus und ging zu ihm.

Zeit, konsequent zu sein. „Sophia", begann er. „Dich werden keine anderen Männer anfassen. Verstanden?"

Sie kniff die Augen zusammen. „Und wenn du noch einmal bei einem Streit einfach davonläufst, werde ich für immer gehen."

„Schön."

„Schön", blaffte sie.

Sie starrten einander an.

„Ich weiß, dass du das mit meiner Mom gut gemeint hast", fügte er hinzu.

„Tut mir leid, dass ich mich da eingemischt habe", sagte sie. „Ich werde nicht mehr versuchen, irgendwelche Probleme zu lösen."

„Das nächste Mal werde ich deine Probleme lösen", konterte er.

Sie verschränkte die Arme, umarmte sich selbst, sah unbehaglich und verletzlich aus. „Ich bin nicht kaputt."

„Ich auch nicht." Er schloss sie in seine Arme. „Du hast mich wieder ganz gemacht."

Sie erwiderte die Umarmung, und er wäre vor Erleichterung beinahe schwach geworden.

„Gabe meint, ich soll streng mit dir sein", flüsterte er in ihr Ohr.

Sie löste sich von ihm, und der Blick in ihren Augen war unverhohlene Lust. „Dann sei streng mit mir."

Er lachte, hob sie hoch und wirbelte sie herum. Sein Traummädchen war wieder da.

22

Vince hatte es endlich an die Zielgerade geschafft – heute war die Grundsteinlegung, sein Dad würde da sein und sehen, wie Vince symbolisch eine Schaufel in die Erde stieß. Mit der wohlverdienten Beförderung in der Hand wäre er offizieller Handlungsbevollmächtigter von *Marino & Sons*, würde neue Geschäfte an Land ziehen und eigenverantwortlich Verträge unterschreiben. Sophia würde für *Capello Construction* zusammen mit dem Bürgermeister das Band durchschneiden. Nach der Zeremonie würde es Eis von Shane's Scoops geben, außerdem Luftballons, und dieser aufgeblasene Barry von Dancing Cow hatte Ponyreiten organisiert. Barry würde die Kinder wie üblich in seinem Kuhkostüm unterhalten. Seine Frau trug ihr kleines Mädchen in einem Babykuhkostüm. Verdammt niedlich für eine Kuh.

„Meinst du, dein Dad wird kommen?", fragte er Sophia, als sie darauf warteten, dass die Feierlichkeiten begannen. Sie waren extra früh gekommen, um die Schilder mit beiden Firmennamen aufzustellen, die er bestellt hatte. Sie hatten sie vorne und seitlich auf die Wiese gestellt, damit jeder, der vorbeikam, sah, wer an dem Projekt arbeitete. Sein Dad unterhielt sich mit dem Stadtrat.

„Absolut", glaubte sie. „Ich denke sogar, dass er ganz vorne stehen will. Er lässt sich nie eine Gelegenheit entgehen,

Publicity für seine Firma zu bekommen." Sie biss sich auf die Lippe. „Solange ihm nichts passiert ist. Wenn er heute nicht hier auftaucht–"

„Er wird schon kommen." Doch wenn ihr Dad hinter der Brandstiftung steckte, musste er sich leise wieder verziehen. Und für das zahlen, was er beschädigt hatte. „Ich muss mit ihm reden."

Sie hob eine Braue. „Worüber?"

„Sophia!", rief der Bürgermeister. „Kommen Sie her! *The Clover Park Record* möchte Ihnen ein paar Fragen stellen."

Sophia nickte und ging hinüber. Vince wollte ihr gerade schon folgen, als er Joe Capello kommen sah. Er ging geradewegs auf ihn zu, bevor er noch wichtigtuerisch den Stadtratsmitgliedern die Hand schütteln konnte, als hätte er etwas mit dem Projekt zu tun. Sophia und er hatten all die Arbeit gemacht.

„Hallo, Joe", sagte er.

Der Mann wirbelte herum. „Was wollen Sie?"

Er senkte seine Stimme. „Der Brandinspektor hat festgestellt, dass das Feuer im Anbau der Episcopal Church Brandstiftung war. Wo waren Sie in der Nacht?"

„Ich war verreist."

Vince beugte sich vor. „Ich möchte nicht, dass Sie Sophia unglücklich machen. Wenn Sie das waren, würde ich Ihnen raten, sich in den Ruhestand auf Ihre Alpakafarm zurückzuziehen, bevor die Polizei eins und eins zusammenzählt."

„Unser Name ist in den Schlagzeilen." Joe deutete auf die Schilder. „Jeder weiß, dass wir an diesem Projekt arbeiten. Wie sollte ein Feuer uns helfen?"

„Ich weiß nicht, warum Sie so was tun sollten. Für noch mehr Publicity? Mehr Spender wegen des Verlusts der Bücher? Damit *Marino & Sons* dumm dasteht? Suchen Sie sich was aus."

„Sie sind nicht besser als Ihr Vater", spie Joe aus. „Immer voreilige Schlüsse ziehen und sich künstlich aufregen."

„Ich bin vollkommen ruhig." Er deutete mit einem Finger auf ihn. „Ich will nur sagen, Sie sollten sich darum kümmern, Joe."

„Wie können Sie es wagen! Ich verbiete Ihnen, meine Tochter jemals wiederzusehen! Sophia!"

Er stürmte zu Sophia, die gerade mit einem Reporter plauderte. Vince machte sich keine Sorgen. Sophia liebte ihn. Sie würde nicht auf ihren Dad hören. Doch dann sah es so aus, als wären sie beide sehr beschäftigt damit, mit dem Reporter über das Projekt zu reden. Sobald sie fertig waren, ging Vince zu dem Reporter, um sich auch für *Marino & Sons* zu Wort zu melden.

„Oh, danke schön", sagte der Reporter. „Aber wir haben bereits mit Ihrem Vater geredet. Ihm gehört die Firma ja schließlich."

Vince nickte und musste sich zusammenreißen, seine aufflammende Wut zu bändigen. Bald würde er ein Partner in der Firma sein.

Endlich begann die Zeremonie. Der Bürgermeister sprach von einem Podium aus, das mit einem Mikrofon ausgestattet worden war, darüber, wie großartig es war, dass die Einwohner von Clover Park gemeinsam viel geleistet hatten, um ihre neue Bibliothek zu unterstützen. Dann sprach er über die großartige Geschichte der Gemeinde und zog am Ende theatralisch ein Tuch von einem Modell des fertiggestellten Gebäudes. Die ungefähr fünfzig Zuschauer applaudierten.

Vince nahm die Schaufel, bereit, den Anfang zu machen, sobald die Rede des Bürgermeisters vorüber war. Die Menge klatschte erneut höflich. Der Bürgermeister bat ihn anzufangen, und er stach energisch in die Erde und lächelte den Fotografen in seiner Nähe an. Wieder folgte höflicher Applaus. Dann ging Sophias Vater mit dem Bürgermeister zum Band, um es durchzuschneiden, während Sophia neben ihrem Dad stand und künstlich lächelte. Offensichtlich hatte sich ihr Dad in letzter Minute doch nicht den Ruhm entgehen lassen wollen, nachdem Sophia all die Arbeit erledigt hatte.

Und dann war es vorbei. Alle unterhielten sich, sahen beim Ponyreiten zu oder aßen Eis, darum ging Vince hinüber zu seinem Dad, mit dem er die ganze Zeit noch nicht hatte reden können.

„Nun, du hast es gesehen", sagte Vince. „Ich habe für *Marino & Sons* den Grundstein gelegt wie versprochen."

Sein Dad schüttelte ihm die Hand. „Gut gemacht, Vince. Ich bin froh, dass du durchgehalten hast."

Vince wartete. Er wollte mehr als *gut gemacht* hören, und sein Dad wusste das verdammt noch mal. „Also bin ich jetzt dein Partner?"

Sein Vater verzog die Lippen zu einer flachen Linie. „Ich muss ehrlich zu dir sein. Ich bin nicht allzu erfreut darüber, wie du das Projekt angegangen bist. Du hattest es in der Hand, und dann hast du's verloren. Dann hast du es zurückbekommen, aber nur, weil du dich auf Sophia eingelassen hast. Ich meine, so macht man einfach keine Geschäfte."

Seine Wut kochte über. „Du denkst, ich habe mit Sophia geschlafen, um den Job zu bekommen? Wir haben lange, bevor sie meine Freundin geworden ist, die Partnerschaft ausgearbeitet."

Sein Dad klopfte ihm auf den Rücken. „Beim nächsten Mal, mein Sohn. Zeig mir, dass du das alles selbst hinbekommst. Nur *Marino & Sons* auf so einem Schild." Er deutete auf das Schild, auf dem Clover Park Library Construction Project stand und darunter zuerst *Capello Construction*, dann erst *Marino & Sons* stand.

Vince biss die Zähne aufeinander. „Ich habe den Deal gerettet. Wir hätten auch nichts haben können. Jetzt haben wir den Hauptanteil."

„Meine Projekte werden zu hundert Prozent von meiner Mannschaft erledigt", sagte sein Dad.

Vince hatte die Hände zu Fäusten geballt. „Also keine Beförderung?"

Sein Dad schüttelte den Kopf. „Das hier ist schiefgelaufen, auch wenn ich weiß, was du in ihr siehst. Sie ist hübsch und ... Ach ja, wenn man vom Teufel spricht."

Sophia tauchte an seiner Seite auf. „Hey, Sophia", sagte Vince, „ich wollte gerade gehen."

„Warum?", fragte sie. „Es gibt doch noch einen Empfang. Wir sollten uns unter die Leute mischen, über das Galadinner erzählen. Es ist noch nicht ganz ausgebucht, und wir brauchen diese Spendenaktion wirklich."

„Das wird mein Dad schon hinbekommen", sagte Vince. „Er ist der Boss. Immer noch und für immer. Er meint, dass ich zu sehr damit beschäftigt war, dich zu bewundern, statt richtige Arbeit in das Projekt zu stecken, darum gibt es nach wie vor keine Partnerschaft." Er warf hilflos seine Arme in die Luft. „Ich muss hier weg."

Sophia packte seinen Arm und hielt ihn fest. „Ich kann Ihnen versichern, dass das nicht stimmt, Mr. Marino. Vince hat sich lange, bevor wir zusammen waren, den Hintern für dieses Projekt aufgerissen. Ohne ihn hätte ich das nicht geschafft, und ich verlasse mich auf ihn, dass er die Mannschaft leitet, sobald der Abbruch beginnt."

Sein Dad lächelte steif. „Das ist sehr nett, Sophia, aber ich denke, Sie sind voreingenommen."

Sophias Augen blitzten. „Sie sind derjenige, der voreingenommen ist, und zwar nicht zu seinen Gunsten! Er ist Ihr Sohn, und er arbeitet für Sie, seit der achtzehn war! Er hat mir erzählt, wie er sich hochgearbeitet hat. Sie können sich verdammt glücklich schätzen, ihn zu haben. Jede andere Firma würde ihn Ihnen gerne wegschnappen."

„Ich bin sehr froh, dass Sie ihn so hoch schätzen", sagte sein Dad. „Natürlich tue ich das auch. Es wird nur noch etwas länger dauern. Ich sage nicht Nein. Ich sage nur noch nicht jetzt."

Vince knurrte, bereit zu gehen, bevor er noch etwas sagte, das er bereuen würde, doch dann überraschte Sophia ihn über alle Maßen.

„*Capello Construction* ist raus!", rief sie. „Vince wird das Projekt mit voller Kontrolle übernehmen, seine ganze Mannschaft. Alles, was er von Anfang an hätte haben sollen."

„Sophia!", keuchte Vince.

Sophias Dad tauchte aus dem Nichts auf. „Was soll denn all das Geschrei hier?"

„Joe", sagte sein Dad, „deine Tochter hat gerade das Projekt hingeschmissen. Anscheinend gehört es jetzt ganz *Marino & Sons*."

„Sie hat gar nicht die Autorität dazu!", polterte Joe.

„Wisst ihr was?", schrie Vince. „Sophia, du musst nichts hinschmeißen, denn das werde ich tun. Ich habe lang genug gewartet. Ich bin durch!"

„Was für ein Blödsinn ist denn das?", fragte Joe. „Jeder hier ist angepisst und schmeißt hin? Hier geht es um ein Zehn-Millionen-Dollar-Projekt."

„Zwölf Millionen", korrigierte Sophia.

„Das ist nicht die Art, wie *ich* Geschäfte mache", sagte sein Dad.

„Die Kinder von heute!", schrie Joe und gestikulierte wie wild. „Haben einfach keinen Verstand! Und dein Sohn hat mich vorhin der Brandstiftung bezichtigt. Das ist eine ernstzunehmende Anschuldigung!"

Sophia drehte sich zu Vince um. „Was?"

Vince seufzte. „Er war der einzige mit einem Motiv. Ich habe nicht gesagt, dass ich ihn anzeigen will. Ich habe ihn nur gebeten, sich im Hintergrund zu halten–", er sah ihren Dad mit strengem Blick an, „– und das Geld aufzubringen, um das wiedergutzumachen, was er getan hat."

„Er hat das nicht getan!", kreischte Sophia. „Ich fasse es nicht, dass du meinen Dad hinter meinem Rücken beschuldigt hast! Er ist unschuldig! Versuchst du das, was noch vom Ruf meiner Familie übrig ist, zu ruinieren? Versuchst du, uns rauszudrängen?"

„Sophia, komm", sagte Vince. „Ich wollte nur alles geradebiegen. Ich wollte nicht, dass du traurig bist. Und ganz sicher wollte ich nicht, dass die Polizei da mit reingezogen wird. Das hätte unsere Firmen beide ruiniert."

„Er war es nicht!", schrie sie. Sie ließ die Schultern hängen und starrte zu Boden. „Ich kann's nicht glauben, Vince", sagte sie leise. „Ich dachte, wir stehen auf derselben Seite."

„Das tun wir doch auch!", blaffte her.

Und dann zitterte ihre Unterlippe, und Vince fühlte sich wie ein vollkommenes Arschloch. Er trat zu ihr, um sie zu trösten, legte seinen Arm um sie. „Wein doch nicht, Sophia."

Sie schüttelte seinen Arm ab. „Ich bin es leid, dass die

Männer in meinem Leben alle Dinge vermasseln. Ich weiß gar nicht, warum ich mich mit irgendeinem von euch abgebe."

„Lass nicht zu, dass dein Dad sich zwischen uns stellt", sagte Vince. „Das ist doch dumm. Ich habe nur versucht, dich zu beschützen."

Ihre Augen blitzten vor Zorn, als sie einen nach dem anderen anstarrte. „Zur Hölle mit euch allen!" Und dann rauschte sie davon.

Vince wollte ihr folgen, doch sein Dad hielt ihn zurück. „Gib ihr Gelegenheit, sich ein bisschen abzukühlen, mein Sohn."

Vince schüttelte ihn ab. „Ich bin es leid, auf dich zu hören, und ich bin es auch leid, für dich zu arbeiten."

„Vince", sagte sein Dad.

„Ich bin es leid", wiederholte Vince, während er Sophia hinterhereilte. Er kam gerade zum Parkplatz, als sie davonfuhr. Wie war das noch mit nicht vor einem Streit davonlaufen?

23

Vince fuhr ein wenig durch die Gegend und schließlich nach Hause, völlig am Boden zerstört. Es war gut, dass Sophia nicht bei ihm zu Hause war, denn er war nicht in der Verfassung, sich offen mit ihr zu streiten, besonders, da er wusste, dass er ungerechtfertigter Weise beschuldigt worden war, etwas Falsches getan zu haben. Ihr Dad musste hinter der Brandstiftung stecken, das waren nun mal die kalten, harten Fakten.

Er riss sich das Hemd vom Leib und warf es aufs Bett. Er musste einen neuen Job finden, doch erst einmal würde er sich so richtig verausgaben, dann würde er sich vielleicht besser fühlen. Er zog ein altes T-Shirt und eine Jeans an und ging mit seinem Werkzeugkasten zum Turm. Er fing an, die morschen Bodendielen herauszureißen, und hörte nicht auf, bis das Gebäude ausgeweidet war, alle drei Stockwerke.

Am Ende kletterte er staubig und schmutzig die Leiter hinunter und balancierte vorsichtig über den Schutt. Er ging duschen und fühlte sich schon um einiges ruhiger. Sophias Tasche war verschwunden. Sie musste nach Hause gefahren sein. Er würde mit ihr reden, sobald sie ein wenig Dampf abgelassen hatte. Mit all seiner Erfahrung sollte es leicht für ihn sein, einen neuen Job in der Baubranche zu finden. Natürlich war es eine ganz andere Geschichte, dass sein eigener Dad ihm nicht vertraute. Eine, die er nicht so leicht verzeihen konnte. Er zog sich an und ging ins Wohnzimmer, wo er durch die Glastür sehen konnte, dass sein Dad auf der Liege auf der Veranda saß und offensichtlich auf ihn wartete.

Vince schob die Glastür auf. „Ich habe die Klingel gar nicht gehört."

„Das dachte ich mir. Ich habe deinen Wagen gesehen, also … Verdammt, ich habe gehört, wie du diesen Hammer geschwungen hast. Ich dachte mir, ich lasse dich das ausschwitzen, bevor ich mit meinem Hut in der Hand hier auftauche."

„Was meinst du damit?"

Sein Dad erhob sich. „Ich möchte nicht, dass das hier zwischen uns kommt. Bitte geh nicht. Ich möchte, dass du mein Partner wirst. Bald."

Es war immer bald, zum Greifen nah. Eine verdammte Karotte vor seiner Nase, seitdem er achtzehn Jahre alt gewesen war. Vince zwang sich, sein Temperament zu zügeln, und versuchte, ihm seinen Standpunkt klarzumachen.

„Dad, ich weiß, du meinst, dass Sophia meinen Kopf bei diesem Projekt verdreht hat, aber das ist nicht wahr. Das Projekt ist für uns immer noch gut, und sie ist nicht nur irgendein hübsches Mädchen, mit dem ich meinen Spaß habe. Ich liebe sie, und ich möchte sie heiraten."

Die Augen seines Dads wurden ganz groß. Vince war selbst ein wenig überrascht, obwohl er sich immer mehr an die Idee gewöhnte, gebunden zu sein. Sobald er Sophia dazu bringen konnte, nicht mehr wütend auf ihn zu sein.

„Ich wusste nicht, dass es so ernst ist", sagte sein Dad.

„Ja, das ist es. Und ich habe nichts anderes getan, als mich mein ganzes Arbeitsleben lang zu hundertundzehn Prozent für *Marino & Sons* einzusetzen. Dieses Joint Venture mit ihr hat uns das Geschäft gerettet, während wir mit nichts hätten dastehen können, und wenn wir es fortsetzen, heißt das noch mehr Geschäfte in Bereichen, in die wir nie einen Fuß bekommen haben. Wir können eine breite Palette von Aufträgen haben, Geschäftsbauten, Wohnbauten und denkmalgeschützte Objekte; damit könnten wir die Aufs und Abs der Wirtschaft gut ausgleichen."

Sein Dad schüttelte traurig den Kopf. „Ich glaube nicht, dass Joe uns jemals voll in diese Art von Geschäft lassen wird."

„Zum Teufel mit Joe!", schrie Vince. „Er ist doch nur noch eine Marionette. Sophia hat die Zügel in der Hand, und sie ist mehr als einverstanden damit, wenn ich mich um alles auf der Baustelle kümmere."

Sein Dad sagte nichts, und Vinces alte Unsicherheit stieg wieder in ihm auf. Dass er in den Augen seines Dads nie gut genug gewesen war.

Vince versuchte es ein letztes Mal. „Du hast mich gedrängt, mehr wie Gabe zu sein, wie er zu lernen, an die Uni zu gehen, aber das war nicht das, was ich wollte. *Marino & Sons* war meine Uni. Dein Partner in unserem Geschäft zu sein ist alles, was ich jemals gewollt habe. Ich will für dich den Namen unserer Familie in die nächste Generation führen." Er schluckte den Kloß in seinem Hals herunter. „Aber für dich ist das nicht gut genug. Nichts, was ich je getan habe, war je gut genug für dich."

Sein Dad runzelte die Stirn. „Das stimmt nicht. Ich wollte nur alles für dich. Das Beste! Wie eben, dass du an die Uni gehst."

Vince trat einen Schritt zurück. „Naja, dann tut es mir leid, dass ich dich enttäuscht habe."

„Das hast du nicht!"

Er zog seine Wagenschlüssel aus der Tasche. „Ich muss versuchen, meine zukünftige Frau zurückzugewinnen. Du kannst einfach die Tür hinter dir zuziehen."

„Vince!"

Er ging. Er wusste einfach nicht, wie er seinen Dad überzeugen sollte. Er würde niemals gut genug für ihn sein.

~

Vince fuhr geradewegs zu Sophias Apartment in Brooklyn und machte sich erst gar nicht die Mühe, vorher anzurufen.

Sie würde ohnehin nicht mit ihm sprechen. Doch sie war nicht da. Und Roger wusste auch nicht, wo sie war. Er fluchte. „Sag ihr, sie soll mich anrufen, wenn sie zurückkommt."

Dann holte er sein Handy aus der Tasche und rief sie an. Sie ging nicht ran. Verdammt. Gerade, als ihm bewusst geworden war, dass er den Rest seines Lebens mit jemandem verbringen wollte, war sie in einem Wutanfall davongerannt. Er fuhr zurück nach Greenport und sah im Haus ihres Vaters nach, doch auch da war niemand zu Hause.

Während er nach Hause fuhr, hatte er so das ungute Gefühl, dass er an diesem Tag nicht nur seinen Job, sondern auch die Frau, die er liebte, verloren hatte. Und Letzteres war viel, viel schlimmer.

„Also, Dad, heißt das, du bist zurück und willst wieder arbeiten?", fragte Sophia. Sie saßen in einem Diner in Greenport. Sie war zu Vince nach Hause gefahren, um ihre Tasche zu holen – er ließ seine Tür immer unverschlossen –, dann zurück zum Haus ihres Vaters, um sich mit ihm auszusprechen. Es war die Idee ihres Vaters gewesen, ins Diner zu fahren, um dort sein Lieblingsmoussaka, einen griechischen Auflauf zu essen.

„Das hier schmeckt so gut", sagte er und hielt ihr eine Gabel seines Mittagessens entgegen. „Willst du kosten?" Sie schüttelte den Kopf. Er aß und sah sie endlich mit funkelnden Augen an. „Ich bin heute extra gekommen, um noch den Rest des Rampenlichts abzubekommen. Du weißt schon, um mit einem Knall zu verschwinden."

„Was wirst du tun?"

„Ich habe das Haus für eine ganz schöne Stange Geld verkauft. Ich habe genug bekommen, um damit das Geld zu ersetzen, das ich aus der Firma abgezogen habe, und mich auf meiner Alpakafarm zur Ruhe zu setzen."

Sie traute ihren Ohren nicht. Ihr Vater, der feines Essen und Cocktailpartys mit ihrer Mom gewohnt war, ein Alpakafarmer? „Was weißt du denn schon von Alpakas?"

„Die Alpakas und ich, wir haben eine *simpatico* Beziehung."

„Die Alpakas und du?", fragte sie ungläubig.

Er senkte seine Stimme. „Ich habe vier. Bei meinem letzten Besuch habe ich bei ihnen im Stall geschlafen. Wir haben uns unterhalten. Sie verstehen mich."

Sie war sich nicht sicher, was sie dazu sagen sollte. „Oh. Das ist gut. Wann war das?"

„Du weißt schon, als du mich nicht erreichen konntest. Als ich gesagt habe, dass ich verreist war. Ich wollte dir nicht von unserer Beziehung erzählen. Es ist noch ein wenig frisch, aber sie ist echt. Mich um sie zu kümmern klingt für mich nach einem großartigen Ruhestand."

Sie seufzte erleichtert. Sie hatte gehofft, dass er nichts mit der Brandstiftung zu tun hatte. Sie war sich fast sicher gewesen, aber es war gut, eine Erklärung zu haben, wo er gewesen war.

Er trank einen Schluck. „Vielleicht kaufe ich mir auch ein paar Hühner. Ein paar Pferde. Hinten auf meinem Grundstück gibt es Pfade, wo ich reiten könnte. Also, ich meine natürlich, sobald ich gelernt habe, wie das geht." Er strahlte. „Ich habe das Gefühl, völlig neu durchzustarten. Verstehst du? Neue Erfahrungen und *keine* Verantwortung. Einfach das gute Leben genießen."

„Wow, Dad, das ist großartig. Also ..." Wie sollte sie das nur vorsichtig ausdrücken? „Sobald du im Ruhe–"

„Du willst die Firma? Sie gehört dir. Ich habe bereits mit deinem Bruder gesprochen. Er will sie nicht. Er versucht auch einen Neuanfang. Der Leadsänger von Mink Jewel hat sich davongemacht, und dein Bruder hat seinen Platz eingenommen."

Sophia verkniff sich einen Kommentar. Ihr Bruder konnte keinen Ton halten, aber was machte das schon? Vielleicht machte er das mit seinem Enthusiasmus wett. „Was hältst du davon, wenn wir mit *Marino & Sons* fusionieren?"

Er verzog das Gesicht. „Keine gute Idee."

„Warum nicht?"

„Weil die nur versuchen werden, alles zu übernehmen."

Sie verschränkte die Arme. „Wie du es bei der Grundsteinlegung getan hast?"

„Es ist meine Firma."

„Aber du gehst in den Ruhestand."

Er schob sich eine Gabel voll Moussaka in den Mund und schüttelte den Kopf. „Gutes Zeug. Ich brauchte eine letzte gute Mahlzeit, bevor ich in Virginia ganz allein bin." Seine Augen erhellten sich. „Das ist eine weitere neue Erfahrung. Ich werde kochen lernen."

Sophia atmete tief durch, um nicht die Geduld zu verlieren. Es war ja gut und schön für ihren Dad, dass er sein neues Leben auf der Farm hatte, aber sie hatte immer noch an ein Familienunternehmen zu denken. „Dad, was ist mit der Firma?"

Er nickte. „Lass mich darüber nachdenken."

„Du hast Zeit, bis die Rechnung kommt."

Er verkniff sich ein Lächeln. „Ich überlasse sie definitiv der besten Person für diesen Job."

„Sie gehört also mir, und ich kann damit tun, was ich für richtig halte?"

Er beugte sich vor, und sie atmete seinen vertrauten Old Spice Duft ein. „Danke, dass du sie für mich zusammengehalten hast, als ich die schlimmste Zeit meines Lebens durchgemacht habe."

Sie blinzelte. In ihrer Familie hatte sich noch nie jemand bei ihr dafür bedankt, wenn sie geholfen hatte. „Das ist doch selbstverständlich. So was tut man nun mal für seine Familie."

Er legte die Hand an ihre Wange. „Ganz genau." Er lächelte und sah sie mit sanftem Blick an. „Ich muss nicht darüber nachdenken, Sophia. Du kannst mit der Firma verdammt noch mal tun, was du willst. Verkauf sie, geh eine Fusion ein oder fahr sie in die Pleite – nein, tu das nicht –, was ich sagen will, sie gehört ganz dir."

Vince fuhr am nächsten Tag zur Arbeit, um abzuholen, was er

noch dort hatte, und um sich von der Mannschaft zu verabschieden, die in all diesen Jahren wie eine Familie für ihn gewesen war. Er ging in sein kleines Büro und hätte sich vor Überraschung beinahe verschluckt, als er Sophia dort in ihrem rosa Hosenanzug sitzen sah, die Füße auf seinem Schreibtisch.

„Rate mal, wer für *Marino & Capello* arbeitet?", fragte sie.

„*Marino & Capello*?", echote er.

„Du und ich. Gleichwertige Partner."

Vor Überraschung geriet er fast ins Stolpern. „Was? Wie?"

„Ich habe es arrangiert. Du weißt doch, wie ich mich ständig einmische und Dinge geradebiege? Selbst, wenn ich auf gewisse Leute wütend bin, *Vincent*."

„Tut mir leid."

Sie nahm ihre Füße vom Tisch und setzte sich aufrecht hin. „Hallo, Mr Marino."

Als er sich umdrehte, sah er, dass sein Dad hereingekommen war.

„Was zum Teufel ist denn hier los?", knurrte Vince.

Sophia lächelte. „Mein Dad wollte gestern nur ein letztes Mal eine große Show für die Presse abziehen. Er geht auf seine Alpakafarm in den Ruhestand. Da war er auch in der Nacht, als das Feuer ausgebrochen ist. Er steht den Tieren ziemlich nahe, und da niemand sonst die Farm wollte, hat er sich entschieden, sie zu behalten. Ich habe jetzt das Sagen in unserer Firma, und ich habe mich an deinen Dad gewandt, um eine Fusion vorzuschlagen."

Sein Vater ergriff das Wort. „Und ich möchte auch, dass wir Partner sind, mein Sohn. Und ich sage das nicht nur, weil Sophia dann ein Partner ist. Du hättest schon vor langer Zeit mein Partner werden sollen." Er schüttelte den Kopf. „Irgendwie hat das für mich immer bedeutet, dass ich alt werde, wenn ich dich befördere."

„Du bist nicht alt", sagte Vince.

Sein Dad hob eine Hand. „Dazu komme ich noch. Es tut mir leid, dass ich so lange gebraucht habe, um dich zu meinem Partner zu machen. Und ich danke dir für all die harte Arbeit."

Die Worte schnürten Vince die Kehle zu.

Sein Dad umarmte ihn und ließ ihn wieder los. „Du hast freie Hand. Ich werde meine Stunden reduzieren. Ich möchte mehr Zeit mit deiner Stiefmutter verbringen. Du musst mich auch nicht um Erlaubnis für irgendetwas fragen. Ich weiß, dass du alles im Griff hast."

„Natürlich, wir werden immer noch über alles reden", sagte Vince. „Wir sind Partner."

Sophia kam in demselben sexy Outfit, das ihn an jenem schicksalsträchtigen Tag, an dem sie einander kennengelernt hatten, in ihren Bann gezogen hatte, hinter dem Schreibtisch vor. Sie sah ihm lächelnd in die Augen. Dieses herrische, fordernde, schrecklich perfekte Traummädchen. „Nur eines Vince: Ich möchte die Abteilung für historische Architektur und Denkmalpflege. Du leitest die Mannschaften für all unsere Projekte."

„Du kommst also einfach hier hereinmarschiert und bügelst alles für alle glatt", brummte Vince.

Sie hob ihr Kinn und forderte ihn auf jede erdenkliche Weise und nur aus den richtigen Gründen heraus. „Das hast du ganz richtig verstanden."

„Aber du hast eine Sache vergessen."

Einen Moment sah sie verunsichert aus. „Und was ist das?"

Er senkte seine Stimme zu einem rauen Flüstern. „Du hast uns vergessen."

Sein Dad räusperte sich und verließ diskret den Raum.

„Ich habe uns nicht vergessen!", protestierte sie. „Ich habe für uns beide–"

Er zog sie an sich und brachte sie mit einem Kuss zum Schweigen. Dann löste er sich von ihr und sah sie an. „Ich liebe dich so verdammt sehr."

Sie blinzelte schnell. „Oh. Ich liebe dich auch."

„Das war schön", sagte sein Dad. Vince sah, wie er sich an der Tür eine Träne wegwischte. Dann nickte er und ging ohne ein weiteres Wort.

Er schob ihr eine Strähne hinters Ohr. „Wir werden ein

Imperium aufbauen, Sophia. Eine verdammte Dynastie. Du und ich. Den ganzen Weg."

„Es gefällt mir, den ganzen Weg mit dir zu gehen", sagte sie.

Er schloss die Tür zu seinem Büro. „Auf meinen Schreibtisch, Partner."

EPILOG

Drei Wochen später zog sich Vince einen geliehenen Smoking an, bereit, sich unter die High Society zu mischen, die Sophia für die Galadinner-Spendenaktion mit einem ganzen Heer von Promis zusammengetrommelt hatte. Es würde getanzt werden, und er würde sie mit seinen gekonnten Tanzschritten erstaunen. Klar, sein Tanzunterricht war im siebten Schuljahr gewesen, doch er war sich sicher, dass das wie Fahrradfahren war. Sophia hatte den Verdacht gehegt, dass ihr Schauspieler-freund hinter dem Feuer steckte, und hatte ihn damit konfrontiert. Sie hatte recht gehabt. Er hatte einen großen Auftritt gewollt, der Retter in der Not sein wollen mit dem, was eine Gala voller Stars werden sollte. Er hatte sich jedoch noch die Zeit genommen, die historischen Dokumente bei sich zu Hause zu deponieren, da er wusste, wie wichtig sie Sophia waren. Was für ein Typ! Er hatte versprochen, den gesamten verlorenen Bestand zu ersetzen. Er wollte einfach nur die gute PR. Wie verrückt war das denn?

Er warf einen Blick ins Bad, um zu sehen, ob Sophia schon fertig war. Sie war bereits im Abendkleid, war jedoch noch damit beschäftigt, sich zu schminken. Er konnte nicht länger warten. Sie brauchte ewig, um fertig zu werden.

„Ich habe da was, das ich dir zeigen möchte", sagte er.

„Jetzt? Ich muss mich fertig machen."

„Wird nicht lange dauern." Heimlich hatte er die erste Etage des Turms fertig renoviert, und er wollte, dass sie die Erste war, die es sich ansah, bevor sie heute Abend ausgingen. Er hatte eine Überraschung dort für sie versteckt. Er streckte ihr seine Hand entgegen.

Sie seufzte. „Brauche ich dafür Schuhe?"

„Nein."

Sie nahm seine Hand, und er führte sie nach unten und zum Turm direkt gegenüber der Küche. Sie schnappte nach Luft. „Willst du mir etwa deinen geheimen Turm zeigen?"

Er schmunzelte. „Ja, ich zeige dir meinen geheimen Turm."

Als er sie hinein führte, drehte sie sich langsam um. Sie blickte auf und betrachtete die Holzbalkendecke. „Oh!", rief sie.

Er nahm den Diamantring, und als sie sich ihm wieder zuwandte, war er auf einem Knie, denn er wollte das hier richtig machen. „Sophia, willst du mich heiraten?"

„Vince! O mein Gott! Was tust du denn? Du hast mir einen Ring gekauft?" Sie quietschte und nahm ihn, schob ihn sich auf den Finger und bewunderte ihn von allen Seiten.

Er stand wieder auf. „Ich werde den Rest des Turmes für dich renovieren – mit einem Home-Office, einem Fitnessraum, was immer du willst, solange du nur ja sagst."

„Oh, Vince! Ja, ja, ja!"

Sie warf sich in seine Arme, und er küsste sie, als gäbe es kein Morgen. Sophia sah das wohl nicht ganz genauso. Sie löste sich von ihm. „Darf ich hochgehen?" Sie deutete auf die oberen Stockwerke. „Nur für einen kurzen Blick?"

„Nein. Es ist noch nicht fertig."

Barfuß ging sie zur Leiter. Er umfasste ihre Taille. „Setz dich auf meine Schultern", sagte er mit schwerem Seufzen. Die Frau war furchtlos.

Er ging in die Hocke, und sie kletterte hinauf. Er stand auf und hob sie hoch, damit sie sich umsehen konnte.

„Oben ist es ziemlich ähnlich, nur noch nicht renoviert", bemerkte sie. „War irgendwas Interessantes in den Böden versteckt?"

„Nein, und ich habe so ziemlich alles rausgerissen."

„Das ist immer noch cool. Ich möchte es mir gerne näher ansehen."

Er stellte sie wieder ab und drehte sie um, sodass sie ihn ansehen konnte. „Willst du mich nur wegen meines Turms?"

Sie strich über seine Brust. „Nein, da sind auch noch ein paar andere Teile, die ich will."

„Wie meine Holzfällerschultern?" Aus irgendeinem Grund verglich sie ihn immer mit einem Holzfäller. Sie sprach immer über seine Schultern und Arme, als verbrächte er seine ganze Zeit damit, Bäume zu fällen.

„Ich liebe es, dass du so klug bist", sagte sie. Er schluckte schwer. Das hatte noch nie jemand über ihn gesagt. „Und ich liebe deinen Geschäftssinn." Noch etwas, das niemand über ihn sagte. „Deine Kompetenz in allen Dingen. Dein Talent mit Werkzeugen, deine Liebe zu deiner Familie, deine Loyalität."

Er grinste. „Deinetwegen werde ich noch eitel. Sprich weiter."

Sie lachte. „Du bist alles, was ich in meinem Leben vermisst habe, und ich bin so froh, dass ich dich gefunden habe."

Sein Blick bohrte sich in ihren. „Sophia, was machst du nur mit mir? Verdammt. Wie soll ich denn jetzt mit dir ausgehen, wenn ich dich viel lieber um den Verstand ficken will?"

„Habe ich erwähnt, dass ich dein Liebesgeflüster mag?" Sie nahm seine Hand und zog ihn aus dem Turm.

„Was trägst du unter dem Kleid?", fragte er.

„Dich." Sie schob ihn gegen die Wand, öffnete seinen Reißverschluss und hob ein Bein. Sie passte perfekt zu ihm. Sie war die einzige Frau für ihn.

Er hob sie hoch, und sie schlang ihre Beine um ihn. „Das steht dir verdammt gut."

Sie sah ihn unter schweren Lidern hervor an, ihre Stimme ganz heiser. „Ich weiß."

So trug er sie die Treppe hinauf zum Schlafzimmer, denn er fühlte sich besonders zärtlich, nachdem sie seinen Antrag angenommen hatte, was bedeutete, dass ihm nach Liebemachen in einem weichen Bett zumute war, statt einem harten Fick auf einer halben Baustelle.

„Das sieht wirklich hübsch aus", sagte sie, als sie an der Kommode vorbeikamen.

Darauf stand ein neuer Rahmen mit dem Bild seiner Mom. Er wollte immer noch nicht ihr Grab besuchen. Zu viele Erinnerungen an die schlimmste Zeit seines Lebens, doch jetzt sprach er regelmäßig mit ihr, in Gedanken, und ließ sie wissen, was in seinem Leben los war. Daneben stand ein Bild von ihm und seiner Familie vom letzten Weihnachtsfest – alle acht zusammen.

„Unser Hochzeitsbild macht es dann komplett", sagte er ihr. „Ich glaube, ich habe mich bei unserem ersten Streit in dich verliebt."

„Ich habe mich in dich als Stachelschwein verliebt", sagte sie mit ernstem Gesicht.

Er ließ sie herunter und warf sie aufs Bett. „Du hast versprochen, nicht darüber zu lachen."

Sie rollte sich ab und stützte sich auf ihre Ellbogen. „Ich meine es ernst. In dem Moment habe ich mich in dich verliebt."

„Gut." Er zog den Smoking aus und legte die Teile vorsichtig auf die Kommode. „Denn Emily macht dir gerade ein Kostüm als Mrs Stachelschwein."

Bei ihrem entsetzten Blick brach Vince in Lachen aus.

Sie klappte ihren Mund wieder zu. „Es wäre mir eine Ehre."

„Ich wollte dich bloß aufziehen", sagte er.

Sie lächelte und öffnete ihm die Arme. Und dann küsste er sie auf seine besitzergreifende Art. Sie ließ sich von seiner Leidenschaft mitreißen, und sie liebten einander, wie das nur zwei feurige Liebende können, die perfekt zueinander passen.

Marino und Capello besiegelten ihren Vertrag mit einem leidenschaftlichen Kuss.

Verpassen Sie nicht das nächste Buch der Serie, *Bring mich auf Touren*, Nicos und Lilys Geschichte.

Ein Road Trip mit der sexy Tochter seines wichtigsten Kunden. Was könnte da schon schiefgehen?

Als die heiße rothaarige Lily in Nico Marinos Oldtimerwerkstatt kommt, nimmt er an, dass sie das scharfe Blind Date ist, das sein Bruder arrangiert hat. Die knisternde Verführung endet abrupt, als er erfährt, dass sie die Tochter seines reichsten Kunden ist. Das ist der eine One-Night-Stand, den er ablehnen muss, doch Lily hat andere Pläne.

Lily Spencer weiß, dass Männer sie hauptsächlich wegen ihres Geldes oder ihrer Familie wollen, doch sie hat vor, ihre nun schon zwei Jahre andauernde Durststrecke mit sexy Nico zu beenden – indem er Hand an einen 1969er Mustang legt, den sie geerbt hat. Und hoffentlich auch an sie. Alles, was dazu nötig ist, ist ein zweiwöchiger Road Trip ohne Haken und Ösen. Und ein Nein wird Lily nicht akzeptieren.

Abonniere meinen Newsletter & verpasse keine meiner Neuerscheinungen: kyliegilmore.com/DEnewsletter

WEITERE BÜCHER VON KYLIE GILMORE

Die Happy End Buchclub Reihe << Die Campbell Familie und ein Liebesromanbuchclub prallen aufeinander!

Hollywood Inkognito (Buch 1)

Ärger im Anzug (Buch 2)

Gewagtes Spiel (Buch 3)

Förmliche Vereinbarung (Buch 4)

Wenn der Bad Boy keiner ist (Buch 5)

Ein Störenfried zum Verlieben (Buch 6)

Schicksalsbegegnungen (Buch 7)

Eine Romantische Chance (Buch 8)

Ein sündhafter Flirt (Buch 9)

Ein unbequemer Plan (Buch 10)

Eine Happy End Hochzeit (Buch 11)

Die Clover Park Reihe << Brüder, für die die Familie an erster Stelle steht!

Das Gegenteil von wild (Buch 1)

Daisy schafft alles (Buch 2)

In den Falschen verguckt (Buch 3)

Ein Weihnachtsmann zum Küssen (Buch 4)

Vermieter küsst man nicht (Buch 5)

Nicht mein Romeo (Buch 6)

Bring mich auf Touren (Buch 7)

Clover Park Braut (Buch 7.5)

Gewagte Verlobung (Buch 8)

Retter in der Not (Buch 9)

Eine verführerische Freundschaft (Buch 10)

Ein Geschenk zum Valentinstag (Buch 11)

Raus aus der Tretmühle (Buch 12)

Die Rourkes Reihe << Prinzen, bei denen man ins Schwärmen gerät, und ebenso fantastische Prinzessinnen

Königlicher Fang (Buch 1)

Königlicher Hottie (Buch 2)

Königlicher Darling (Buch 3)

Königlicher Charmeur (Buch 4)

Königlicher Playboy (Buch 5)

Königlicher Spieler (Buch 6)

ÜBER DIE AUTORIN

Kylie Gilmore ist die USA Today Bestsellerautorin der Happy End Buchclub Reihe, der Clover Park Reihe, der Clover Park STUDS Reihe und der Rourke Reihe. Sie schreibt unterhaltsame Romanzen, die die LeserInnen zum Lachen und zum Weinen bringen und zu einem Glas Eiswasser greifen lassen.

Kylie lebt mit ihrer Familie, zwei Katzen und einem verrückten Hund in New York. Wenn sie nicht gerade schreibt, Kinder bändigt oder bei Autorenkonferenzen pflichtbewusst Notizen macht, findet man sie beim Stretching – bis ganz nach oben ins oberste Regal, um dort ihren geheimen Schokoladenvorrat zu erreichen.

Melden Sie sich für Kylies Newsletter an, damit Sie keine ihrer Neuerscheinungen verpassen. https://www.kyliegilmore.com/DEnewsletter

Mehr finden Sie auf Kylies Website https://www.kyliegilmore.com